suhrkamp taschenbuch 416

Im Jahr 1966 erschien Handkes erster Roman *Die Hornissen*. Es ist der Versuch, die Entstehung eines Romans zu beschreiben. Ein Mann hat vor Jahren ein Buch gelesen: oder er hat das Buch nicht einmal gelesen, sondern es ist ihm nur von anderer Seite von dem Buch erzählt worden. Nun aber, eines Tages im Sommer, wird er, vielleicht durch eine Übereinstimmung dessen, was ihm selber zustößt, mit dem, was dem blinden Helden des Romans zugestoßen ist, eben an jenes verschollene Buch erinnert, von dem er meint, es vor Zeiten gelesen zu haben. Aus den zerbrochenen Stücken, an die er sich zu erinnern glaubt, aus Worten, aus Sätzen, aus halbverlorenen Bildern denkt der Mann den Roman aus, und zwar derart, daß unentscheidbar bleibt, ob das Geschehen in dem »neuen« Roman nur den »Helden« des alten Romans betrifft oder auch ihn, der ihn ausdenkt. Dieser neue Roman heißt *Die Hornissen*. Handke gelingt das, was nicht wenige Autoren der Moderne anstreben: die völlig offene Fabel, bei der nichts sich verfestigt, aber auch nichts sich verflüchtigt.

Peter Handke, geboren 1942 in Griffen, lebt heute bei Paris. Er wurde für sein literarisches Werk 2019 mit dem Nobelpreis für Literatur ausgezeichnet.

Peter Handke
Die Hornissen

Roman

Suhrkamp

12. Auflage 2019

Erste Auflage 1977
suhrkamp taschenbuch 416
© Suhrkamp Verlag Frankfurt am Main 1966
Suhrkamp Taschenbuch Verlag
Alle Rechte vorbehalten, insbesondere das der Übersetzung,
des öffentlichen Vortrags sowie der Übertragung
durch Rundfunk und Fernsehen, auch einzelner Teile.
Kein Teil des Werkes darf in irgendeiner Form
(durch Fotografie, Mikrofilm oder andere Verfahren)
ohne schriftliche Genehmigung des Verlages
reproduziert oder unter Verwendung elektronischer Systeme
verarbeitet, vervielfältigt oder verbreitet werden.
Druck: CPI – Ebner & Spiegel, Ulm
Printed in Germany
Umschlag: Göllner, Michels, Zegarzewski
ISBN 978-3-518-36916-6

DU WIRST GEHEN
ZURÜCKKEHREN NICHT STERBEN IM KRIEG

Damals, sagte mein Bruder, sei ich vor dem Ofen gesessen und hätte in das Feuer gestarrt.

Er sei noch im Regen vor Tagesanbruch von hinten auf die Anhöhe gekommen; ohne zu schauen, sei er durch den Weidedraht in das Feld gestiegen, der Draht habe ihm ins Gesicht gekratzt, er sei weiter abwärts über den Acker gelaufen, das Feld sei damals schon brach gewesen, Schlamm und von den Bäumen gewehte verfaulte Blätter hätten sich im Laufen an seine Sohlen geklumpt, er sei darauf schrittweis über das Feld auf das Haus zu gegangen, vor den Bäumen sei er wieder in Lauf gefallen, er sei durch das Gras und über den Weg gelaufen, er habe diesseits des Wegs in das nasse Gras, ohne stehenzubleiben, mit den Füßen selbst links und rechts von den Sohlen die Wülste des Feldschlamms gestreift, er sei zugleich die Mauer entlang zu dem Holzstoß gegangen, er habe den Fuß in die Fugen des Stoßes gesetzt, er sei, zuerst gekrümmt Hals über Kopf, dann aufrecht Kopf über Hals, den Holzstoß hinaufgestiegen und habe im Steigen schon durch die doppelten Scheiben geschaut, habe hier drinnen etwas gesehen, habe etwas sitzen sehen, habe einen in einem Hemd vor dem Feuer sitzen sehen, habe hier drinnen mich auf dem Bett vor dem Feuer sitzen sehen.

Er sagte, ich hätte die Schultern unter dem langstreifig zerrissenen Hemd nach vorn zueinandergezogen, so daß die dunklere Haut zwischen den schmalen zugeschärften Stoffalten, die von dem gezackten, gebuckelten Rückgrat nach beiden Seiten bis über die oberen Teile der Arme ausstrahlten, mit dem hellen Stoff meinen Rücken scheckte,

und die Arme waren so eng über der Brust ver-
schränkt, daß Hans die Spitzen der Finger immer
tiefer sich in das Hemd krallen sah, durch den
Druck, mit dem ich den eigenen Rumpf um-
spannte, hell gestaut bis zur Mitte der fleckigen
Nägel; da sie sich, wie er sagte, desto mehr in die
Haut bohrten, je länger ich den Leib mit den
Armen zusammenschnürte, zerrten sie mit dem
Stoff auch die Haut zu den Rippen vor. Ich bewegte mich jedoch nicht; mit tief gesenktem Kopf
und den Ohren sich nähernden spitzen Achseln saß
ich halb in der Mulde des Strohsacks, halb auf der
Kante des Betts, die Beine schief gegen den Rand
der offenen Kiste gestemmt, auf deren Boden die
Schaufel und die zerhackten Splitter der Kohle
lagen, und starrte in die Glut.
Zuerst habe er mich für einen andern gehalten.
Schnell suchte er mit den Augen die Bettstatt, auf
der er vordem mit dem zweiten Bruder geschlafen;
jedoch sie war leer. Lange Zeit schaute er das leere
Bett an: in dem Polster, sagte er, schien der Eindruck eines Kopfes zu sein; aber es täuschten ihn
wohl die Schatten des Feuers, indem sie über die
Wände sprangen.
Seine Blicke gingen in die Augen, von denen sie
ausgegangen waren, zurück und gingen wiederum
aus und schauten wiederum mich an. Er schaute auf
die sich vorwärts krallenden Fingerspitzen und
auf die pechbefleckten Nägel. Die Haut der Hand
sah er rissig von getrocknetem, aufgebrochenem
Schlamm. Er schaute weg. Er schaute flüchtig zur
Tür. Er flüchtete sich mit den Blicken zum Feuer. Er
brach mit den Blicken ein in die Glut, die an ihren

Rissen und Rillen in einem stetigen Wechsel von Wind und Windstille glühend den Luftzug ansog und ausstieß. Sogleich riß er die Blicke heraus und schleifte das Gesicht breitseits über die Scheibe zur Mauerkante, ohne daß aber durch das zweifache Fenster das Geräusch der geplätteten Wange auf dem Glas hier drinnen zu hören war.

Er hielt ein und schaute unter den Dachvorsprung hinauf, indem er den Kopf in den Nacken bog; seine Hand ergriff flugs das Gesims über dem Fenster und seilte den Körper daran empor, so daß er jetzt aufrecht auf dem Holzstoß kniete und durch die Schleifspuren der Finger und der Wange schräg durch das gedunsene Glas zu mir hereinschaute. Ich ruckte soeben die Füße vom Kistenrand und führte sie in einem halben Kreis, hell zuerst, dann dunkel gefärbt vor dem hellen offenen Feuer, dann wieder hell in dem finsteren Raum, zurück auf den Strohsack, den sie in der Berührung knisternd entzündeten. Einen Augenblick sah er so den Kopf des Sitzenden von der Seite; weil er mich kannte, erkannte er mich. Seine Hand glitt von dem Sims. Er fiel auf die Fersen und versteckte den Kopf hinter dem breiten mittleren Rahmen; er legte den Rücken der Hand gewölbt auf die Stirn, preßte ihn zwischen der Stirn und der Scheibe gerade und schaute mich an. Ich hätte indessen nur das Gesicht auf den Kalender über der leeren Bettstatt geöffnet; die Augen aber, deren Wölbung von der Seite er schimmern sah, seien blicklos gewesen. Die Haltung der Arme habe sich nicht verändert. Er erwartete jetzt die Gebärden vor dem Wiederanfang des Schlafs. Die Finger fielen vom Rücken und enthüllten ihre schweißige Spur auf dem Hemd, die Arme, ohne sich aus ihrer Verschränkung zu lösen, rutschten ab und auf den Bauch hinunter, der Oberkörper schwankte nach hinten auf das Gestänge zu. Während ich jedoch unverwandt zu dem Kalender hin schaute, kratzte mein Bruder mit dem Nagel des Daumens über die Scheibe.

Ich schaute nicht auf der Stelle zum Fenster. In der Zeit, da er sich duckte und flach auf den Holzstoß ausstreckte, saß ich betrunken vom Schlaf in dem knisternden Strohsack. Erst als er aufkniete und mit den Händen sich von der Teerpappe stützte, hörte ich, als sei jetzt erst der Schall über eine große Entfernung zu mir gekommen, das Kreischen des Nagels, der über die Scheibe strich: zuerst den dumpfen, widerhallosen Laut, mit dem der Nagel gegen das Glas stieß, darauf das lange krächzende Schleifen über das Fenster. Ein schwerer Schrank oder eine Kiste wurde über einen Holzboden geschoben. Ich drehte langsam den Kopf zu der Scheibe und schaute scheinbar dorthin, während mein Bruder mit der Faust den Dunst seines stoßweisen Atems abwischte. Er verharrte in seiner Bewegung. Ich schaute, wie ihm schien, auf das Fenster, und er schaute zu mir; als ich nun Atem holte, verengte sich mein Gesicht, aber nicht, weil mein Auge auf ihn fiel, sondern weil ich immer noch darauf horchte, daß der Schrank ertönte; dazu waren die Augen, deren gespannte Pupillen geradewegs auf ihn gestellt waren, einwärts zu dem Rauschen des Gehörgangs gerichtet.

Schon an diesem Morgen, sagte mein Bruder, hätte ich mit meinen zuckenden Lidern einem Blinden ähnlich geschaut.

Hinter dem Fenster nahm ich nur den finsteren Himmel wahr; aus den Teilen der Flecken ergänzte ich die Pappeln und hinter dem Feld auf der Anhöhe als Grenzzeile des Himmels den Weidezaun; ich sah jedoch nicht den Kopf des Bruders, der über dem Rand des Fensterbretts begierig nach meiner Antwort spähte.

Wieder nach einer Zeit, erzählte er, sei ich aufgestanden. Unvermutet sei ich jedoch nicht zum Fenster, sondern zur Tür gegenüber dem Fenster gegangen: den Schrank konnte man nur hier im Haus verschoben haben; es war mir, als sei das Geräusch aus der Kammer der Schwester gekommen.

Ich hätte den Riegel der Tür schnell aus der Fuge gezogen. Die andere Hand, die die Klinke schon geknutet hielt, schlug beim Öffnen ein Loch in den Flur. Die Stille verging und wurde hinter das Sausen des Holzes und das Knarren der Scharniere geklemmt. Sie zerbrach in dem Knall des Messings an dem Geländer der Treppe. Die Tür sprach laut und leiser und leise an das Geländer; schleifend rieb sich das Holz an dem Holz; dann strömte und kam die Stille wieder zu mir herein.

Ich rief in sie und in die Finsternis einen Namen, den ich, kaum daß ich ihn ausrief, schon nicht mehr verstand. Mein Bruder vernahm den Ton der Stimme, die rief; was es war, das ich rief, blieb ihm unbekannt; von neuem kratzte er antwortheischend über das Fenster. Unbewegt, ohne eigene

Bewegung, blieb er an seinem Ort, ohne mich aus den angestrengt starrenden Augen zu lassen. Ich ging über die Schwelle der Tür auf den Beton, der durch die Kälte die nackten Füße erst nackt machte, und rief zu wiederholten Malen seinen unverständlichen Namen; dann rief ich lauter den unverständlichen Namen des andern vermißten Bruders, so als wäre das Verrücken eines Schrankes schon das Zeichen für ihre Rückkunft.

Er konnte nicht sehen, daß ich mich in dem Flur auf die Zehen stellte und mit den Fingerspitzen über die Wand nach dem Schalter suchte; jedoch er sah die Katze, die zwischen den Krampen und Schaufeln unter der Stiege gekauert hatte, auf das Schaben der Finger den Kopf erheben und durch das Erheben des Kopfes erwachen.

Mir fiel ein, daß ich das Summen des Zählers nicht hörte. Da erst wurde ich gewahr, daß das Vieh mit gerecktem Schwanz über die Schwelle ins Zimmer schlich; der Kopf war mit dem Leib auf das Fenster gerichtet. Jetzt erinnerte ich mich, daß in der Nacht die Bomber geflogen waren.

Mein Blick traf im Flur zunächst auf den getrockneten Schlamm, dessen Stapfen sich vom Haustor her auf den Betonschlieren im Verhältnis der wachsenden Zahl der weiter herein geschrittenen Schritte in ihrem Ausmaß verringerten, und sodann an den Stellen, auf die mein Vater in der Nacht zuvor bei der Heimkehr stampfend die Füße gesetzt hatte, in der Faust an dem Drahthalfter die Stallampe für die nutzlose Suche, auf die bräunlichen, an den Rändern noch von Bachglimmer glänzenden Lachen von seinen Stiefeln, die bis zu meiner Tür und, nachdem ich auf sein Klopfen, Brüllen und Trommeln die Türe entriegelt hatte, hinein in den Raum bis unter den von dem Luftstoß schwankenden Lampenschirm stießen, von wo meinem Vater, während ich still in dem Hemd neben ihm stand, der Blick frei gewesen war über das ganze Zimmer, in dem er außer mir niemanden antraf, so daß er nicht anders konnte, als mit der fuslig stinkenden Lampe, die ihm schlaff von der Hand hing, mitten in dem hohlen Raum mit schweren Augen über die Zeit auf dem Fleck zu stehen.

Jetzt, da ich schaute, waren dort die Stiefelabsätze scharf in den unterdessen verhärteten Bachschlamm gemodelt.

Die Katze plärrte laut auf das Fenster hin.

Das Geräusch sog mich aus dem Gang zurück in den Raum; hinter den Scheiben sah ich das Gesicht meines Bruders, und weil ich ihn kannte, erkannte ich ihn.

Deine Haut war dreckig, sagte ich, und schwarz zerschrammt von dem Weidedraht. Jedesmal, wenn ich die Blicke einstellen wollte, löschten die hüpfenden Bilder des Feuers, in das ich gestarrt hatte, mir dein Gesicht aus.

Indessen bewirkte der regenvertreibende Schnee in dem Raum eine steigende Helligkeit, die stoßweise den Stößen der Schneeschwaden folgte. Er machte mir kein Zeichen. Auch ich machte ihm kein Zeichen. Gleichwohl wußten wir voneinander, daß einer den anderen sah. Ich schaute stumm auf den Kopf vor dem Feld, das diesem so nah war, wie wenn ich ihn durch ein Fernrohr anschaute.

Ohne die Stellung der seinerseits starrenden Augen zu ändern, sackte er schnell auf den Holzstoß hinab; in dem Anfang der Bewegung stiegen hinten am Scheitel des Kopfes die borstigen Haarsträhnen auf; sie klappten zurück, noch ehe das Gesicht aus dem Bereich meiner Blicke fiel.

Die Flucht Oft im November fällt am Morgen der Schnee. Dieser Vorgang wird ungefähr folgend beschrieben: »Der Erwachende und Erwachte schaut in das Freie, um aus dem Maß der Helligkeit die Zeit zu gewinnen. Draußen sieht er den Schnee, der den Regen vertreibt. Die Dachpappe über dem Holzstoß, die schichtweise von den Scheitern gerutscht ist, weil sich etwa etwas von ihr im Sprunge entfernt hat, wird von dem wolligen Schnee überwuchert; an den Stellen, die noch erwärmt sind, weil darauf vielleicht ein warmblütiges Wesen gekniet ist, vergehen die Flocken noch immer; der Regen ist soeben erst in den Schnee übergegangen. Die Wolken sind verfallen und haben ihre Form verloren. Der Himmel ist einförmig. Hast du's gesehen, hast du's nicht gesehen, hat der Wind aufgehört, so daß du nichts mehr hören kannst. Die Pappeln am Feldrand, das Gras am Feldrand, die Halme des Grases am Feldrand sind von dem raschen Einfall des Schnees überrascht worden; auch diesem Scharpflug dort (es wären noch andere landwirtschaftliche Geräte zu nennen), der im Regen noch blinkend zu atmen schien, hat es den Atem verschlagen. Während der Schnee fällt, sind die Flocken unter den Wolken nicht zu sehen; dann siehst du sie einzeln vor der grindigen Rinde der Bäume, die mit der Verdichtung des Schnees an Dunkelheit zunimmt, darauf flaumig und ununterscheidbar über dem Feld«, wieder einzeln vor dem nassen schwarzen Rock des Kindes, das über die Furchen aufwärts, den Weg, den es gekommen ist, zum Horizont läuft, mit Armen, die, vom Körper abgehalten und in den Händen zu Fäusten gepackt, in dem Auf und Ab des Feldes auf und ab pendeln, mit Sohlen, die die schlammigen Klumpen beim Lauf in die Furchen einstampfen, »und zuletzt siehst du den Schnee, schon wieder unabsehbar, die von dem Pflug verschnittene Erde bewölken, die bis jetzt ihre Regenfarbe noch nicht gelassen hat«.

Dem Betrachter, der auf einem eilig herbeigeschleppten Stuhl am aufgeschlagenen Fenster steht, die eine Hand vor sich in dem Schneeflaum, geraten die Ebenen durch einen Schwindel in dem schon leeren Blick durcheinander: die weiße Ebene des Himmels schiebt sich durch die braune und gelbe Ebene des Feldes; die weiße Ebene des Feldes und die vergilbende gelbe Ebene des Himmels schiebt sich durch die weißen Ebenen der Dachpappenschichten, auf denen vor kurzem durch die Wärme eines Körpers der Schnee noch vergangen ist, und die weiße Ebene der Dachpappen, die weiße Ebene des Himmels und die weiße Ebene des Feldes, zerstochen nur von den Stichen der Pappeln, schieben sich scharf durch die weiße und leere Ebene der Augen und zerschneiden und zerstückeln die weiße und leere Ebene des Gehirns.

Der schwere Balken auf der Mauerkrone trudelte und hüpfte stapfenweise dem Helden näher, der mit seiner Nachricht die Stiege hinaufstieg; er rückte und ruckte näher der zu ihm gerichteten Netzhaut, er schwankte heran und herab, während er sich weitete und sich auftat vor dem sogenannten Klappern und Schleifen der hölzernen nägelbeschlagenen Pantoffel auf den hölzernen Stapfen der Stiege; anfangs, hier von unten erblickt, war mir, der ich hinanstieg, nur die eine senkrecht behauene Seite ersichtlich, von weitem so schmal wie von nahem die Latten darüber, von dem frischen Licht, das aus der Luke der Dachfront herüberfiel, mit den Schlagschatten der Sparren gestreift, so daß die abstehenden Späne, unter denen der Balken noch dunkler war, und die Unzahl der tupfigen schwarzen Bohrungen mit den vereinzelten Wällen des Holzmehls rundum dem vom Fuß der Stiege sich nähernden Blick noch verheimlicht wurden; dann aber, in dem Heranschwanken und Zittern des Balkens, sprangen diese Erscheinungen, die ich vordem nur gedacht und vorgestellt hatte, mit ihren Grenzen aus der unsicheren Sichtfläche vor, und es wurde auch die waagrechte Seite des Balkens schattenlos sichtbar, von der die Sparren schräg zum First hinauf führten, und an ihnen erkannte ich die Netze der Spinnen, in denen die Staubknollen und die verknäuelten, ausgesaugten Leiber der Fliegen hingen. Die Fäden, die ich im Gehen von den Ziegeln zog, legten sich klebrig über die Hand, während ich den Balken entlang mit der Nachricht oben unter dem Dach weiterstapfte und zu dem Gemach meiner Schwester gelangte.

»Den runden kleinen Spiegel verdeckten sogleich ihre sich spreizenden Finger; den Wandspiegel, in dem ich ihre Schultern sah, brauchte sie nicht zu verbergen.«

An diesem Morgen aber traf ich meine Schwester nicht in der Kammer. Ich wurde ihrer Gerüche erinnert, und ich erinnerte mich und prüfte sie alle. Ich prüfte den Leimgeruch des Nagellacks, den Geruch der Tinktur, mit der sie, sogleich nach dem Auftragen, den Nagellack wiederum ab-wusch, bevor sie ihn neu wieder auftrug, den Geruch des erkalteten Kamillentees, in dem sie die Augen glänzte, den Kuchengeruch aus den gesammelten leeren Puderdosen, den Geruch des Berühmten Wassers, mit dem sie das Zimmer besprengte, den Geruch jener zitronenähnlichen Äpfel, den Teergeruch der kriegszeitgemäßen Seife, die zwischen den geerbten Gewändern der Mutter in der Kommode lag.

Die Gegenstände des Raumes kamen mir farblos und ausgebleicht vor, so als hätte ich vorher lange unverwandt in die Sonne geschaut oder als wäre ich soeben erst erwacht und könnte noch nichts unterscheiden als Dunkel und Helligkeit; jedoch dann fiel mir ein, daß es unten in dem Zimmer das Feuer gewesen war, in das ich gestarrt hatte, und darauf der Schnee, durch den ich mit den Blicken meinem eilenden Bruder nachgeeilt war, die mich jetzt beide blind für die Farben machten, so daß es mir schien, als halte mich die farblose Ansicht der Gegenstände zum Narren, indem sie vielleicht, ohne daß ich es mit den durch die Flammen geblendeten, farbenblinden Augen wahrzunehmen vermöchte, mich darüber ungewiß ließ, daß die Gegenstände selber, je heller es etwa durch ein heimliches Öffnen der Tür hinter mir würde, einem unbefangenen Blick diesen Vorgang anzeigten, dadurch, daß sie mit den Farben zu spielen begannen und sich den schärferen Grenzen des wachsenden Lichtes anpaßten, das vielleicht durch eine lautlos hinter mir wachsende Türöffnung käme.

Die Unversehrtheit des Tisches, des Schrankes, der Kommode und des aufgebetteten Bettes nahm sich falsch aus.

Jedoch ich schaute nicht zurück; vielmehr holte ich Atem, um mit einem Ruf das Schweigen zu brechen.

Da vernahm ich von der Dachstiege her das Trippeln ihrer Pantoffeln. Was hatte sie unter dem Dach zu schaffen gehabt?

Ich trat schnell aus dem Gemach.

Sie blieb stehen und schaute von den hohen Pantoffeln zu mir herab. Sogleich schlugen wir beide die Blicke zu Boden und bewegten uns wortlos gegeneinander zu der Mündung der Erdgeschoßstiege.

Wortlos stieg sie voran. Ich stieg hinter ihr her und betrachtete ihren klappernden, fersenkippenden Gang. Ich sammelte die Worte, die mir ausgeblieben waren, als ich aus ihrer Tür trat.

Kann ich verhindern, daß sie so fort geht und daß sie verrichtet, was sie gewohnt ist?

Die Zeitung unter die Knie gebreitet, hockt sie auf diesen Fersen, die ich betrachte, oder in einer anderen Haltung in der Küche vor dem Herd, hält sich an der Stange im Gleichgewicht und wippt auf und ab, während sie das Feuer entfacht und mit dem Rücken der Hand das Auge auswischt. Dadurch aber, daß ich die Nachricht über die Lippen bringen würde, könnte ich diesen natürlichen Ablauf verändern, und es würde anders kommen. Die Worte fielen mir jedoch im Gehirn, bevor ich sie aussprach, zu Silben und Buchstaben auseinander, die ich zu fassen nicht mehr imstande war; ich konnte nicht voraussehen, was sie tun würde, wenn ich es ihr sagte, ich konnte weder die Gebärden ihres Erschreckens voraussehen, noch die Laute der hastigen Fragen, noch die Bewegungen, mit denen sie davonstürzen würde; und daß ich es nicht voraussehen konnte, mochte ich mir auch mit Worten die Bilder einreden wollen, ließ mich hinter ihr über ein so dünn vereistes Wasser gehen, daß ich die Nachricht verschwieg.

Während ich schwieg, und während die Schwester schwieg, und während sie mit ihrem fersenkippenden Gang die Stiege hinabstieg, und während ich hinter ihr her stieg, fuhr der Vater noch durch das Schilf.

Während der Vater des Erzählers durch das Schilf fuhr, gingen drei Männer über die Landstraße. Sie gingen, während seine Fahrt währte, von der Kirche der Ortschaft, wo der dritte, ein Gendarm, zu den zwei andern gestoßen war, bis heraus zu dem Haus, vor dem sie an einem Schweinekessel und auf den Haustorstufen zwei übernächtige Kinder fanden, traten hier ein und gingen dumpf durch den Flur und traten wiederum ein und *Der Transport des ertrunkenen Bruders* setzten sich und saßen, einer neben dem andern, an der Wand in dem Zimmer, die Augen wartend zur Tür, während der Vater des Erzählers durch das Schilf fuhr, das er durch einen Pachtvertrag mit dem Staat sich zueignen konnte.

Als er noch selbst hier im Haus auf derselben Bank gesessen war, auf der dann die ortsfremden Männer saßen, und das eine Knie anhob und schnaufend den Stiefel hinten am Schaft über die Ferse zerrte, waren es erst die beiden ersten Männer gewesen, dem Stand nach Zivilpersonen, die vor und hinter einem der in dem Landstrich üblichen Karren, während der Morgen graute, von der Ortschaft Übersee über die Landstraße zu der Ortschaft Öd gingen. Der eine von ihnen weckte darauf in dem Ort den Gendarmen, als der Vater des Erzählers in der Tenne über dem Stall, die Sichel schon in der Faust, mit den Fingern im Finstern nach dem Rock und der blauen linnenen Hose suchte, welche regenkalt auf einem Nagel an der Bretterwand hingen; und als er die Hose auf den Leiterwagen geworfen und das Pferd aus dem Stall trieb und es an die Deichsel schirrte, kehrte der zweite Mann mit dem indessen geweckten Gendarmen zu dem Vorplatz der Kirche zurück.

Der Vater des Erzählers schwang sich den Rock auf die Schulter, bückte sich und beugte einmal und zweimal die Knie vor den Zügeln, die das Pferd, indem es ohne Geheiß den Wagen voranzog, neben sich her über die Hofsteine schleifte; er riß die Peitsche aus dem Schaft des Stiefels und schlug mit dem Stiel der Peitsche die Silben seines Fluchs in die Kufen, während der Gendarm dem

Mann, der vor der Kirche den Karren bewacht
hatte, die Fragen stellte, die nach dem Bericht des
ersten noch fragwürdig waren. Der Gefragte, der
schief, mit übergeschlagenen Beinen, an der Säule
unter dem Vordach lehnte, antwortete in seinem
fremden, ungefügen Dialekt, ohne bei seinen Worten die Haltung zu ändern. Sein Gefährte lüftete
der Anordnung des Gendarmen gemäß den Sack
von dem Karren, während der Vater des Erzählers, nachdem er das Pferd in Gang gesetzt hatte,
vor dem sich nähernden Abhang die Kurbel der
Bremse einschleifte. Die gebremsten Räder drehten
sich schubweise und schleuderten dem Mann, der
gekrümmt, die ächzende Kurbel treibend, hang-
abwärts hinter ihnen einherlief, Brocken und Lachen von Schlamm ins Gesicht, bis der Wagen, als
die Räder festgezurrt waren, glatt hin und her
flitzte und tanzend den Weg hinabglitt. Er
streckte sich im Laufen, klaubte den Dreck aus
dem Gesicht, bückte sich und kurbelte den Brems-
griff, zuerst langsam und mit großen, mühsamen
Bewegungen des ganzen Körpers, sodann leicht
und nur mit dem Handgelenk, klappernd in die
andere Richtung, so daß der Wagen mit den ge-
lockerten Rädern dem Pferd hintennach stieß, und
bog, zur Mitte des Wagens nach vorn rennend
und wild den linken der Zügel anreißend, nach
rechts in die Landstraße ein.
Während der Vater des Erzählers von hinten den
rollenden Wagen bestieg und sich quer zur Richtung der Fahrt, ohne Augen für das, was ihn um-
gab, auf eine der Leitern hinhockte, sagte der Gendarm vor dem Karren das Wort des Erkennens

und nickte. Darauf wurde der Sack wiederum ausgespannt. Der Gendarm verrieb mit der Spitze des Stiefels in den Tuffstein, was er sich dachte; dann sagte er die Worte, die zu der Geste gehörten. Der erste Mann stieg in das Viereck von Deichsel und Zugstange. Er fing den Karren im Knick des Ellbogens ab, und der andere nahm das als Zeichen zum Aufbruch und legte auch hinten die Hand an.

Den Ohren begrenzbar polterten und klirrten die Räder über den Stein, befreit verströmte dann das Geräusch in den breiten, lehmigen Streifen neben der Straße und verging und verlor sich, je länger der Karren in die Richtung fuhr, in die auch der Vater des Erzählers gefahren war, ehe er den Weg zu dem Teich einschlug, in dem wirbelnden Schnee schwarz auf der Leiter hockend und mit dem Stiel der Peitsche im Stiefel den Knöchel kratzend.

Zu diesen zwei Orten der Handlung trat, während der Vater zum Teich fuhr, und während die Männer über die Landstraße gingen, noch ein dritter Ort der Handlung hinzu, in dem beschrieben wurde, wie der Erzähler aus dem offenen Haus in das Freie trat und von den Stufen in den Hof hinabschaute.

Er schaute dabei zu der Schwester, die vor ihm durch den Hof ging, und schaute ihr zu. Den leeren Korb unter dem Arm, ging sie eilig neben der Stallwand zum Schuppen. Unbedacht, während sie ging, führte sie plötzlich den Kopf zu dem Fenster des Stalls, stutzte, hielt ein und wendete auch den Leib zu dem Glas. Sie hob das Kinn. Sie ging in die Knie. Sie schaute sich an. Der Erzähler schaute ihr zu.

Während sie aber immer noch stand und schaute, und während der Erzähler ihr zuschaute, und während die drei Männer mit dem Karren über die Landstraße gingen, hatte der Vater des Erzählers die Zügel schon vorn um die Sprosse gewickelt, hatte die linnene Hose über die Stiefel und die andere Hose zum Bauch aufgerammelt, war durch das Schilfgras zum Baum hin gegangen, hatte die Bänder der Hose entknotet, hatte die Peitsche beiseitegeworfen, war sodann, die Finger knöpfend und knotend an den verschiedenen Hosen, nach der Verrichtung der Notdurft ins schaukelnde Boot eingestiegen, war dann vom Ufer gefahren und fuhr, nachdem er das Boot mit dem Ruder hinten vom Pflock gedrängt hatte, durch das gepachtete Schilf.

Während die drei Männer mit dem Karren über die Landstraße gingen, war der Vater des Erzählers vorne am Bug an den selbstgezimmerten Planken gekauert, die Knie in dem schwarzen wimmelnden Schlamm, der durch die undichten Planken quoll; er hatte, während sie unentwegt mit dem Karren über die Landstraße gingen, als ein schnellender Schilfhalm ihm ins Gesicht hieb, grollend unter Zähneknirschen Luft und Wasser und Erde verflucht, hatte mit der Sichel den schuldigen Halm aus dem Wasser gerissen, war durch diese Bewegung vornüber gerutscht, war vom Gürtel aufwärts über den Planken gebaumelt, hatte baumelnd die Halme gebündelt, hatte den Hasch (der in der fremden Mundart eine für das

Vieh gut freßbare Wasserpflanze bedeutet) zu Bündeln gepreßt, hatte ihn in den klobigen Fäusten zu Büscheln gepreßt, hatte ihn krachend zu sich in das Boot gebogen, hatte schon ein anderes Bündel gefaßt, hatte es im schneidenden Sausen und Zischen der Sichel über die Planken gerissen, riß das Büschel über die Planken, riß das nächste über die Planken, hatte ein weiteres über die Planken gerissen, war bereits, während die Pflanzen hinter ihm in dem Boot milchig und grün seinen Rücken anfüllten, mit den wuchtigen Stößen des Ruders weitergefahren, hatte das knirschende Ruder gegen die Richtung der Fahrt gestellt, wurde durch das Bremsen nach vorne gestoßen, hatte sich wieder auf und zurück gesetzt, hatte sitzend, während seine Hände das Ruder festhielten, triefend und tröpfelnd vor Nässe das Ermatten des Schwappens erwartet, hatte sich auf die Knie gelassen, war dort gekniet, Schnee in der Krempe und im Knick seines Huts, Rauch vor den anteilslos paffenden Lippen; hockte hierauf, von dem Schnee überflirrt, schwarz in dem Haufen des Futters und hielt, während unentwegt die Männer mit dem Karren über die Landstraße gingen, seine Rast im Gewirre des Schilfs, in dem Schilfmeer, das den Erzähler immerfort taumelig machte, nah bei sich die klar gezeichneten Halme mit den braunen dickeren Knoten, dahinter ununterscheidbar nichts als den tiefen, fahlgrünen Raum, in den raschelnd und knisternd der Schnee fiel.

Während die Männer über die Landstraße gingen, war der Vater des Erzählers zurück durch das Schilf gefahren. Während die beiden Männer den

Karren schoben und zogen, und während der Gendarm neben ihnen einherschritt, trug die Schwester des Erzählers durch den Hof in dem Korb für das Vieh die Kartoffeln herbei. Während der Erzähler stumm von den Stufen herabschaute, schaute der Vater des Erzählers auf die Egel in dem wimmelnden Wasser. Während die Männer mit dem Karren zu der Abzweigung kamen, bereitete das Mädchen am Kessel für die Schweine das Futter. Während sie mit den Kartoffeln den Kessel anhäufte, forschte der Vater des Erzählers im Schlamm des Boots mit der Hand nach den Blutegeln. Während der Vater die Finger ausspreizte und den gefangenen Egel anschaute, blieben die Männer vor der Abzweigung stehen und erkundigten sich, wie es weitergehe. Während der Gendarm wegweisend die Arme ausstreckte, streute der Vater des Erzählers aus der Tasche das bereitgehaltene Salz auf den Egel. Während der Erzähler von den Haustorstufen herab das Mädchen um eine Kartoffel bat, ruckten die Männer den Karren an und schlugen den Weg zu dem Haus ein. Während die Schwester des Erzählers aus dem Kessel dem Erzähler einen Knollen zuwarf, zückte der Vater im Boot die Klinge des Messers. Während der Erzähler die heiße Kartoffel von einer Hand in die andere rollte und die Finger anblies, schnitt der Vater den Egel an den Planken des Bootes in Stücke.

Während der Vater des Erzählers an der blauen linnenen Hose dann das Messer abwischte, sah der erste Mann durch den Schnee jetzt das Haus auftauchen, bestätigten die drei einander nickend die

Reden, beschleunigten sie ihre Schritte, gelangten sie endlich zur Einfahrt des Hofs, brannte sich das Mädchen die Finger an dem brennenden Kessel, begannen im Stall vor Hunger die Kühe zu schreien, stimmten in einem anderen Stall auch die Schweine mit ein.

Während der Vater des Erzählers die Kette des Boots um den Pflock schlang, hörte der Erzähler auf den Haustorstufen vor dem Anblick des Karrens zu kauen auf.

Während der Vater durch das Schilf fuhr, trug sein Sohn, der in dem Karren lag, auf dem schlammbedeckten Gesicht einen Sack, der, wiewohl er nach vielem schmeckte, ihm nach gar nichts schmeckte.

Die Reden des Gendarmen Der Gendarm besorgt die Vollziehung der Gesetze auf dem Land; hier ist ihm ein Teil der Staatsgewalt übertragen. Er behilft sich auch von außen in diese Gewalt, indem er, wo er auch geht, mit gewaltigem, festem Schuhwerk geht und bei schlechter Witterung hinter sich auf der Schulter den mächtigen Mantel herschleppt; die eine Hand legt er an die Schnalle über dem Kragen, die andre hebt er zu dem Gruß, der sich der Staatsform fügt wie die Uniform.

Von einem weiten Weg indes wird die Uniform aus der Ordnung gebracht; die braunen Flecken des Schlamms sind dunkler auf dem hellen Mantel zu sehen und heller auf den dunkleren Lederstiefeln. Das Geräusch der Stiefel, in denen er über den Hof nun herangeht, als ein zu amtliches ist bekannt; es scheint ihn aber, während er geht, zu verstören; denn er wechselt den Schritt und schreitet zur Vermeidung dieses Geräusches jetzt mit platten, schleifenden Sohlen, indem er die Gelenke der Zehen fortan nicht mehr einzieht. Seine Stiefel knarren jedoch noch immer.

Die zwei ersteren Männer stehen in der Einfahrt des Hofs, so wie sie gekommen sind. Die Schwester stellt man sich vor, wie sie unverändert gebückt neben dem Kessel in dem blinkenden schwarzen Kreis steht, in dem rings um das Feuer der Schnee schmilzt; Dampf treibt schief aus den Fugen des Kessels, aus dem mit Kartoffeln überhäuften Kübel zu ihren Füßen und aus der Hand von dem Schöpftopf, und nebelt sie ein.

Den abwesenden Vater stellt man sich vor, wie er das Pferd mit dem bockenden Wagen rücklings zwischen die Bäume am Teichufer keilt. Er stößt bis ins Gebüsch mit dem Wagen zurück, und wie dies ihm nicht paßt, jagt er mit der bloßen Faust das Pferd wieder vor. Darauf stößt er es mit dem Gefährt so schräg gegen den Weg, daß er wenden kann. Er tritt mit dem Absatz die Gabel in den Haufen des Hasch und lädt, indem er mit dem anderen Absatz und den Fäusten den Stiel der Gabel herabstemmt und andererseits die Zinken empordrückt und sie Stoß um Stoß aus dem verflochtenen Futter befreit, die triefende Last vom Boot auf den Wagen.

Während der Gendarm mit großen Schritten herankommt und auf den Erzähler zuschreitet, ordnet er lautlos die Lippen zu den Worten, die er sich auf dem Weg schon vorgenommen hat. (Ich lag einmal erwacht und hörte, wie mein Vater im Großen Zimmer nach Kräften die

Mutter schlug; zuerst verstand ich die gewohnten Worte, die hinter der Mauer die Eltern austauschten, und ich unterschied gut das Klatschen der Schläge, obwohl neben mir auch die Brüder unter Johlen und Lachen einander nachäffend zu prügeln anfingen; dann aber wurde ich, als er kräftiger prügelte, gelähmt und lahm, und die Adern sprangen mir auf und betäubten mich, so daß ich für alle Geräusche taub wurde und nur noch das wütende Blut in mir hörte.)

Der Gendarm fragt mich, während ich betäubt seine Stimme überhöre, dreimal nach dem Namen, ehe ich ihn bejahe. Mein Vater ist zum Teich gefahren, gebe ich dann ungefragt die weitere Auskunft, um nicht still sein und über die Hofstatt schauen zu müssen: er muß bald zurück sein, setze ich fort: müßte, verbessere ich mich. Die heiße Kartoffel verbrennt meine Hand.

Der Vater des Erzählers schnürt die Zügel von der Sprosse, zieht sie mit sich den Wagen entlang, springt auf, besinnt sich noch im Sprung eines andern, steigt wieder ab, stapft durch das weich gepolsterte Gras zu dem Baum mit dem zwiebelgetürmten Mal der Notdurft an der Rinde, hebt die vergessene Peitsche auf, bohrt sie tief in den Stiefelschaft, ruckt sie, bevor er jetzt aufspringt, wieder heraus und treibt den Stecken erst in den Schaft zurück, als er über den eigenen ausgebreiteten Beinen oben auf dem Haufen des Futters sitzt. Das Pferd hat ihn und den Wagen schon aus den moorigen Furchen gehoben.

Die dort wegläuft, ist meine Schwester, ereifere ich mich. Der Gendarm winkt den Männern, indem er verkümmert die Hand dreht. Obwohl sie sich mit dem Karren nun vom Eingang des Hofs in Bewegung versetzen, scheinen sie dennoch sich nicht zu bewegen; vielmehr treibt sie das Drehen der Erde erstarrt mit dem Karren zu mir heran; je näher sie rollen, desto mehr trifft die wehrlosen Augen der Sack in dem Karren, der vom Schnee schon gefleckt ist.

Unverändert rattern und rumpeln die verschiedenen Räder der verschiedenen Wagen über die Steine und über den Knüppelweg.

Mein Vater klemmt den Kopf der Pfeife zwischen Zeigefinger und Daumen und stopft mit der Daumenkuppe der anderen Hand stückweis den feuchten Tabak hinein. Er neigt sich vor, hält als Köder von der Seite das entflammte Streichholz an den Tabak und schnappt die große, verzogene Flamme saugend unter der klumpig gewölbten Hand in den Pfeifenkopf. Ohne von den Bohlen unter den Rädern gerüttelt zu werden, hockt er dort auf dem Futter und pafft den waagrechten Rauch in den senkrecht fallenden Schnee. Er wird bald da sein, wiederhole ich, während dumpf hinter mir die Männer mit der verdeckten Last durch den Flur in das Zimmer gehen.

Der Vater zügelt indessen gegen meinen Willen das Pferd. Er klettert breitseits vom Wagen und untersucht, die Hände gespreizt auf den Schenkeln, mit verkniffenen Augen das Hinterrad. Beidarmig biegt und bricht er einen Ast aus dem Gebüsch und stochert den Schlamm von dem Bremsklotz, indem er den Ast als Hebel gebraucht.

Der Gendarm läßt nicht locker. Er strafft sogar

seine Fragen, während er im Zimmer hin und zurück geht. Er stillt das Knarren der Stiefel dadurch, daß er sich in den Stand befiehlt. Als er im Stand seine fragende Stimme nicht mehr erträgt, befiehlt er sich ruhelos wieder zum Gehen und stört und übertönt die knarrenden Stiefel, indem er die knarrende Stimme aus der Kehle befreit, sie denen, die hören, eröffnet und großsprecherisch allseits ihre Wirkung verfolgt, ohne daß er jedoch die ortsfremden Männer, die sitzend mit ihren Rücken die Mauer verbergen, durch sie kann zum Aufstehn bewegen, oder dazu, daß sie, sich seiner erbarmend, durch zeitvertreibendes Reden ihm beispringen. So begnügt er sich, von den raspelnd sich aus der trockenen Faust entfaltenden Fingern vor mich hin seine Fragen zu werfen und mit den Fingern auch seine amtliche Macht zu entfalten: daß dies mein Bruder Matt sei, das sei ihm geläufig; neu sei ihm nur, daß mein Bruder Hans noch vermißt werde; wo ich, der Befragte, am Tage zuvor mich aufgehalten hätte, das berühre ihn nicht; seine Aufgabe, erklärt der Gendarm, sei es, herauszukriegen, weshalb die nachrichtenlose Abwesenheit der zwei Brüder ihm nicht sei zur tunlichen Kenntnis geworden; was mein Vater (oder wer auch immer es zur Verantwortung habe), schreit er streitlustig aus dem entferntesten Winkel des Zimmers, davon denke und halte, sei ausnahmslos unbeachtlich, komme überhaupt nicht in Frage und könne fraglos vernachlässigt werden. Als ob man denn nichts wäre! speit er unvermittelt den letzten Satz aus dem Mund, indes er die unruhigen Schritte einschränkt und sich zuletzt auf die Stelle

sperrt. Als ob es nicht hätte anders kommen können! fährt er vergrämt wieder auf und bezeugt
mit dem geballten Gesicht seinen Unwillen. Als
ob es nicht Mittel und Wege gäbe! bricht er dann
aus und verfällt sofort, kaum hat er vom Fenster
diese verdächtigen Worte über die teilnahmslos
hockenden Fremden geschleudert, in Starre und in
ein Schweigen, in dem er, ängstlich um sich luch-
send, mit den dösenden andern seine freien Gedanken verfolgt.

Der Vater glotzt indessen auf die Stiefel hinab und
zischt, indem er den Mund bleckt, trübe den Saft
auf den Gummi. Er läßt nun das hohle Poltern
der Räder in sein Gehör. Das Gefährt rumpelt
von den Bohlen des Knüppelwegs auf die Bohlen
der Brücke. Er horcht, nachdem er die Brücke
überquert hat, dem als Schmatzen und Seufzen
bekannten Geräusch der Kufen im Schlamm, dem
Schindern der Ketten, dem Kollern in den Där-
men des Pferdes, dem bekannten Zischeln der
Flocken in den trockenen Blättern des Maisfelds.
Er fuhrwerkt den Hang hinauf. Die Steigung
preßt seinen Körper rückwärts gegen den Gabel-
stiel, der in dem Futter steckt. Er löst sich, indem
er rudert und den Rumpf über die Knie beugt. Er
spannt darauf die Arme quer nach den Leitern des
Wagens und knüpft die Finger fest um die Sprossen. Über jedem Schritt des Pferdes springt dessen
Kopf auf. Mein Vater hebt sich auf die Füße und
flankt an der Seite vom Wagen. Er humpelt weg-
auf zu dem Pferd, reißt es an und weiter den
Hang hinauf. Dem Gaul wird durch den Rückzug
der Last der Schädel emporgezückt, er steht jetzt

zum Anschauen da mit den gelben, schaumigen Zähnen, tänzelnd, zweibeinig, als wollte er Männchen machen: dann schleift ihn der ächzende, taumelnde Wagen, wiewohl er sogleich auf die Knie fällt, den sich dagegen verstemmenden Mann an den Gurten, dem die Faust, als er sie wild in die Mähne verkrallt, zu einer Pratze und Pranke wird, in verkehrter Welt mit sich den Weg hinab. Ich sehe sie wieder am Fuße der Steigung. Die bewegliche vordere Achse hat das Gefährt in den Acker verdreht. Stelzend umgeht der Mann das Pferd und durchfurcht mit riesigen Schritten das Feld bis zurück zu dem Rundholz, an das die verfluchte Kurbel der verfluchten Bremse geschmiedet ist, neigt sich zu ihm und schiebt, indem er die Beine vergrätscht, dem Holz die verflochtenen Hände unter. Er überlegt in dieser vorbereitenden Haltung, richtet sich wiederum auf und überlegt es sich anders. Ohne Verzug pirscht er sich an den unbändigen Gaul heran und bändigt ihn, indem er ihm mit der Kette, die er anzieht, das Maul aufreißt. Darauf tätscht er ihn mit der flachen Hand auf den Hals und hobelt gleichsam, indem er den Arm mit der Kette voran schnellt, das Pferd und den Wagen im Sprung aus dem Acker heraus; ohne jedoch erschlaffend herabzufallen, bleibt der Arm zwischen seinen vorgebeugten und in den Weg verkrampften Körper und zwischen die gespannte Kette von ihm weggestreckt und zerrt jetzt, während mein Vater, das Gesicht, die Brust und die preschenden Knie fast waagrecht am Boden, durch den widerstrebenden windigen Schneefall hinanstampft, das Pferd, das hüpfende Fuhrwerk und den Körper, zu dem er selber gehört, unter dem wüsten, unaufhörlichen Fluchen, dem auch die Atemnot nicht zum Schweigen verhilft, zur rettenden Straße hinauf. Dort hält mein Vater ein und schaut mit dem verbissenen Gesicht auf den Weg zurück. Sein Blick fällt auf die Pfeife, die sein Stampfen ihm aus dem Rock geschüttelt hat. Er läßt die Kette aus der Faust, spielt sich mit dem Stiefel einen Stein zwischen die Füße und rollt und schiebt ihn hinter das Vorderrad. Die linke Hand in die Hose geknüllt, die rechte schon daran, sich für die Pfeife zu spreizen, stellt er die Beine, indem er sie knickt, auf den Abhang ein und schwindet und verschwindet, verschrumpft und versinkt jetzt abwärts von unten nach oben meinem unabwendbaren inneren Auge bis unter die Erdkugel. Noch ehe er aber vollends versunken ist, strampelt das Schnauben des Gauls und das Knirschen der Räder, die den Stein überrollen, ihn wieder herauf. Die Finger tasten in der Luft nach der Pfeife, während der übrige Körper schon vorhetzt, die Zügel greift, sich an die Mähne anhängt, zappelnd die Stiefel in den Erdboden rammt, Zügel und Mähne nun fahren läßt, sich im Sog des Wagens vor sich selber verirrt und in der Anziehungskraft der Erde mit dem Gespann und dem schreienden Tier, dem von den Hufen die Funken wegstieben, gleich einem eisernen Reifen, bevor er sich umlegt, hintennach den Weg hinabtrudelt.

Der Gendarm nimmt indessen mit den Ohren auf, was der eine der Männer von dem Geschehen erzählt, das sie hergeführt hat. Nach jedem Satz kehrt der erzählende Mann den Schädel, ohne ihn von der

Mauer zu lösen, an die er gelehnt ist, beiseite zu
dem anderen neben ihm auf der Bank und wiederholt beiseite zu seinem Gefährten, was beide, da
sie ja gemeinsam Augenzeugen gewesen, ohnedies
wissen; er spricht zu dem Gefährten in der fremden, unverständlichen Mundart, indem er heiser
und hustend die Laute aus seiner Kehle borkt; dazu spielt er dem Gendarmen mit den fuchtelnden
Armen vor, wie sie sich beide verhalten haben. Er
macht vor, wie sie nichtsahnend nebeneinander
nach getaner Arbeit ihres Weges gegangen; er beweist dem Gendarmen, indem er das Angesicht
heiter und glatt zieht, die eitle Freude und die
Sonne, die ihnen auf ihrem Wege geleuchtet hat;
Schlag auf Schlag wird darauf das Gesicht des Erzählers von etwas betroffen, was ihm schrecklich
die Augen eröffnet; die Worte, die ihm aus dem
Munde stürzen und sich überstürzen, heult und
keucht er nun jammervoll, bis ihm und seinem
Gefährten, welcher heulend ihm beistimmt, vor
dem, was sie da sehen müssen, die Hände sich platt
vor die Köpfe sträuben. Er wolle ja nichts beschö-
nigen, unterbricht ihre Klagen vom Ofen her der
Gendarm, indes, es seien auch so die Zeiten dazu
angetan, daß man, auch als Privatmann, nicht
anders könne, als manchen Gedanken nachzuhän-
gen, die, so übertönt er sie unwirsch, wie alles
auch ihre Kehrseiten hätten, und zwar derart, rafft
er seine verzettelten Worte und Sätze zusammen,
daß einem, wohl oder übel, Hören und Sehen
vergehe! Voll Ungeduld schaut er nach diesem
Verweis auf die verstummenden Männer, denen
die Kehrseiten der Gedanken durch den offenen

Mund verfinstert aus und hinein gehen. Wie eben eines zum anderen komme, beschließt der Gendarm beschwichtigend seine Rede.

Der Vater kniet auf dem Acker, ein Bein in der Furche, und reibt die Schulter an dem umgeschlagenen Wagen. Oben von der Straße erscheinen seine Bewegungen durch die Tiefe des Schnees verkürzt und verkümmert. Die Flanke des Gespanns, die frei in der Luft schwebt, torkelt wieder zur Erde, als er die andere Flanke anstemmt und sie mit dem Knie, dem die Sehnen krachen, vom Acker aufzwängt. Er stellt den Wagen wieder auf sich selber, das Obere nach oben, das Untere nach unten. Nachdem er die Bretter gekantet und an die Leitern gelehnt hat, wirft er das Futter auf. Er spießt die Zinken der Gabel hinein; auf der Straße ist das Krachen der Halme zu hören. Er streift den Überhang des Futters in den Wagen und spießt die Gabel dazu. Sein Gesicht zuckt und zerreißt, und aus dem Mund blinken die Zahnreihen auf. Da die Schwester mit weichen Knien zu ihm hinabsteigt, kann sie es hören; sie konnte ihn fluchen hören.

Es ist ihm vielleicht mit dem Pferd etwas zugestoßen, sage ich.

Plötzlich wird mein Vater von einem Brüllen geschüttelt.

Was denn sei? erkundigt sich der Gendarm.

Nichts, sage ich und lenke mich zu den wechselnd erzählenden Männern ab, so daß der Gendarm sich brütend in seinen Gedanken verfängt.

Mein Vater lehnt bäuchlings am Wagen und zerdrischt mit den Fäusten das Futter. Als die Schwester ihm die Nachricht bringt, wühlt er unter einem großen, brünstigen Brüllen das krachende Futter auf.

Sie sei ihm jedoch auf der Straße begegnet, erzählte meine Schwester. Er habe, als er sie herlaufen sah, nicht einmal angehalten; nur als sie nach und nach hinten den rollenden Wagen bestieg, habe er die Schritte des Pferdes gezügelt und es in der Eile bezähmt; als sie dann über den Haufen des Futters zu ihm kroch, habe er langsam das Kinn auf die Schulter gedreht und sie angeschaut; so hinter ihm, die Hände tief in den knackenden Halmen, damit sie nicht rutsche, habe sie ihm die Nachricht gesagt. Diesmal habe er angehalten. An einem der Tage zuvor, erzählte er später, als er betrunken war, hatte er seinen Sohn, dem zur Stunde die Haare, wie er unter dem Sack lag, noch klamm waren, mit seinen Brüdern dicht hinter dem Geländer des Balkons knien sehen; einer neben dem anderen, jedoch jeder mit sich selber beschäftigt, hatten sie in einem vorausberechneten Strahl durch die geschnitzte Verzierung ihr Wasser hinab in den Hof gezielt; wer am weitesten konnte, gewann. Matt, aus dessen Gesicht jetzt, als Zeichen der Abwesenheit des Lebens, die gekerbte senkrechte Furche zwischen der Nasenwand und der Mitte der oberen Lippe sich gespannt hatte, so daß die Haut und das Fleisch sich völlig glatt wie bei einem gestochenen Schwein über den eingesunkenen Mund und die Zähne herab wölbte, war von uns dreien der Sieger gewesen.

Mein Vater sei still so gesessen, bis sie bei ihm saß, sagte meine Schwester. Dann habe er die Zügel gezogen und sei wieder angefahren.

Der heiße Wind treibt den Staub durch das Fenster. Ich höre das Geräusch des Vorhangs. Ich höre das Geräusch des Sands, der gegen das Glas schlägt. Ich höre das Geräusch des offenen Schranks. Ich höre das Geräusch der nassen Blätter der Bäume. Ich höre das Geräusch des Grases unter den Bäumen. Ich höre das Geräusch von dem Kotflügel des Fahrrads. Ich höre das Geräusch des Drahtes zwischen den Pappeln. Ich höre das Geräusch des Reifens, der an der Scheune hängt. Ich höre das Geräusch der nassen Kleider über dem Draht. Ich höre das Geräusch der Schuppentür, die gegen den Holzstapel schlägt. Ich höre das Geräusch eines fahrenden Zuges.

Die Geräusche

»Ich sei damals vor dem Ofen gesessen und hätte in das Feuer gestarrt.«

Meine Schwester starrte durch die zerschlissenen Flügel einer Motte in den offenen Schrank.
Sie begab sich oft des Abends, nachdem sie unten das Mahl aufgetragen hatte, hinauf in ihr zugewiesenes Gemach und hielt sich dort vor den zweifachen Spiegeln auf, bis sie, wenn man ihrer bedurfte, von unten gerufen wurde.
Zuerst blickte sie damals nah aus den gedankenlosen Augen zu der Motte zwischen den Fingern, die auf dem Rücken einen schwarzen, kugligen Panzer trug. Sie kämmte mit den zwei ersten Fingern beider Hände behutsam die vier Flügel auseinander; mit den vier Fingern zog und fächerte sie die vier Flügel aus, die zwei kleinen schmalen und die großen, die darunter lagen. Sie ließ einerseits das Flügelpaar los, so daß die Motte flatternd

Die Erzählung der Schwester

37

an den anderen Fingern hinabfiel. Sie roch an dem Staub auf der Hand und blickte, immer noch nah, indem sie sich beugte, auf die beiden benachbarten Kugeln, die der Kopf der Motte waren, und auf den schwarzen Punkt in der Mitte des Kopfes. Sie köpfte mit zwei Nägeln zweier Finger die zwei Köpfe der Motte. Dann breitete sie die Motte von neuem zwischen die Finger.

Dies ist der Augenblick, da sie durch die zerschlissenen Flügel in den Schrank schaut. Sie wirft die Motte von sich. Sie lehnt sich in dem rauschenden schwarzen Gewand an die Lehne zurück, indes die sich weitenden Augen in die weglose, abwegige Dunkelheit des Schranks versinken; sie betrachten unter dem grellen elektrischen Licht, das am Nachmittag wieder gekommen ist (die Bomber sind nicht mehr geflogen), in dem abgeschirmten Schrank die reglos hängenden Klumpen der Kleider und den finster verhängten geheimnisumwitterten Raum hinter ihnen, der vor ihren Blicken sich nirgends zu schließen scheint. Die unendliche Tiefe des Raums, in dem sich die Augen verirren, beschwert ihren Kopf; die Augen fangen zu brennen an; schnell, wie zum Abschwören, spricht ihr Mund ein Wort aus. Endlich gelangt das Bild der Kleider und des saugenden Raums hinter den Kleidern zu ihrem Vorrat von Namen, und sie erkennt die Gegenstände und benennt sie. Mantel, Bügel, Motte und Staub. Während sie, von den Lauten, die sie hervorstößt, entzaubert, mit den Augen rundum kreist, fährt sie fort zu benennen: Fenster, Mauer, Tür, Klinke, Ofen, Rost, Feuer. Kommode, Spiegel, Bett, Spiegel. Abdruck des Fingers. Abdruck des Fingers der Hand. Abdruck des Fingers der Hand auf dem Spiegel. Sie lacht auf und betrachtet ihr lachendes Gesicht. Schnee, Stein, Wasser. Eis, Nagel, Brett. Wasser, Sack, Sand. Als sie sich erhebt und in dem rauschenden Gewande der Mutter sich ans Fenster begibt, vernimmt sie unstimmig zu ihrem gemessenen Gang aus dem Stall das rauhe Klirren der Ketten und das Krachen des Futters in den Mäulern der Kühe. Sie begibt sich eilig zurück und gleitet aus der Bewegung, in der sie zurückgeht, vor dem großen Spiegel hinab auf die Knie. Nun vernimmt sie auch das Murren und Murmeln der Betenden unten im Zimmer. Sie erhebt sich. Sie schreitet zu dem Schrank und verschließt und versperrt seine Höhlung. Hierauf begibt sie sich vor den Spiegel, der vergilbt an der Wand hängt, und biegt, indes sie sich wendet, langsam den Kopf in den Nacken. Während sie den Kopf in den Nacken legt, dreht sie in der Gegenbewegung schielend die Augen zum Spiegel. Mit einmal klafft der Mund auseinander. Das Kinn fällt herab. Die Furche zwischen Nase und Lippe beginnt sich zu glätten.

Da sie jedoch nichts davon sieht, beugt sie sich wieder vor und begibt sich, ohne die Augen vom Spiegel zu lassen, rückwärts zum Stuhl und nimmt den zweiten Spiegel an sich. Sie begibt sich von neuem zum Spiegel, der an der Wand hängt. Sie hebt den zweiten Spiegel. Sie wendet das Gesicht und betrachtet in dem zweiten Spiegel, den sie von sich hält, aus den langsam sich schließenden Lidern das in dem Wandspiegel profil gespiegelte Abbild. Wiederum klafft der Mund auseinander. Sie betrachtet in dem Spiegel den gespiegelten klaffenden Mund und die glatt herabgewölbte Haut zwischen der Nasenwand und der Mitte der oberen Lippe: hier ist früher die senkrechte schartige Rille gewesen. Sie schaut auf das Bild, das sie von ihrem Bruder in dem Spiegel gemacht hat. Es gelingt ihr, den Ertrunkenen nachzuahmen.

Sie tritt ganz nah an das Abbild, so daß ihr Atem das Glas bedunstet; und während die Finger den Dunst verwischen, betrachtet sie neugierig das unaufhaltsam aus der Kehle drängende Weh und Klagen in dem auseinanderreißenden Gesicht. Tisch. Fenster. Stuhl. Fenster, Tisch, Stuhl. Stuhl Tisch Fenster. Fenster: Fenster: Fenster!

Die Er- Ich erzähle.
trinkungs- Ich war der älteste von drei Brüdern. Wir waren
geschichte die Söhne unseres Vaters und unserer Mutter, derer ich mich als einer wohlwollenden und rechtschaffenen Frau entsinne.

Es kam die Zeit, da pflegten wir in die Schule zu gehen. Wir nahmen dafür den Weg an einem Bache entlang. An manchen Tagen hielten wir auch auf der Landstraße den Milchwagen an; später, aus Gewohnheit, hielt der Fahrer von selber, wenn er uns kommen und stehen sah. Er wartete, bis wir hinten über Reifen und Wanten stiegen und zwischen den Kannen auf den Schultaschen saßen. Meist jedoch war der Wagen schon vorbei, wenn wir von dem Haus auf die Landstraße kamen. Dann pflegten wir den Weg zu verkürzen, indem wir von der Straße abbogen und durch die Schlucht den Bach entlanggingen.

Das Schulhaus befand sich in der Ortschaft Übersee. Die Schule der näher gelegenen Ortschaft Öd
war in dem Jahr zuvor abgebrannt. Aus diesem
Grund mußten die unterrichtspflichtigen Kinder
der Ortschaft Öd zum Unterricht in die Ortschaft
Übersee gehen. Später, nachdem der Krieg auch
über die Schule der Ortschaft Übersee gefallen,
mußten die unterrichtspflichtigen Kinder der Ortschaften Übersee und Öd in die Schule der Ortschaft Anhöh gehen. Die Ortschaft Anhöh, die durch
ihr Stadtrecht eine Stadt war, befand sich südlich
in einer Entfernung von soundsoviel Kilometern
zu der Ortschaft Übersee und in einer Entfernung
von soundsoviel Kilometern zu der Ortschaft Öd.
Die Entfernung der Ortschaften voneinander und
ihre Lage haben sich im Laufe der Zeit nicht verändert. Noch später, wenig vor dem Ende der
feindlichen Auseinandersetzungen, gingen, nachdem in dem verweltlichten Kloster der Ortschaft
Öd einige Räumlichkeiten behelfsmäßig herge-
stellt worden waren, die unterrichtspflichtigen
Kinder dieser Ortschaft in die Abtei zum Unterricht, während die Erziehungsberechtigten der unterrichtspflichtigen Kinder der Ortschaft Übersee
vor die Wahl gestellt waren, die Kinder in die Schule
der Ortschaft Öd zu schicken, die nördlich in einer
Entfernung von soundsoviel Kilometern an der
Landstraße lag, oder aber in die Schule der Ortschaft
Anhöh, die in einer Entfernung, die man berechnen
kann, im Süden an einer Asphaltstraße lag; die meisten entschieden sich in den unsicheren Zeiten, in
denen niemand wußte, was der nächste Tag bringen würde, für die Ortschaft Öd, die kein Stadtrecht

hatte, geschweige denn die Aussicht, durch die Gründung gefährlicher militärischer Lager auf ihrem Gebiet ein willkommenes Ziel für Angriffe aus dem Luftraum zu werden; ja, es ging dem Ort sogar das Recht ab, einen regelmäßigen Markttag zu halten.

Es gab für die Wege zum Unterricht drei Sprichwörter, die sich von Mund zu Mund pflanzten: Ich gehe ins Kloster. Ich gehe nach Übersee. Ich gehe hinunter auf eine Anhöh hinauf.

Ich fange noch einmal zu erzählen an.

Wir pflegten einen Bach entlang zur Schule zu gehen. Eines Tages aber, in einem November, gingen meine Brüder allein. Die Schuleinrichtung befand sich damals in der Ortschaft Übersee. Sie gingen jedoch nicht in die Ortschaft, sondern verbrachten den Tag zuerst auf dem Teich, wo sie die Kolben des Schilfes zerbrachen und Fasane, Wildenten und allerlei Wild aufjagten; sodann in den Feldern zwischen den Ortschaften, wo sie die umherliegenden verfaulten Kürbisse zerschnitten und mit gestohlenen Rüben von einem Felde zum andern das Weite suchten.

Man könnte so fortfahren, indem man erzählte, daß sie zuletzt gemeinsam gesehen wurden, als sie etwa gegen Abend, noch bevor es zu regnen begann, aus einem Maisfeld kamen, die Böschung hinauf zu der Landstraße stiegen und in einem gewissen Abstand (einen Steinwurf weit) voneinander auf den Randsteinen hockten und die gestohlenen Rüben zerkauten.

Dies alles sind nur Beispiele.

Ein Beispiel ist es auch, wenn ich erzähle, daß sie aus einem Auto gesehen wurden, das zuerst von der

Ortschaft Öd in die Richtung der Ortschaft Übersee raste. Auf dieser ersten Fahrt, so wurde berichtet, beobachtete man sie, wie sie soeben aus dem Maisfeld hervorliefen und draußen verhielten und mit hechelnden Köpfen in die Luft und auf das dräuende Dröhnen merkten. So wurden sie jedoch nur für den Klick eines Fotos gesehen; denn sogleich, kaum daß sie das Geräusch, das noch zunahm, erlauschten, krochen sie wieder ins Maisfeld und schützten mit den Händen die Köpfe, während das Dröhnen aus dem Horizont sprang und sich beruhigend zu dem Auto verfestigte, dessen Reifen den Schotter knirschend und ballernd von der Straße ins Feld hinein schossen. Sie beobachteten nun selber, indes sie die Köpfe hoben, durch die kahlen Stengel des Mais den Staub, den die Räder aus dem Schotter krallten; durch das Abschwellen und Verenden des Dröhnens hörten sie aus dem rasenden Auto auf einem Ton das unaufhörliche hohe Geheul eines Hundes.

Als das Fahrzeug aus der Ortschaft Übersee zurück zu der Ortschaft Öd raste, waren sie jedoch durch das graue Gras schon sorglos hinauf zu der Straße gestiegen und hockten, einige zwanzig Meter voneinander entfernt, still auf den Randsteinen. Gleichermaßen saßen sie vorgebeugt und umklammerten heftig die Rüben, während die Hand dicht unter dem offenen, in der Wange seitlich noch kauenden Mund mit dem Taschenmesser dünn die Scheiben herabschnitt und sie im Schneiden schon mit der Klinge zu den Lippen hinaufbog, so daß diese nur noch sich stülpend nach der Nahrung zu greifen brauchte. Als die Brüder zum zweiten Mal das bomberähnliche Geräusch vernahmen, starrten sie hin und erstarrten sogleich, wie von einem Einstich, rund um die starrenden Augen. Ungelenk türmten sich die unverschlungenen Bissen hinter den Wangen. Sie nahmen wahr, daß das Fahrzeug nun aus der anderen Seite des Himmels raste. Sie atmeten kaum und mit Mühe. Die Haut der Gesichter rötete sich.

Sie wurden jedoch dann aus dem Auto gesehen, wie sie sich schon wieder ungestüm an das Kauen machten; es wurde gesagt, daß sie schmausten, ohne weiter des Autos zu achten. Sie kehrten sich auch nicht um den Hund, der im Innern des Wagens den Ton ins Unendliche zog. Es regnete jetzt; die Brüder hatten zum Schutz die Taschen über den Knien; einer von ihnen bedeckte gerade den Kopf mit dem Sacktuch. Er sei aufgestanden, wurde erzählt, habe im Aufstehn die von den Knien rutschende Tasche gefangen, den Kopf gebeutelt, das herunterflatternde Tuch geschnappt und es feucht in die Hose gestopft; seine späteren Bewegungen seien fort und fort, während das rasende Auto an der Wegstrecke zunahm, aufgewischt worden von der Straße und von den Feldern, welche die Unebenheiten meiner Brüder, durch die regenverzogene Scheibe des hinteren Fensters anzusehen, als kochten und brodelten sie, mit sich wegzerrten bis zum Horizont und sie dort einebneten und verschmolzen.

Ich erzähle.

Ich beeile mich, weiter zu erzählen.

Eines Tages im November, hieß es, seien meine Brüder an der Landstraße zwischen der Ortschaft

Öd und der Ortschaft Übersee auf den Randsteinen gesessen.
Ich beende nun aus zweiter Hand die Erzählung.
Nachdem sie auf den Randsteinen gesessen waren,
ließen sie ihre Füße weitergehen. Sie gingen weiter
und die Straße zurück, bis sie zu einer Abzweigung
kamen, auf der sie dann gingen, bis sie wieder zu
einer Abzweigung kamen, auf der sie weitergingen. Sie gingen nun auf dieser Abzweigung den
Lauf des Baches hinauf, bis sie in eine Schlucht
kamen. Sie gingen durch diese Schlucht, bis sie vor
eine Brücke zu einer Abzweigung kamen, auf der
sie indessen nicht weitergingen; an anderen Tagen
war es so, daß sie ihre Füße auf dieser Abzweigung fortgehen hießen und zwischen der Ortschaft
Öd und der nördlich gelegenen Ortschaft Reiting
wieder auf die Landstraße kamen, auf der sie
dann weitergingen, bis sie zu einer Abzweigung
kamen, auf der sie weitergingen, bis sie zu einem
Haus kamen, durch dessen Flur sie wiederum in
dieses Zimmer gingen, in dem ich jetzt liege. Damals hätten sie jedoch von der Brücke an den
Weg nicht mehr fortgesetzt; vielmehr verharrten
sie dort und redeten miteinander. Hierauf machten sie kehrt und nahmen den Weg zurück in die
Felsschlucht. Sie seien noch zwei gewesen.
Feig, sagte der eine. Selber feig, sagte der andre:
das ist ein Beispiel für ihre Gespräche.
Sie standen nun in der Schlucht und redeten miteinander, indem sie schrien und große Gesten
vollführten.
Du springst nicht. (Der eine sei zu feig zum Springen.)

Gib mir die Liane. (Der andre solle dem einen aus dem Uferbaum die Liane reißen.)

Feigling. (Der eine wird wiederum aufgestachelt.)

Die Liane. (Der andre solle seine Zeit nicht mit Reden vergeuden.)

Hans habe Matt die Liane gereicht. Matt sei mit der Liane zum Felsen zurückgegangen. Zwei Felsen, zwischen denen ein Bach fließt, ergeben insgesamt eine Schlucht.

Zuerst ich, dann du. (Nach dem einen solle der andere springen.)

Ja. (Er ist einverstanden.)

Der mit der Liane schaute mit aufgerichtetem Kinn zum anderen Ufer. (Dies läßt vermuten, daß er sich noch nicht schlüssig ist.)

Du bist feig. (Erneut wird auf des einen Stolz gepocht.)

Nein. (Der Vorwurf wird abgewiesen.)

Feig bist du. (Listig wird der Vorwurf wiederholt.)

Er sei plötzlich angelaufen. Hans habe das Kratzen seines Schuhs gehört, als er sich von dem Felsen abstieß. Matt sei hoch über den Bach geflogen und auf die Knie in das Gras am anderen Ufer gestürzt. Hans habe, indem er sprang, die herschwingende Liane erhascht. Matt habe über den Finger gezüngelt und mit dem Speichel die Flecken des Grases von den Knien gewischt.

Ich erzähle zu Ende.

Hans habe die Liane zu Matt geschleudert. Matt sei mit ihr zurück zu dem Felsen gewichen und habe sich abgedrückt. Hans habe ihm zugerufen. Er habe nicht mehr geantwortet. Als er hersprang, riß sein Schwung das Seil aus dem Baum. Der Schwung habe das Seil aus dem Baum gerissen.

Das Geräusch des Vorhangs im Wind wird selber als Wehen bezeichnet; es kann auch verglichen werden mit dem Sausen des verkohlenden Feuers in einem Ofen; ist der Vorhang aus festerem Stoff, so wird sein Geräusch im Wind als Knattern bezeichnet; dieser Ausdruck wird auch für Fahnen gebraucht. Das Geräusch des Sandes, den der Wind an das Glas schlägt, wird als Knacken bezeichnet; möglich ist auch der Vergleich mit dem feinen Prasseln eines Regens auf ein Blechdach; das festere Prasseln des Regens auf das Blechdach wird als Trommeln bezeichnet. Das Geräusch des sich öffnenden Schrankes im Wind wird als Knarren bezeichnet. Das Geräusch der Pappeln im Wind wird mit dem sanften Rieseln des Wassers verglichen. Das Geräusch des eisernen Reifens, den der Wind von der Wand der Scheune hinab in den Hof prellt, wird als Klirren bezeichnet. Das Geräusch des nassen Grases im Wind wird als Zischen bezeichnet; gebräuchlich ist auch der Vergleich mit dem Geräusch des brennenden Holzstücks, das in das Wasser taucht. Sind die Grashalme welk, so wird ihr Geräusch im Wind als Rascheln bezeichnet. Das Geräusch des lockeren Kotflügels an einem Fahrrad wird als Scheppern bezeichnet. Das Geräusch eines gespannten Drahtes im Wind wird als Sirren bezeichnet; das Geräusch der nassen Hemden über dem Draht wird als Klatschen bezeichnet; häufig wird das Klatschen der Hemden im Wind verglichen mit einem dumpfen Flügelschlag; der nicht

Die Namen der Geräusche

47

unterscheidbare Flügelschlag einer großen Schar von kleineren oder weiter entfernteren Vögeln wiederum wird als Schwirren bezeichnet. Das Geräusch der Schuppentür jenseits des Hofs im Stoß an den Stapel der Bretter wird als Knallen bezeichnet; ist aber eines der beiden, seien es die Bretter oder seien es die Latten der Tür, von Nässe zermorscht, so wird der Anprall der Tür an den Stapel im Wind auch als Krachen bezeichnet. Das Geräusch des Fahrrads, bevor es umfällt, wird als Knistern bezeichnet; das Geräusch der sich noch drehenden Speichen darauf als Surren, das Geräusch der Stange, die zuvor auf den Stein prallt, als Knall.

Die Insekten auf den Augen des Pferdes Es wird beschrieben, wie der Vater, meist noch in der Dämmerung, das Pferd an den Wagen schirrt; wie er gebückt das störrisch geknickte vordere Bein des Pferdes über dem Huf zwischen Fesseln und Knie anstemmt, damit es zu den anderen Beinen in die Deichsel einsteige; und wie das Pferd nun mit diesem befohlenen Bein folgsam zwischen die Deichsel steigt und zugleich mit den hinteren Hufen wieder heraussteigt. Ich erinnere mich, wie er zurückgeht, die Schulter und den Kopf in den Pferdeleib bohrt und mehrmals mit der platten Hand, während er aus dem Munde die kurzen wilden Befehle ausstößt, auf jene Stelle des Schenkels patscht, wo die langen Falten aus dem Fell springen, sooft das Pferd im gemächlichen Gang vor dem Wagen dieses Bein zur Bewegung voransetzt, wo die langen Falten aus dem Fell wieder schwinden und ausziehn, sooft das Pferd im Wechsel des Schritts nun das andere Bein zur Bewegung

48

voransetzt; ich erinnere mich, wie seine Hand auf
das Pferdefleisch schlägt, und wie er die Hand
dann zur Faust ballt und wie er den Kopf in den
schweißüberronnenen Pferdebauch treibt, und wie
das Pferd darauf zierlich die Hufe aufkantet und
wie es, sich zierend, gehorsam zurück in die Deichsel steigt; wie er abläßt zu schreien, wie die gefäu-
steten Finger sich lösen, und wie er mit ihnen den
Hut von den Steinen auflüpft. Es folgen dann die
gewohnten Bewegungen, mit denen er sich mit
dem Hute den Kopf bedeckt, mit denen er wieder
nach vorn geht, mit denen er um das Pferd prü-
fend herumgeht, die Bewegungen, mit denen er
im Herumgehn die beiden Enden der Deichsel in
die für sie bestimmten Ringe der Geschirrketten
schiebt, mit denen er die Ketten um die Enden der
Deichsel verschlingt und sie daran festknüpft, die
Bewegungen, mit denen der Unterarm über das
nasse Gesicht fährt, und mit denen er darauf an
dem Hemd auf der Brust den Gesichtsschweiß abstreift »wie den Schmutz von einer Messerklinge«.
Dies gehört jedoch schon zu einer andern Beschreibung, in der geschildert wird, wie auf dem Rückweg vom Teich der Wagen mit dem geschnittenen
Futter umstürzt, wie durch den Unfall die Deichsel aus den Verkettungen springt, wie der Mann
das Gespann, das auf einem Haufen von Steinen
am Feldrande liegt, mit den Schultern zurück auf
die Räder bewegt und wie er soeben das Pferd
zum zweitenmal an die Deichsel ankettet. Aber
auch das ist schon getan, als er sich aus dem Antlitz
den Schweiß putzt und auf dem Rücken der Hand
und dem Ärmel des Hemds die Tupfen der win-

zigen Fliegen bemerkt (die auch ich oft sommers in meinem Gesicht fand, wenn ich mit dem Fahrrad über das Land gefahren war, die ich, eine unter die andre, von der Hand auf ein leeres Heftblatt auftrug, die dann auf diesem Blatt für die Sätze und Vorsätze, die ich auf das Geheiß des Vaters aufschrieb, die Satzzeichen waren).

»Die Fliegen sind tot.« Er streift sie zuerst von der Hand an die Brust; dann wendet er die Hand im Gelenk und streift die Fliegen auch von dem Ärmel. »Wie er dabei ist, geht die Sonne auf. Zugleich mit der Sonne bricht der heiße Wind in das Zwielicht, das weder Licht noch Dämmerung ist und in dem bis jetzt die Bewegungen abgestorben und verkümmert erschienen, und reißt die langen Schatten aus den Gegenständen, die auf der Erde stehen, und höhlt und zerklüftet das Gesicht des Mannes«, welcher, ohne auf das Ereignis den Kopf zu erheben, mit den Spitzen der Finger die Reste der Fliegen vom Hemd herabkratzt. Indes seine andere Hand nach der Maulkette fährt, bemerkt er die verwischten schwarzen Tupfen jetzt auf der Hose: die Flügel sind unversehrt und starr von den Tupfen gereckt. Er krümmt den Zeigefinger ins Sacktuch, kratzt die Tupfen vom Beinkleid und schüttelt sie aus dem Tuch; er glaubt, sie aus dem Tuche zu schütteln; später, am Vormittag, wird er das Taschentuch auf den steinernen Boden der Kirche ausbreiten und während der Verwandlung des Brots, nachdem er die Hose zum Schutz der Falten hinauf in die Leisten gezogen, mit einem Bein auf dem in das Tuch verklebten Fliegenrest knien.

So weit ist es jedoch noch nicht gekommen. Er ist in der Beschreibung verlassen worden, wie er vor dem Pferd steht und wie er, als die Sonne erscheint, die größeren Fliegen betrachtet, »die sich auf den offenen, feuchten Augen des Pferdes versammelt haben wie auf frischem Kot; da sie so dicht gedrängt sind, daß sie, während sie saugen und trinken, sich kaum noch bewegen können, bleiben die meisten, wenn immer die Augen des Pferdes aufzucken, unbewegt an den Rändern des Lides, als seien sie ein Teil dieser zuckenden Augen. Die wenigen, die auffliegen, fallen sogleich wiederum in den Schwarm zurück oder kriechen suchend in der Nähe umher. Ein anderer Schwarm hordet in den Nüstern des Pferdes. Auch der Leib und die Mulde unter dem Schweif ist an den schweißigen Streifen mit Fliegen bewuchert.« Er betrachtet die Bremse, die mit angelegten Flügeln durch den wimmelnden Schwarm sich zum Auge keilt; ihr grauer Körper wird als lang, flach und schmal beschrieben; sie ist von der kleineren Art, deren einzelner Flug fast lautlos ist, und die erst gespürt wird, wenn sie hinten am Rücken in die Haut sticht. Vom rissigen Querband des Zaumzeugs unter dem Ohr ist sie nun durch die Fliegen bis an den Rand des Auges gekrochen, ohne daß das Krauchen und Kriechen ihrer Beine zu sehen war. Sie kauert am oberen Lid inmitten der schuppenartigen Schar der Fliegen. Der Mann läßt nicht die Blicke von ihr; seine Augen sind tief im Kopfe versenkt und leuchten von der fahlen Farbe des Alters. »Im Wind sträuben sich die Haare der Mähne von der Kruppe, sträuben sich die Halme

des Grases zwischen den Steinen, sträuben sich die
Schatten der Halme zwischen den Steinen, sträuben sich die Schatten der Haare über der Stirn,
werden die Schatten der sich sträubenden Mähne
und der sich sträubenden Disteln zwischen den
Steinen zu Windschatten, bleiben jedoch die feste-
ren Stoffe des noch nassen Futters auf dem Wagen,
der Gabel in dem Futter, des Wagens selber, des
Pferdes und des Mannes noch unbewegt.« Als aber
das Pferd gleichsam den Kopf von dem Hals wirft
und ihn gleichsam abwirft und nicht achtend der
Last des Kummets und der Deichsel emporspringt
und sich aufbäumt, stoßen mit ihm auch die festen
Stoffe und ihre ineinander verwobenen Schatten
am Feldrand zu Bewegungen auf. Der Mann hetzt
an der Kette das scheuende Pferd vor, das Pferd
ruckt den Wagen an, die Fliegen fliegen auf und
belagern und bestürmen wieder die freigeworde-
nen Augen, das Futter hüpft auf den Brettern, die
Gabel beginnt zu schwanken, die Räder spulen in
das Feld ihre Spuren ab, die Fliegen wimmeln von
neuem über den Augen. »Die Bremse, unter das
Lid geklemmt, ragt, nachdem sie gestochen hat, mit
ihrem breitgequetschten Körper schräg aus dem
Auge des Pferdes.« Während ich mich nun an das
Bild des Pferdes und an das Bild des neben dem
Pferde einhergehenden Mannes erinnere, während
ich aus dem Hof das Geräusch des fallenden Fahrrads höre und all jene andern Geräusche, während
ich unter dem Bett nach den Schuhen taste, werde
ich zugleich an das Surren der Bremse erinnert, der
riesigen Bremse, dem das Pferd, ein anderes Pferd,
mit aufwärts geworfenem Kopfe zu lauschen

schien, an jenes Surren, das, als es nahte, zu einem
dröhnenden Schnarren wurde, das mit einmal verstummte; erinnere ich mich zugleich, wie das Pferd
in dem garbenbeladenen Wagen, in den es gespannt
war, sofort, noch ehe die Bremse es stach, die Beine
ausspreizte und mit dem Schweif die Flanken ver-
peitschte; erinnere mich, während ich jetzt stehe,
während ich zu dem offenen Schrank hin tappe,
wie Hans den steifen Halm aus dem Feld zog, wie
das Pferd, als die Bremse nun in sein Fell schmolz,
plötzlich den Widerstand aufgab, wie es unbehol-
fen nur noch den Kopf an die Luft strich, wie es
vom Hals an in Starre verfiel, wie Hans die
Bremse leicht zwischen Daumen und Finger nahm
und den Kopf anriß und sie ganz von dem Pferdebauch schälte; erinnere mich, während ich hier aus
dem Schrank das Gewand für den Festtag aus-
suche, wie mit dem anderen Daumen und Finger
mein Bruder die Spitze des aus dem Felde gerupf-
ten Halms in den behäbigen hinteren Leib der
Bremse einfädelt, wie er den harten Dorn, der sich
aufbiegt, ein und ein in die Bremse bohrt, wie auch
die Bremse sich aufbiegt und, sich krümmend,
wider den Stachel löckt, wie er unverdrossen ihn
weitertreibt, und wie die Bremse es aufgibt; erinnere mich, daß dann die Brüder zu dritt bar-
füßig zwischen den Feldstoppeln stehen, daß die
drei mit noch sechs Augen die Bremse anschauen,
daß sie böse und gelb mit dem künstlichen Stachel
vor mir in der Hand hockt, daß wir die Bremse
einhellig mit Pfiffen und Rufen zum Fliegen er-
muntern, daß meine Finger weiter den Stachel ein-
stupfen, daß sie sich aufschraubt, daß sie im Flug

über uns steht, daß sie in einem Luftsprung schnarrend und surrend und sirrend dann abzieht und daß sie weder mit den haschenden Händen und Füßen noch mit den Blicken mehr zu verfolgen ist, an jenem Tag in einem Sommer, da die Sonne schien, die auch heute scheint, an einem Sommertag, der ein Sonntag war, der ein Sonntag ist, da ich vor der Zeit erwachte und wach und halbwach und schlafend wiederum dalag, da ich bis in den Schlaf aus dem Hof die Geräusche im Wind vernahm, da ich über die Geräusche erstaunte, da ich dachte und nachdachte, da ich schlief und halb schlief und aus dem Schlafen nicht mehr herauskam, da mir auffiel, daß das Schwirren der Überlandleitung hinter dem Haus verstummt war, daß jenes Schwirren verstummt ist, das Schwirren, dessen Verstummen mich an den Bruder erinnert, der nicht mehr hier ist, der zur Zeit nicht mehr hier ist, in diesem Gebäude, in dieser Ortschaft, in diesem Landstrich, an diesem Morgen in einem Sommer, da die Sonne auf meinem Gesicht ist, da ich die Hände in das laue, in das vom Gewitter der Nacht abgeschmackte und erdbraune Wasser tauche und mit den Nägeln stumpf auf den Boden der Schüssel stoße.

Niemand sieht das Gesicht des Blinden im Spiegel.

Das Die Zeit zwischen dem Erwachen und dem Aus-
Erwachen geschlafensein, die Zwischenzeit von dem Pulsschlag an, durch den der Liegende nach dem Schlaf sich wieder seiner bewußt wird, bis zu dem Pulsschlag, durch den auch die Sinne des Liegenden

wieder zu sich kommen, so daß er wieder hören und riechen und schmecken kann, diese Zeit, sagte mein Bruder, trifft das Bewußtsein wehrlos und nackt an; da der Liegende der Sinne noch entblößt ist, kann er sich der Gedanken, die kommen, nicht mehr erwehren, während er, wenn er ausgeschlafen hat, sich gütlich mit ihnen einigen kann, indem er durch eine Mahlzeit sie abspeist, sie mit wohlschmeckenden Getränken verschüttet, durch seine tastenden Finger sie abstumpft, sie durch Reden zum Schweigen bringt, sie mit Geräuschen fesselt oder durch sonst eine sinnliche Reizung sie abschwächt; hingegen, so belehrte er mich, ist die Zeit zwischen dem Erwachen bis zu dem Zeitpunkt, an dem der Liegende zu seiner Besinnung findet, die Notzeit des Erwachten, die böse Zeit, die Bußzeit, die ihn vor Scham sich krümmen läßt, die Schweißzeit, sagte er, die Zeit der Einsicht, sagte er, die klare Zeit, die Zeit der Eiszeit, die Kriegszeit, sagte er, die Unzeit.

Obwohl mein Körper vom Schlaf noch gelähmt war, spürte ich schon die Hände, die nebeneinander vom Bett hingen. Als ich die Finger einzog und mit ihren Kuppen über die Handballen strich, glaubte ich, darauf den getrockneten Schlamm zu verspüren; ich fühlte nicht die Haut auf den Ballen und auf den Kuppen der Finger, aber ich erkannte durch die Erfahrung, was es war, über das ich strich und womit ich es strich. Die Haut knisterte wie von der Sonne getrocknetes steifes Papier. Wann immer es in der Nacht geregnet hatte, erkannte ich den gefallenen Regen, wenn der Tag kam, an den Händen: sie waren vertrocknet und verschrumpelt und hingen unzugehörig und fremd von den Armen, wie wenn sie in Schlamm zementiert wären. Ich hatte einmal getrockneten Schlamm auf den Fingern, während ich schlief. Ich war am Abend zuvor in der Sandgrube gewesen und hatte beim Suchen den Sand aufgeschaufelt, der durch den Regen von den Halden gerutscht war; nach meiner Rückkehr hatte ich die Hände nicht mehr gewaschen; ich hatte, unter der Decke versteckt, einzuschlafen versucht; ich hatte versucht, einzuschlafen. Es war gewesen wie zu den Zeiten, da der Vater am Abend von irgendwoher nicht zurückkam: wir waren alle unter den Decken gelegen und hatten einzuschlafen versucht, und sooft wir am Morgen nach ihm schauten, war er stinkend wieder in seinem Zimmer gewesen. Es hatte zum Einschlafen vielerlei Mittel gegeben. Zum Beispiel wird oft das Zählen erwähnt. Jedoch die Gedanken waren in manchen Nächten schon weitum im Kreis gegangen, bis ich sie auffing und merkte, daß ich ohne eigenes Wissen neben dem Denken immer noch zählte. Deswegen war ich dann dagelegen mit angehaltenem Atem, um die Gedanken aus dem Gehirn zu pressen; indes waren sie durch das Dunkel allseits von neuem hereingesickert. Darauf hatte ich den einen Gedanken hintangestellt und einen andern verfolgt, der mir nicht kommen wollte; ich war diesem nachgehangen, während jener, den ich hintangestellt, mich, der ich den andern verfolgte, von neuem erreichte und einnahm. Oder ich hatte mit solch flachen Zügen geatmet, daß die Luft im Hals, in der Brust und im Magen eine Stahlfeder wurde, die mich hin und her schnellen ließ, bis ich Atem und schlechte Gedanken wiederum einsog; oder ich verengte das Bewußtsein, während ich atmete, auf den Atem selber, der in mich kam und hinausging, und ich dachte darüber nach, bis Atem und Bewußtsein ineinander verwirrt wurden und mir das Blut in den Kopf fuhr. Dies geschah aber auch, wenn ich willentlich atmete, noch bevor mir Atemluft not tat, und wenn ich dann horchte, wie nun der Körper nach den eigenen Regeln ohne den Willen sich atmend heben und senken würde; denn nun kam es, daß er mit dem eingefallenen Magen verharrte und daß ich nichts hörte als jenes Rauschen in dem Gehörgang, das mich aufblies und schwellte und mir arg zusetzte, so daß ich endlich wieder mit dem Willen einatmen mußte. Dann pflegte ich blind durch den Flur in die Küche zu finden, blind die Tür der Kredenz aufzusperren und mit Ameisen an den Fingern nach dem Brot und dem Messer zu fischen. Lag ich wieder im Bett und aß von dem Brot, so klärte sich in den Bissen die Müdigkeit; ich konnte mich ausstrecken und kauen, indem ich ohne Unterlaß das Brot in den Mund schob, und die Gedanken mit dem Brot in den Schlaf hinabkauen. Wenn (als) ich aber erwachte, waren sie wieder in dem trockenen Speichel auf der Zunge und in dem Rest des Brots, das, mich erinnernd, in der fest geschlossenen Faust lag. Ich regte mich nicht. Ich wurde mir klar über den Geschmack auf der Zunge und über den Sand, der die Haut der Finger verknitterte, als hätte es draußen geregnet; einmal, so fiel mir ein, hatte ich getrockneten Schlamm auf den Fingern, während ich schlief. Nachher, als (wenn) ich mich bewegte, entsann sich das Hirn der Geräusche, die lange zuvor das Ohr schon gehört hatte, und des Kohlengeruchs in der Kehle und der Feuerspiele der Glut auf den finsteren Mauern, von denen die weit offenen Augen schon voll gewesen waren, während ich noch in der kurzen Zeit (in der Unzeit, sagte mein Bruder) zwischen dem Erwachen des Bewußtseins und dem Erwachen der Sinne ohne Gegenwehr unter den Gedanken lag.

Dann sei ich vor dem Ofen gesessen und hätte in das Feuer gestarrt.

»Es ist ein paar Tage her.«

Es ist ein paar Tage her, da gehe ich am Sportplatz vorbei und höre die Kinder schreien. Ich bleibe stehen und höre, wie sie herankommen; ich höre, wie sie den Ball vor sich herschieben und wie sie nach und nach aufhören zu schreien und wie sie durcheinander reden und wie sie lauter reden und wie sie immer mehr ihre Worte verschleppen und wie sie langsamer reden, je langsamer sie herankommen. Ich stehe und höre, was sie sagen und reden, und ich höre sie reden und sagen und das Gesagte weitersagen. Ich höre sie ohne Unterlaß von einem Rad reden; einen höre ich reden und fragen, ob dieses Rad etwa mir gehöre; dann höre ich das gleiche einen anderen sagen, und dann höre ich das gleiche einen dritten sagen: ob das Rad etwa mir gehöre.

Welches Rad? sage ich.

Das vor dem Kino, höre ich einen sagen.

Wo soll ich ein Rad herhaben? sage ich.

Ich hätte es gestern dort abgestellt, höre ich einen andern sagen.

Wann? sage ich.

Am Nachmittag, höre ich wieder einen sagen.

Wann am Nachmittag? sage ich.

Ich höre einen eine Uhrzeit sagen.

Zu der Zeit war ich zu Haus, sage ich.

Zu der Zeit sei ich im Ort gewesen, höre ich einen anderen sagen.

Ich habe im Ort nichts zu suchen gehabt, sage ich.

Ich hätte auch nichts gesucht, höre ich wieder einen andern sagen.

Ich habe hier auch nichts zu schaffen gehabt, sage ich.

Sehr wohl hätte ich hier etwas zu schaffen gehabt, höre ich einen sagen.

Mitnichten, sage ich, ich habe mir andres zu tun gewußt als in den Ort zu gehen.

Mein Gesicht strafe meine Worte Lügen, höre ich einen anderen sagen.

Nun wohl, sage ich, ich bin, wie ihr sagt, durch die Ortschaft gegangen und habe ein Rad geschoben.

Ich hätte das Rad an ihnen vorbeigeschoben, höre ich einen sagen.

Recht, sage ich, ihr habt mich um die genannte Zeit ein Fahrrad durch den Ort schieben sehen, das mag etwas für sich haben, und ich will es euch glauben. Ich hatte also den Rock über die Lenkstange gefaltet und karrte das Rad durch die Ortschaft, indem ich es mit der einen Hand um den Sattel und mit der andern am Griff der Stange hielt; die Mauern der Häuser, die ohne Fugen aneinandergebaut sind, gaben mir die Richtung an. Ihr seid am Fenster gestanden, vielleicht habt ihr Stühle herangezogen, die Größeren standen auf dem Boden, die Kleinen auf den Stühlen hinter den Größeren, ihr seid hinter dem Fenster gestanden, ohne euch anzustoßen und ohne zu drängeln und ohne mit Rufen und Zurufen und Bemerkungen auf den Mann hin zu deuten, der ein Fahrrad blind durch die Ortschaft schob; ganz anders: ihr seid still geblieben, ihr habt still die Köpfe nach meinem Gang gedreht und ich bin langsam auf dem breiten, staubigen Streifen neben der Straße an den Mauern der Häuser entlang gegen die Sonne gegangen, in einem Bogen um den Fahrradständer des Wagenschmieds, um den Fahrradständer der ersten Gaststätte, um den Fahrradständer der zweiten Gaststätte, um den Fahrradständer des Fuhrwerkers, um den Fahrradständer der dritten Gaststätte, um den Fahrradständer der Gaststätte meiner Schwester, um den Fahrradständer des Elektrohändlers, um den Fahrradständer des Getränkehändlers und um den Fahrradständer des Landwirtschaftshändlers bis zum Kino hinauf, wo ich schließlich das Rad an die Mauer unter die Schaukästen gelehnt habe.

Wie wenn nichts gewesen wäre, höre ich wieder einen andern sagen, sei ich gemessenen Schritts durch die ganze Ortschaft gegangen.

Diesfalls muß mich außer euch noch jemand gesehen haben, sage ich.

Alle Welt habe mich gesehen, höre ich einen anderen sagen; ich hätte nichts daran gefunden, höre ich einen dritten sagen, vor aller Welt mit dem Fahrrad durch die Ortschaft zu gehen.

Es hat aber keiner von denen, die mich sahen, ein Wort über die Lippen gebracht, sage ich.

Weit gefehlt, höre ich wieder einen sagen, gar viele seien aus den Häusern getreten; die Fenster der Gaststätten, höre ich einen anderen sagen, seien des Andrangs der Gäste nicht Herr geworden; die auf die Straße Tretenden, höre ich wieder einen anderen sagen, hätten vor Neugier und Eile einander die Klinken der Türen in die Hände gegeben; die Worte aber, so höre ich einen vierten sagen, hätten sie aus Rücksicht auf mich nicht laut werden lassen.

Das räume ich ein, sage ich. Demgemäß habe ich das Rad unter den Schaukasten gestellt und bin wieder fortgegangen.

Nicht doch, höre ich nacheinander einige sagen, ich hätte es an die Tafel der Haltestelle vor dem Kino gelehnt; dann sei ich daneben gestanden und hätte den Omnibus erwartet.

Das leuchtet mir ein, sage ich, allein, wie erklärt ihr euch den Grund, der mich das Rad dort hinstellen ließ?

Es sei ein Zettel an dessen Stange gebunden, höre ich einen sagen; auf dem Zettel, höre ich einen anderen sagen, sei eine Adresse geschrieben; einer der Gäste, höre ich einen dritten sagen, hätte sich gar so weit vorgewagt, mich zu fragen, an wen, um des Himmels willen, ich das Rad wohl versenden wolle; das ist das Rad meines Bruders, hätte ich leichthin zur Antwort gegeben, ich bin heute im Schuppen darüber gefallen; Zeit, daß es wegkommt, hätte ich kurz dem Fragenden hingeworfen; ich hätte mit einer Schere eine Öse gestanzt, durch die Öse einen Papierstrick gezogen und den Strick mit dem Zettel sodann an die Stange gebunden.

Beschreibt nun das Rad, sage ich.

Es sei ein Gangrad, höre ich einen sagen, und das Gangseil sei oben am Griff gerissen; die Glasur des Lacks werfe Blasen; hier und da seien die Blasen schon aufgeplatzt, das Rad sei zu lange in der Sonne und auch im Regen gestanden; es sei zuviel der Witterung ausgesetzt worden, höre ich einen anderen sagen; der hintere Kotflügel sei locker und bis zum Stopplicht hinauf in einen schiefen, gezackten Riß gespalten. »Wenn du das Bein drüberschwingst, bleibst du leicht mit der Hose dran hängen. Du mußt aufpassen; der Gummi am linken Pedal ist ein wenig abgetreten. Zieh am besten die Schuhe aus, damit du nicht abrutschst. Komm her. Es ist ganz einfach. Du brauchst nur den linken Fuß auf das linke Pedal zu setzen, dich im Anlauf über die Lenkstange zu beugen und nach hinten das rechte Bein, indes du dich abstößt, über das hintere Rad zu schwingen. Krümm die Zehen ein, wenn du auf dem Pedal stehst. Schau nicht auf den Boden. Schau dorthin, wo du hinfahren sollst. Schau zum Pflock. Feigling. Schau auf den Pflock her. Geh mit dem Rad zum Haustor zurück und stell dich auf die untere Stufe. Schwing jetzt aus dem Stand das Bein über den Rahmen. Drück jetzt mit den Zehen das Pedal hinunter und stoß dich ab. Idiot. Steh auf. Steh schon auf. Heb das Rad auf. Stell dich auf die Stufe. Heb das Bein drüber und drück mit dem Fuß das Pedal hinab. Halt das Rad gerade. Stemm dich von der Stufe. Du brauchst dich nur abzustoßen und gleich mit dem anderen Fuß das Pedal zu erangeln. Dann trittst du dieses Pedal hinunter, und das erste kommt wieder herauf, und du trittst das erste hinunter. Schau nicht auf die Füße. Schau zum Pflock hin. Schau her. Stoß dich jetzt ab. Paß auf den Stein auf. Weich aus. Ausweichen. Ich hab dir gesagt, du sollst auf den Stein aufpassen. Steh auf. Steh schon auf. Das war nichts. Komm her. Stell dich auf die Stufe. Schau nicht auf die Füße. Schau in die Richtung, in die du fahren sollst. Steh. Halt die Lenkstange fest. Schau nicht auf die Hände. Stoß dich jetzt ab. Vergiß nicht das Treten. Lenk zur Seite. Schau auf den Pflock. Tritt den Rücktritt. Rücktritt, hab ich gesagt!«

Gangräder haben keinen Rücktritt, sage ich.

Niemand spreche von einem Rücktritt, höre ich einen sagen; das Rad sei rot und weiß lackiert, höre ich einen anderen sagen; ein langer weißer Pfeil im roten Rahmen, höre ich noch einen sagen; die Pedale, während ich gegangen sei, hätten sich um und um gedreht, der verbogene hintere Kotflügel habe sich am Reifen gerieben, die Speichen hätten an einer Stelle des Rahmens klickend an das krumme Metall geschlagen, und der Dynamo habe gesurrt.

Wie das? sage ich, ich bin doch am hellichten Tag durch den Ort gegangen.

Dies wohl, höre ich einen sagen, jedoch dann am Abend sei ich wieder zurückgegangen.

Sprecht weiter, sage ich.

Ich hätte nämlich das Rad auch nicht in den letzten der Wagen gegeben, höre ich einen anderen sagen; verwundert hätten die Aussteigenden meinen Herweg und meinen nutzlosen Aufenthalt vor dem offenen Wagen beredet; indes, höre ich wieder einen anderen sagen, hätten sie aus den hellen Streifen an der Lauffläche der Reifenprofile nichts sonst erschließen können, als daß ich mit dem Rad auf dem staubigen Streifen neben der Straße gegangen wäre.

Gut, sage ich, ich bin, wie ihr angebt, vor der Wagenöffnung gestanden, bis die Preßluft die Falten geglättet hat; dann bin ich auf der Stelle und sogleich, unverrichteter Dinge, das Fahrrad an der Hand, zurück durch den Ort gegangen.

Dies nicht, höre ich einen sagen. Ich sei vielmehr, höre ich einen anderen sagen, noch dort geblieben und ohne Bewegung gestanden bis spät in die Nacht.

Ich wende ein, sage ich, daß ihr schwerlich bis spät in die Nacht zur Stelle gewesen seid.

Man habe es ihnen zukommen lassen, höre ich einen sagen.

Wer? sage ich.

Die Leute aus dem Kino, höre ich wieder einen sagen.

Es kommen euch keine Bedenken? sage ich.

I wo, höre ich einen anderen sagen, es sei ja ein kurzer Film gewesen; es sei, höre ich wieder einen andern sagen, gar kein rechter Film gewesen; es sei eine Versammlung im Kinosaal gewesen, höre ich noch einen sagen.

Es sei ein Kurzfilm gewesen, höre ich einen sagen,

oder eine Werbungsveranstaltung, höre ich einen
sagen, oder eine Übung für einen Notfall, höre
ich einen sagen, oder ein Auflauf, höre ich einen
sagen, nein, ein Aufruf der Verwaltung, höre ich
einen anderen sagen, eine Kundmachung, höre ich
wieder einen sagen, ein Alarm, höre ich einen
sagen, die Verkündung eines Ausnahmezustands,
höre ich einen sagen, eine öffentliche Warnung,
höre ich noch einen sagen; und ich höre sie durcheinander reden und sagen und einander die Worte
einsagen und leise und laut und leiser und klein-
laut reden, und ausreden, und ich höre sie das eine
in Abrede stellen und das andere eingestehen und
einander widersprechen und einander die Wider-
sprüche vorsagen, und ich höre sie reden und ausreden, bis es dahin gekommen ist, daß ich stehe
und stehen und dastehen kann und sie anschau.
Obwohl ich blind bin, schau ich sie an.

Inzwischen hat sich Gregor Benedikt (so oder ähn- *Das*
lich ist sein Name) für den Sonntag gekleidet. *Ankleiden*
Er ist auf dem Bett gesessen und hat die Schuhe
gebürstet. Er hat sich rasiert und gewaschen. Er
ist zum Bett gegangen und hat mit der weichen
Bürste das Leder poliert. Er ist zum Tisch gegangen und hat sich neben dem Tisch auf einen Schemel gesetzt.
Er hat die Socken über die Füße gezogen. Er ist
aufgestanden und zum Schrank gegangen.
Mit dieser Tätigkeit hat er viel Zeit vertan. Mit
dem Ankleiden der Socken hat er weniger Zeit
vertan.
Er hat den Schlüssel gedreht und den Flügel des

Schranks geöffnet. Er hat aus dem Schrank den Anzug genommen. Er hat die Hose vom Bügel gestreift und den Rock auf das Bett gelegt. Er hat sich neben den Rock gesetzt. Er ist mit dem linken Bein in die Hose gestiegen. Er ist mit dem rechten Bein in die Hose gestiegen. Er hat darauf eine lange Zeit verwendet.

Er ist aufgestanden und hat die Hose hinaufgezogen. Er hat sie zugeknöpft. Er hat den Gürtel durch die Schnalle gesteckt. Er hat den Gürtel festgeschnallt. Er hat mit dem Daumen den Stachel der Schnalle durch das gewohnte, im Vergleich mit den andern erweiterte Loch geschoben. Er hat das Ende des Gürtels nach und nach durch die Laschen gesteckt.

Auch darauf hat er beträchtliche Zeit verwendet.

Er ist jetzt zwischen dem Tisch und dem Bett gestanden.

Er ist aus dem Stand zum offenen Schrank gegangen. Er hat aus dem Schrank die Krawatte genommen.

Er ist ans Fenster gegangen. Er hat unterwegs die Schlinge über den Kopf gezerrt. Er hat das Hemd verschlossen und den Kragen ans Kinn gestellt. Er hat den Knoten der Schlinge zwischen zwei Fingern gehalten und die Schlinge mit der anderen Hand um den Hals gezogen.

Das Knüpfen der Schlinge hat ihn lange beschäftigt.

Er ist zum Bett gegangen und hat den Rock genommen. Er hat den Rock über die Schulter geworfen und ist zum Schrank gegangen. Er hat die Flügel des Schrankes geschlossen und den Schlüssel gedreht.

Er hat den Rock von der Schulter geschwungen.
Er hat ihn mit dem Arme von sich gestreckt.
Zu dieser Zeit ist er inmitten des Zimmers gestanden.
Er ist mit der rechten Faust unter den linken Arm und in den Rock gefahren. Er hat den Rock über die rechte Schulter gezogen. Er hat mit der linken Faust den Rock auf der rechten Schulter befestigt. Er hat die Faust von der Schulter gelöst.
Das Lösen der Faust hat den Blinden viel Zeit gekostet.
Er hat mit dem linken Arm hinter sich gegriffen.
Er ist mit der linken Faust in den Rock gefahren.
Er hat den Rock hinauf und über die Schulter gezogen.
Er ist zum Bett gegangen. Er hat sich nach der Bürste gebückt. Er hat die Bürste in die gehörige Schachtel getan. Er ist mit der Schachtel zum Tisch gegangen. Er hat sie unter den Tisch geschoben.
Diese Handlung hat ihm einige Zeit genommen.
Er ist zum Waschbecken gegangen und hat durch den Ausguß aus der Schüssel das Wasser gegossen.
Er ist danebengestanden.
Er hat mit dem Rücken der Hand das Kinn geschabt.
Dann ist er in einer langen Zeit zu der Tür gegangen, ist in einer längeren Zeit durch den Flur gegangen, ist die längste Zeit vom Haustor die Stufen hinabgestiegen.
Er ist schnell durch den Hof gegangen.
Er ist zurückgekommen.
Er lehnt jetzt, die Hände weit in den Taschen der

Hose, neben den Stufen an der Mauer des Hauses. Man stellt sich ihn rauchend vor, mit großem, feierlich geneigtem Kopf, den Hals und den Arm, der mit der verkrampften Hand wie immer den unteren Rocksaum umgreift, noch im Schatten, das Gesicht darüber schon in der Sonne; mit nichts beschäftigt, es sei denn, aus dem Mund und aus den Höhlen der Augen den Rauch zu stoßen.
Die Gedanken kommen und gehen.

Er macht sich ein Bild von einem fahrenden Zug.

Der *Auftritt* *der Frau* Nachher bin ich wieder zu Hause und sitze in der Küche, und ich höre, wie mein Vater, der Arbeit entledigt, die paar Schritte auf dem Beton durch den Flur geht, und wie er, während er steht, auf der Stelle die Stiefel abstreift, indem er zuerst den einen hinten über dem Absatz mit dem Innenrist festhält, und wie er solcherart die Ferse bis zum Schaft aus dem Stiefel pellt und den lockeren Stiefel wie einen Ball auf die Zehen gabelt und ihn dumpf an die Wand unter die Stiege knallt, wie er darauf den anderen Stiefel mit dem jetzt freien Fuß, der ihm als Stiefelknecht dient, hinterrücks gegen den Türrahmen gestemmt, zuckend und trampelnd vom Bein zerrt und, ohne in den Bewegungen heftiger oder ruhiger zu werden, auch diesen Stiefel weg an die Wand bombt. Ich höre sodann, wie er schnaubend hereinbricht, wie er im Weitergehen vom Herd die Schöpfkelle reißt und wie er sie unter den Wasserhahn zückt. Ich höre das Gurgeln des Hahns und das dumpfe Platzen der Luft, als der Vater den Finger hineinsteckt, und

das hohle Saugen des Fingers, das mit dem dumpfen Platzen zerspringt, als er den Finger wieder
herauszieht. Wieder höre ich nur das Gurgeln in
den Rohren der Leitung. Während er die Schöpfkelle an den Rand des Beckens hängt, beugt er sich
nieder und umfaßt den Hahn mit den Lippen; sooft er die Luft anzieht, höre ich das harte, helle
Grunzen an seinem Gaumen, das ich bei mir mit
dem Schrei eines Fasans vergleiche. Er löst den
Mund schmatzend vom Messing und steht gebückt,
die Lippen nun an der Schöpfkelle, in die, spröde
tönend, Wasser auf Blech, dann, fast lautlos verwischt, Wasser auf Wasser fällt; noch ehe es jedoch
an die Lippen aufsteigt, dreht der Vater schnell die
Kelle nach unten und leert sie. Als das rinnende
Wasser aus der Leitung dann kalt wird, sammelt
er es von neuem und macht sich ans Schlürfen und
Schlucken, indem er stetig das Gefäß, bis ihm die
Nase verdeckt wird, aufwärts über den Mund
dreht. Über der halben Kugel vor seinem Gesicht
schaut er aus den Augen, die trotz des Schluckens
sich niemals bewegen, zu mir herüber und sprudelt
trinkend eine Frage in das Wasser, die ich nicht
verstehe; ich erkenne nur am erhöhten Ton des
letzten Wortes, daß er fragt; deshalb nicke ich tunlich und sage das Wort, das zum Nicken gehört. Er
reckt sich zu seiner vollen Größe empor, wischt über
den Mund, jedoch nicht mit dem Handrücken, sondern mit dem dicken Daumenballen, und schlitzt
sich die Lippen auf. Danach hängt er die Kelle zurück an den Herd und versperrt den Hahn hinter
sich; mit dem Rücken zu mir, während er zuerst
die linke, dann die rechte Schulter hebt und sich

unter den Achseln kratzt, während er alsdann in die Hose fährt und sich unter dem Bauch kratzt, während er zu guter Letzt mit den Zehen des rechten Fußes den Knöchel des linken kratzt, stellt er die Frage zum zweitenmal. Er fragt mich (mit anderen Worten), wo ich am Nachmittag gewesen sei. Ich sei im Ort gewesen, antworte ich, ich hätte mich dort ein wenig umgetan. Ich hätte einiges zu erledigen gehabt, verbessere ich mich, müßig sei ich nicht geblieben. Solches zu hören, sagt mein Vater (mit anderen Worten), während er die Finger in das Geschirrtuch reibt, freue ihn. Wo aber hast du dich dann herumgetrieben? Ich sei in den Vorführraum des Kinos gegangen, sage ich dagegen, jedoch hätte ich diesen leer gefunden. So sei ich zu der Schwester in die Gaststätte und hätte mich nach diesem und jenem erkundigt. Am Abend, schließe ich meine Erzählung, sei mir jetzt nichts anderes übriggeblieben, als nach Hause zu gehen. Ohne herzuschauen, dreht der Vater sich spähend um und um und trampt zur Kredenz. Ich erkenne das leise Schmatzen der Sohlen, wenn er die nackten Füße im Gehen vom Boden löst, und dann das Knacken der Knie, als er sich hinhockt und das Fach aufreißt. Ich höre, wie er, den Arm schon in die Kredenz gesteckt, den Arm und die Hand mit der Pfanne schon wieder herausgezerrt, kniend und sich aufhebend, indes er kreuzhohl mit den Zehen die Tür des Faches zuschlägt, mir zum Tisch her die Teile seiner weiteren Frage zustößt, deren letztes Wort er schon auf dem Rückweg zum Herd sagt: Ob ich es gewesen sei, der das Rad vor den Schuppen gestellt habe? Ihm sei es fremd. Er traue mir,

sagt er, ohne weiteres zu, das Fahrzeug habe es mir
woanders, etwa im Ort, derart angetan, daß ich
nicht umhin hätte können, es hierher zu schleppen.
Ich schüttle den Kopf hin und her und sage das
Wort, das zum Schütteln gehört. Ob das wahr sei?
fragt er (mit anderen Worten). Es sei wahr, bestehe
ich auf meiner Antwort. Wann ich zurückgekommen sei? Ich sage ihm die Zeit, zu der ich zurückgekommen, von meinem Platz hinter dem Tisch
aus zunächst gerade in sein Gesicht, als er sich her-
beugt und der Lade das Messer entnimmt, sodann
mit der gleichen festen Stimme ihm nach zum
Kühlschrank hin, dem er die Butter entnimmt.
Bevor er aber, die Pfanne unter der Achsel, die
Butter und das Messer in den beiden Händen, sich
zum Herd kehrt, die Butter von der einen Hand
in die Hand rollt, die das Messer hält, mit den
freien Fingern hinauf zur Achsel zum Pfannenstiel
fährt und das Gerät aus der Achsel auf die Herd-
platte lädt; bevor ich das im Herd hallende Klik-
ken des Schalters erkenne, das Schaben des Messers
an dem Butterpapier, den weichen Aufschlag und
das Verrutschen der Butter in der sich erwärmen-
den Pfanne, das Abstreichen und Kratzen des Messers am Pfannenrand, das Zischen und Sieden der
schmelzenden Butter; bevor der Vater von neuem
zum Herd stapft, das Ei in die Pfanne schlägt, die
Schalen in den Kübel wirft, bevor er das Salz auf
das Ei streut; bevor ich mir gegenüber am Tisch
das Scharren des Stuhles erkenne, das Klimpern
der stählernen Eßwerkzeuge, das Rütteln an der
verklemmten Lade; bevor mein Vater, indem er
gleichsam mit Brust und Bauch die Lade hinein-

stößt, sich unter gierigem Schweigen zu mir an den Tisch setzt und vor mir, die Scheibe des Brots auf dem Wachstuch schon unter der greifenden Faust, die Zinken der Gabel schief von oben herab in das Ei in der Pfanne dolcht und über die Schulter, indem er sich umdreht, gestört die Blicke zu ihr wirft; und bevor ich in den Ohren es bersten höre, ist sie hereingekommen, hat sie die Schürze im Gehen neben den Herd gehängt, ist sie mit trockenen, nackten Füßen raumgreifend und ruhig an dem Vater vorbeigeschritten und schreitend still zu dem Diwan gegangen, habe ich das Schleifen der Pantoffel erkannt, habe ich den Stallrauch gerochen, hat sie sich schwer und still auf den Diwan gelassen, hat sie in dem weiten Kleide klobig die Beine aneinandergestellt, hat sie den eigenen Fuß um den Fuß des Diwans gehakt, ist sie dort, während sie saß, an der Mauer gelehnt und hat hergeschaut, ohne mit den Wimpern zu zucken und ohne die stillen Blicke von mir zu tun, oder hat nicht hergeschaut. Dann, da er dies ausführt, da er am Herd sein Nachtmahl bereitet, sitzt sie in sich gekehrt und versunken, sitzt mit entseeltem Gesicht, da er mit der vollen Pfanne den Tisch aufsucht, da er sich schwerfällig niederläßt, da er sich züngelnd daranmacht, das Mahl zu verspeisen, sitzt vorgeneigt in der Senke des Lagers, läßt durch den lose offenen Mund die erwähnten Geräusche, schaut mit blicklosen Augen auf den schweigend horchenden Blinden; fragt endlich den Vater von diesem, als sei er selber nicht hier, fast ohne den Mund aufzutun, ob der Sohn schon gesättigt sei; hört über den Tisch hin den Vater aus der Seite der malmen-

den Zähne den Sohn (mit anderen Worten) be-
fragen, ob er, der Sohn, schon gesättigt sei; hört
den Sohn dem Vater für sie, für des Vaters Frau,
die Antwort ausrichten, dahin, daß er, der Sohn,
durch ein Mahl bei der Schwester im Ort schon gesättigt sei, und daß er die Frage bedanke; und hört
nun, wiewohl der Vater voranißt, aus dessen qual-
mendem Mund an sie weiter die Antwort mit
anderen Worten sagen, dahin, daß der Sohn schon
gesättigt sei; er hat bei der Schwester gefressen.
Nach und nach steht sie auf und betrachtet die ver-
gehenden Dunstspuren der Sohlen ihres Mannes
auf dem Boden und die schwarzen Schlieren des
Schweißes auf den nackten Füßen unter dem Tisch,
die sich heben und die Zehen aufbiegen, sooft der
ruckende Kopf nach der Nahrung schnappt.
Was mir sei? fragt sie, nachdem in meinen Ohren
das Geräusch geborsten ist. Er gibt mit anderen
Worten die Frage weiter. Ist das die Gabel gewesen? frage ich horchend.
Es war ihr aber nur, als sie aufstand, das steife
Papier eines Briefs aus der Hand oder aus dem
Kleid gefallen.

Die Drähte der Überlandleitung gehen aus vom *Die Über-*
Kraftwerk Bronz. »Sie ziehen von dort in östlicher *landleitung*
Richtung zu der Ortschaft Tschau, biegen ab nach
Nordosten, ziehen über die Schneisen auf den Berg
Wall, stoßen in die gleiche Richtung auf die Ort-
schaft Gruden hinab, lassen unbehelligt die Ort-
schaft Schlanz, die Ortschaft Ritsch, die Ortschaft
Polosch, die Ortschaft Tschernoglau, die Ortschaft
Dürn, die Ortschaft Nütz, die Ortschaft Schanz,

und die Ortschaften Zwanzig, Dreißig und Mohr, biegen überraschend nach Norden und ziehen weiter in diese Richtung über die Ortschaft Schlamm, über die Ortschaft Pruch, über die Ortschaft Schleck, über die Ortschaften Sriedma, Sjutra, Trekisch, Krisch, und ziehen fort über die Ortschaft Anhöh und über die Ortschaft Übersee zur Ortschaft Öd«, wo ich unter den Flügeln eines Mastes stehe und das Ohr an die Traversen lege, nachdem ich, den Fuß auf dem Betonsockel, den Stein gegen das klingende Gestänge geschlagen habe, wo ich gestanden bin und über mir das Dröhnen und hartflügelige Schwirren gehört habe, wo ich das jetzt schon entfernte Verklingen höre, dem Norden zu, »in welchen das Feld hinauf die Drähte weiterführen, von der Ortschaft Öd über die Ortschaft Reiting, über die Ortschaft Kannaren, über die Ortschaft Gariusch, und in einem Bogen zurück nach Westen etwa über die Ortschaften Sankt Koloman, Sankt Benedikt, Sankt Johann im Schatten, Sankt Kosmas und Damian an der Straße, Sankt Agatha, Sankt Agnes, Sankta Luzia (bittet für uns)«, und in dieser Richtung über ähnliche Orte weiter, bis ich nichts mehr von den Bombern höre.

»Die Idioten stehen speichelnd vom Morgen bis zum Abend an der Hauswand und spielen mit ihrem Schatten die Sonnenuhr.«

Der Während ich an der Mauer stehe (die Beschreibung
Aufenthalt ist noch nicht weiter gediehen), nehme ich mir vor,
vor der durch den Hof zu dem Schuppen zu gehen und das
Mauer Rad aufzustellen. Ich habe in der Nacht gehört,

wie der Wind, oder der Regen, der die Erde unter den Reifen glitschte und rutschig machte, es umwarf. Dies werden zumindest später beim Frühstück die Erklärungsversuche des Vaters sein. Ich nehme mir vor, es zu tun, ohne daß ich ablassen kann, links und rechts die Flächen der Hand an der Mauer zu wetzen. Ich stehe an der Hauswand und zeige mit dem Schatten die Zeit an. Es ist früher Morgen. Ich nehme mir vor, zum Schuppen zu gehen, indem ich mir selber erkläre, wie nützlich es sei, dort das Rad aufzuheben. Ich stehe starr an der Hauswand. Schwül dampft der Regen aus der Erde. Vor den Taten vergehen viele Worte. Zwischen Worten und Tat verstreicht die Zeit. Die Trägheit tritt schwer in den Körper. Die Finger scharren schroff über die Mauer. Viele Gedanken finden sich ein; jedoch mit keinem von ihnen sprechen die trägen Gelenke. Mein Schatten schrumpft in die Hauswand. Die Befehle des Gehirns stoßen auf taubes Gestein. Ich kann nicht von dieser Stelle weg und zum Schuppen gehen. Die scharrenden Spitzen der Finger sind träg auf den körnigen Mörtel verschworen. Die Zeit verstreicht in den Händen, während ich über die Trägheit wüte und wütend beinah von Sinnen bin. Ich bringe es nicht über mich, von diesem Ort über den Abgrund des Hofs mich zu dem anderen Ort zu begeben. Was ich den Füßen auch vorsagen mag, es bewegt mich nichts zu dem Weg, der gerade zehn Schritte dauert. Die Mauer ist staubig. Kuglige Spinnen krauchen mit langen Beinen hinauf und hinunter. Im Verputz sind Dellen wie von kegelförmigen Einschüssen. In den Einschüssen hängen mit gebreiteten Flügeln tagsüber schlafend die Motten. Die Finger könnten ausgleiten und eine der Motten anstreifen. Die Motte bleibt aber ohne Bewegung. Ich stoße mich ab. Ich bin mit verbundenen Augen vor der Mauer gestanden. Ich nütze die Zeit, indem ich mit diesen verbundenen Augen den Weg von der Mauer zum Schuppen suche. Ich gehe stolpernd, als sei ich soeben erst blind geworden. Ich finde indessen am Schuppen kein Rad mehr. Hat sich jemals dort eines befunden? Mein Vater ist noch auf der Fahrt vom Teich. Die Frau des Vaters ist noch nicht aus dem Hause getreten. Von einer dritten Person habe ich bis jetzt nichts vernommen.

Ich mache mir ein Bild von dem fahrenden Zug.

Die Katze Obwohl im Schuppen kein Gras ist, riecht es nach Gras. Der Geruch kommt von dem zweiten Wagen, der mit der aufgestellten Deichsel hinten die Krone der Betonmauer deckt; der erste Wagen ist noch unterwegs; für ihn ist die Fläche und der Raum bestimmt, in den ich trete. Ich spüre unter den Sohlen die Einschnitte der Kufen in die gestampfte Lehmerde, die Sägespäne und die knirschenden Stücke der beim Sägen vom Holz gesplitterten Rinde. Ich stoße mit dem Knie seitwärts gegen den Hackenstiel; als ich nach ihm taste, merke ich, daß das Blatt sich durch den Stoß meines Knies aus dem hiebzerschlissenen Klotz gelöst hat und vorne allmählich heraussteigt, indes der Stiel in meiner Faust sich allmählich herabsenkt. Bevor das Beil aus dem Holz bricht, reiße ich es heraus, schwinge es über mich, lasse den Stiel noch im Schwingen

76

durch die lockere Faust bis nah ans Eisen rutschen und schlage mit der zuckenden Hand die Schneide durch den flachsigen Hals in den Block zurück. Manchmal fliegt dann das Huhn, wenn du's nicht fest an den Flügeln packst, ohne Kopf im Schuppen umher: es rast gegen den Beton, prallt gegen den Holzstapel, gegen die Latten, gegen die Deckenbohlen, gegen die Sägen, die an den Latten hängen, gegen den noch zitternden Hackenstiel, fegt den eigenen Kopf von dem Block und prallt noch einmal an die Betonwand, die es dann auf den Boden her klatscht, wo es schwappend mit den Flügeln im Kreis fährt und mit dem Halsschlauch das Sägemehl peitscht, in das es ruckend das Blut erbricht. Oder willst du etwas anderes? hast du gefragt.

Von dem Wagen, auf dem ich sitze, ist der Schwall des Wassers zu hören, der zunächst vom Schuppendach, weiter entfernt vom Stalldach und vom Dach des Hauses über die volle Rinne in den Hof hinabstürzt. Zu sehen ist wenig: Die Hühner stehen in der Stalltür, auf dem Sims der zwei Fenster und auf dem Mauersims vor den schwarzen Planken der Tenne. Sie stehen dicht beieinander, ohne sich zu bewegen. Nein, sie plustern sich nicht. Jetzt wird eines vom Fenster gedrängt: es breitet im Fallen die Flügel aus. Ich erkenne den Flügelschlag und das Splittern der Lache. Das Huhn wetzt rechts und links den Schnabel über einen Stein und rennt kopfüber unter die Stalltür; es zwängt sich zwischen die andern; in der Reihe der reglosen gelben Beine ist es nicht mehr zu unterscheiden. In den Lachen sehe ich die Einschläge der Tropfen, die Krater und die Ausbrüche der Glocken, die in Blasen heftig über das Wasser treiben. Ich höre das helle Prasseln auf dem Blechdach des Schuppens und das ununterbrochene Zischen und Trommeln draußen im Hof. Der untere Teil des Haustors ist schon dunkel von Nässe; an dem Firnis sind die abgestoßenen Tropfen zu sehen; wo er geblättert ist, hat das Holz den Regen schon aufgesogen. Die Tür weicht jetzt ein wenig hinein; die Schnalle bleibt jedoch in ihrer Lage; die Bewegung der Tür ist nur an den wachsenden Schatten erkenntlich, die sich von der Seite der Schnalle verbreiten. Ich höre nichts. Die Katze schlingt sich heraus. Bist du auf nichts Besseres gekommen? Es ist die Katze, hast du gesagt. Sie hetzt die Stufen herab und schleicht unter der Traufe die Hauswand entlang, hält jetzt vor dem Rinnenknie ein, springt über die Rinne und läuft unter der Traufe weiter die Stallwand entlang. Jetzt schaut sie die Reihen der Hühner an. Ich höre indes nichts. Sie wendet den Kopf zu den Hühnern, die auf dem Fenstersims dösen. Dann schlägt sie den Kopf jäh zum Schuppen ein. Sie lauert noch unter dem Stalldach. Ich höre nur das Zischen und Trommeln draußen im Hof; dein Lockruf wird nicht an ihr Ohr gekommen sein. Sie hat mich gehört. Sie hoppelt herüber. Jetzt ist sie hier im Schuppen. Ich habe sie nicht kommen hören. Ich höre sie noch immer nicht. Sie steht im Sägemehl und schüttelt das Fell aus. Da sie durch den Regen gelaufen ist und da der Regen in rauchenden Schwaden dicht durch den Hof treibt, ist diese Bewegung zu erwarten gewesen. Sie hüpft jetzt arglos über die Scheite, hürdet auf den Sägebock und hockt sich dort in die Gabelung. Sie springt wieder auf, gleitet herunter und trollt sich unruhig zum Holzstoß hin. Es ist eine sehr knochige Katze; sie ist ohnedies am Verhungern; die Augen sind in den Winkeln voll Eiter; am Halswirbel ist der nackte Balg zu sehen. Sie kauert jetzt obenauf auf dem Holzstoß; sie steht auf; sie wirft einen schiefen Blick her; sie kreist auf der Stelle um sich und läuft über die Scheite in die hintere Ecke des Schuppens. In der Rille, die durch den Einschlag der Tropfen entstanden ist, liegt unter dem Dach auf der Erde ein Kantholz. Das Geräusch der Tropfen, die auf das Holz fallen, ist verschieden von dem Geräusch der Tropfen, die auf den Schotter, auf den Sand oder auf die Lachen der Rille fallen. Die Katze steht auf dem Holzstoß in der hinteren Ecke des Schuppens; ihr Fell sträubt sich; sie schaut herunter; sie geht mit den Blicken rundum. Jetzt schleicht sie bäuchlings, unverwandt den Kopf zu dem Wagen, auf dem wir hocken, über den Holzstoß die hintere Mauer entlang. Sie ist sehr mager; unter dem Fell sind die Rippen zu sehen.

Ich höre das Geräusch der Tropfen, die von den Ziegeln auf das Kantholz fallen; zugleich mit den Tropfen wird auch das Geräusch in das Holz gezogen; wiewohl es gedämpft ist und leiser als das Geräusch der Tropfen im Schotter und in den Lachen der Rille, dringt es deutlich an mein Gehör. Das Holz ist mit einer glasigen Wasserschicht bedeckt; in den Astlöchern schimmern die Tropfen, ehe die nächsten Tropfen sie löschen. Der Regen läßt nach. Die Katze springt gegen die Decken-

bohlen; sie springt ein zweites Mal; sie verfängt sich mit den Pfoten in den Drähten, die aus dem Beton starren. Ich höre die Tropfen in die Rille fallen. Ihr Geräusch ist jetzt überall gleich. Die Katze läuft in die Ecke zurück; sie duckt sich dort und trippelt näher; sie wirft sich herum und springt wieder in die Ecke; sie verschanzt sich hinter die Scheite; sie verfällt in Wimmern und Kinderlaute, stellt sich auf die hinteren Beine und streckt sich nach den Bohlen der Decke; sie reckt sich, bis sie nur noch auf den Krallen steht, und preßt den Bauch an die Wand. Ihr Rücken ist dabei eingehöhlt; den Kopf hat sie in den Nacken gerissen; mit den Blicken frißt sie die undurchdringliche Decke; mit den vorderen Krallen kratzt sie wild den Beton. Ich höre das Kratzen, habe ich gesagt. Und jetzt höre ich das Pfeifen der Luft und den Aufprall. Sie ist nur noch Haut und Knochen, hast du gesagt: Du kannst es fühlen; in den Bauch sind die Kanten der Betonverschalung geschnitten. Ich höre den Schlag und das Wimmern; das Wimmern verdrängt die Schläge, und die Schläge rufen das Wimmern hervor. Ich höre die Schläge, das Jaulen, das Wimmern. Dann höre ich nur das Wimmern. Dann höre ich die Schläge und das Wimmern. Dann höre ich nur die Schläge. Dann höre ich die Schläge, das Jaulen und das Wimmern. Alle diese Geräusche bilden nun eine dreitaktige Einheit.
Ich öffne die Finger und löse sie endlich vom Stiel der Hacke. Ich höre draußen im Hof, Hemden über dem Arm, die Frau des Vaters schreiten. Von ihren Bewegungen geht eine in die andere über; von meinen Bewegungen, die nun einsetzen, ist die

eine von der andern so weit getrennt, daß sie mit Mühe sich aneinanderreihen; das Stehenbleiben indes der gehenden Körper ist einander verwandt. Ich bin es, der als erster es wahrnimmt und das Gehörte ihr nachruft; hierauf ist sie es, die mit den Augen das Gehörte bekräftigt. Gemeinsam hören wir dann, bevor wir ins Haus treten, sie oben im Haustor, ich hier mitten im Hof, das Gefährt von der Straße herauf in den Weg einbiegen und von dem unter seinem Gewichte krachenden Haufen des Futters gutgestimmt den Vater schon von weitem zum Anwesen herauf seine Begrüßung schreien.

»Als ich dort war.«
Als ich dort in dem Haus war, hörte ich des Nachts die Züge und bis zur Mitte der Nacht hörte ich unten in der Stadt die Straßenbahnen und die Nacht hindurch auf der Umfahrung die Fernlaster. Ich unterschied die Geräusche und teilte eines den Motoren zu, eines den Schienen, ein anderes den Signalen, eines den Weichen, eines dem Dampf; ich teilte die Geräusche der Motoren der Geschwindigkeit zu und die Geschwindigkeit dem Schuh und dem Fuß, der mit der Spitze auf das Pedal trat, und der Hand, die den Hebel zog; und ich teilte den Schuh und die Hand dem Mann zu und dem Mann zwischen den Schultern den Kopf, und dem Kopf die verengten, ermüdeten Augen und den Augen die Blicke. Und den Blicken teilte ich anfangs nichts zu. Dann aber teilte ich ihnen die Gegenströmung des Teers zu und der Strömung die Uferzeichen der Randsteine und den

Zeichen das Herangähnen der Katzenaugen und die wilden schrumpfenden, kreisenden Schatten.

Ich teilte den Geräuschen, die ich hörte, die Bilder zu. Ich teilte den Bildern die Geräusche zu, die ich nicht hörte. Ich teilte den Geräuschen, die ich nicht hörte, die Bilder zu. Dem Geräusch der Kupplung und der Gelenke teilte ich den hinteren Wagen der Straßenbahn zu. Der Leuchtspur der Straßenbahnwagen teilte ich hinter den Fenstern die vereinzelten Bilder der Fahrgäste zu, den Knien der Gäste die Taschen, den Händen die gefaltete, sauer riechende Zeitung, den Ausweis, den Hut, die weißen Handschuhe mit den Spuren des Lippenstiftes an der Spitze des mittleren Fingers. Ich teilte dem Bild des Mundes die Geräusche zu, und ich teilte dem wechselseitigen Mund wechselseitige Geräusche zu. Ich ließ das Bild des einen Mundes und das Bild des anderen Mundes die Geräusche wechseln und die Bilder der wechselseitigen Körper sich zueinander neigen. Ich teilte den Lippen die Bilder der Mundbewegungen zu und den Bewegungen die Geräusche. Ich teilte den einander zugeneigten Bildern der Körper die Unterhaltung zu. Ich ließ die Bilder der Körper aufstehen, ließ das Bild des einen Gesichts im Vorangehn zurück auf das Bild des anderen schauen, ließ das Bild des anderen Gesichts dahinter in das Bild des einen Gesichtes nicken. Ich machte mir ein genaues Bild von diesem Nicken, ich machte mir ein Bild von den gestreckten, lotrechten Armen und von den Fingern, die die Stange umkrallten. Den Stangen teilte ich dann das Bild der wieder leeren baumelnden Laschen zu. Ich ließ die Bilder der Leute

reihenweise durch den Wagen treiben. Ich ließ sie einsteigen, ich ließ sie durchgehen, ich ließ sie aussteigen. Dem Verstummen der Bahn und der Stille teilte ich den Lichtkreis der Endstation zu, die zementierten Bänke auf dem Rasen, den halbschattigen Unterstand und die versiegelte Toilette. Und diesen unsichtbaren Bildern teilte ich die Geräusche zu, die ich nicht hörte, und diesen Geräuschen wieder die unsichtbaren Bilder der Leute, die in den Richtungen des Windes aus dem Lichtkreis schwanden, das dunkle und helle Wehen der Kleider über dem Pflaster, das Wenden des Kopfes vor dem Gang über die Straßen, das Verglühen der Zigaretten und das Blinken der Zeitung im Abfallkorb. Nachdem ich den nicht hörbaren Geräuschen die Bilder zugeteilt hatte, teilte ich der nicht hörbaren Stille, die folgte, das Bild des Schaffners zu, der auf dem erhöhten Sitz neben der offenen Türöffnung saß und die Zahlen eintrug, das Bild des Fahrers, der in dem Lichtkreis auf und ab flanierte, mit dem Fuß einen verknüllten Fahrschein stoßend, und das Bild eines Mannes, dessen Körper hell, dann verdunkelt durch den Lichtschein von der anderen Seite der Straße aus dem Dunkel her und über den Rasen zum Wagen ging. Dann jedoch setzten die Geräusche der Abfahrt ein, die ich hörte und wahrnahm, so daß ich es müde wurde, an diesem Ort den Geräuschen die Bilder zu geben und den unsichtbaren Bildern ihre Geräusche. Ich teilte anderen Geräuschen, die ich hörte, andere Bilder zu.
Ich hörte das ferne Sausen des fahrenden Zuges. Ich machte mir ein Bild von dem fahrenden Zug.

Ich ergänzte dem Sausen die Geräusche, die ich nicht hörte, und ich machte Bilder aus diesen Geräuschen, auch als das Sausen des Zuges weg und verstummt war. Ich bezeichnete jedes Geräusch mit den gelernten Zeichen und Namen und verglich es zum Zeitvertreib mit andern Geräuschen. Ich vertrieb mir die Zeit, indem ich das Geräusch des Bremsens ein Brausen nannte, und indem ich das Brausen mit dem Geräusch eines stoßweisen Windes im harten und dichten Regen verglich.

Dann fiel das Brausen plötzlich aus. Das folgende, fast lautlose Rollen der Räder verglich ich mit dem Geräusch der Riemen an einer Betonmaschine, deren Motor schon leerläuft. Ich hörte den schwellenden Fahrtwind, das schnellere zweifache Klopfen und den dumpfen Nachschlag der Kuppelstangen, und aus diesen Geräuschen, die ich noch hörte, machte ich mir das Bild des Zuges auf der jetzt freien Strecke. Ich teilte dem Zug das spritzende Öl zu, die entlang der Wagen stiebenden Funken und die mattschwarzen Fenster der Wagen. Hinter den Fenstern ließ ich die Reisenden liegen. Ich teilte ihnen die Bänke zu, den zum Polster gefalteten Mantel, der in der Beuge des Arms lag, zwischen dem Gesicht und dem Polster die untergeschobene Hand, die die Haut vor den Knöpfen schützte, und denen am Fenster, die saßen, teilte ich den Vorhang zu und die Finger, die den Vorhang über den ruckweise sinkenden Kopf zogen. Ich machte mir ein Bild von dem Abteil, von den Namensschildern an den Koffern im Gepäcksnetz, von den Schirmen, die an den Haken schwankten, von den gelösten Bändern der Schuhe auf dem Boden, von den verrutschten Strümpfen an den Füßen, von den an den Leib geknickten Beinen, von der sichtbaren Haut zwischen Strümpfen und Hose. Ich teilte der Stille, in der ich nun lag, den Zug zu, der über das Land durch das Dunkel ging, und den verborgenen Atem der Schlafenden in den fahrenden Wagen. Den Wagen teilte ich ein Raunen und Knarren zu und den Sitzen in dem Coupé, das noch leer war, ein Knistern.

Dann ließ ich alle Geräusche vergehen in dem röhrenden Fahrtwind. Und ich verglich das Röhren mit dem Heulen des hörbaren Kraftwerks und mit dem Sausen des Wassers in den Rohren der Leitung, bevor es herausrinnt. Das Röhren stieg an und fiel ab und stieg wieder an. Ich machte mir ein Bild von dem leeren Coupé. Ich ließ es nach kaltem Rauch riechen, nach den Schalen von Orangen, nach feuchtem Gummi, nach geschmolzener Schokolade; und ich machte zu den Gerüchen die Bilder derer, die in dem Abteil gewesen. Ich ließ die Bilder der Finger mit den Nägeln die Bilder der Früchte ab-schälen und teilte dem Bild das leise Schnaufen der sich lösenden Schalen zu und über den Schalen die voneinanderweichenden Lippen. Ich teilte diesen Lippen eine Frage zu und dem Kopf gegenüber ein verwehrendes Schütteln. Dann ließ ich das Bild der Daumen das Bild der Frucht zerbrechen und das Bild einer Scheibe dem Bild des anderen reichen, und wiewohl ich mir ein Bild von dem zweiten verwehrenden Schütteln des Kopfes machte, ließ ich schmählich das Bild der Hand nach dem Bild der Fruchtscheibe greifen und zu dem Bild des Mundes aufheben, dem ich zuvor noch ein Wort gab. Ich ließ nun die beiden Reisenden die Teile der Frucht verspeisen, den einen, den Eigentümer, mit dem schnellen Zucken und Mahlen des ganzen Gesichts, den andern mit dem zögernden Saugen und Nagen an der überlassenen Scheibe. Dann löste ich die Bilder von den Gerüchen und ließ das Abteil menschenleer sein.

Ich teilte der Stille, in welcher ich lag, das Röhren zu. Dem Röhren teilte ich nichts zu: ich lag und machte mir ein Bild von dem Röhren. Dann teilte ich der Stille das Brausen der Bremsung zu, das wieder freie, fast lautlose Rollen der Räder, das zweite Brausen der Bremsung, das Klacken der Weichen, die Einfahrt des Zuges. Kurz ließ ich noch das grelle Zischen des Dampfes folgen, das dumpfe Schlagen einer Waggontür, den Ruck nach hinten, die klare, hörbare Stille. Ich teilte der Stille die Stille zu, darauf die Bilder der Erwachenden, die Geräusche der Erkundungen, die Regungen der Köpfe, die sich zum Fenster wälzten, das Geräusch der Antwort, die mit einmal verständlichen Gespräche, die hellen Laute, die vom Bahnsteig drangen.

Ich mache mir ein Bild von dem Bahnsteig. Ich teile ihm einen elektrischen Karren zu. Ich lösche das Bild von dem rollenden Karren und lasse den Bahnsteig leer sein. Ich mache mir ein Bild von dem Warteraum. Ich lasse dazu den Lautsprecher knacken. Ich mache ein Bild von der Schwingtür des Warteraums und von den Sitzgelegenheiten hinter der Schwingtür. Ich lasse auch die Bänke des Warteraums leer sein. Die Flügel der Tür jedoch lasse ich schwappen. Ich mache mir ein Bild von dem Wasserhahn in der Mauer des Bahnhofs und

von dem Bassin unter dem Wasserhahn. Ich mache
mir ein Bild von dem leeren Coupé. Ich teile nun
dem Brunnen einen stehenden Mann zu. Ich lasse
den Daumen des Mannes auf der Schulter unter
die Schnur eines Seesacks haken und mit dem Ellbogen den Sack auf und über den Rücken schwingen. Ich mache mir ein Bild von dem sich bücken-
den Mann, ich teile ihm das Bild der aufwärts
gehöhlten Hand zu und das Bild der schlürfenden
Lippen. Ich lasse die Ansage und die Rede des
Lautsprechers folgen. Ich mache mir ein Bild von
dem Trinkenden und zugleich ein Bild von dem
menschenleeren Coupé. Ich lasse den Mann eiliger
trinken. Es folgt von selber das Bild der elektrischen Uhr. Ich lösche dieses Bild. Ich lasse den
Mann sich strecken und sich aufrichten. Ich lasse
ihn mit der Hand sich über den tropfenden Mund
fahren. Ich lösche dieses Bild. Ich sehe den Mann
am Bassin stehen. Ich lösche und überblende das
Bild der elektrischen Uhr. Ich lösche das Bild des
Zuges und überblende das Bild des Bahnsteigs. Indessen wird dem gelöschten Bild gegen meinen Willen der beharrlich im Dunst stehende Mann zugeteilt, von dem das Bild der hellen zerfransten
Schnüre des Seesacks entsteht, von denen wiederum
sich Wülste im Rock bilden. Ich sehe den Haken des
Daumens zwischen der Schnur und dem Schlüsselbein. Ich sehe gegen den Willen ein Bild von dem
Spalt zwischen den Schwingtürflügeln des Warteraums. Ich ergebe mich diesen Bildern. Dem Manne
werden von selber Schritte zugeteilt, den Schritten
werden die Geräusche zugeteilt, den Geräuschen
das Bild des kochenden Wassers, das vor der Ab-

fahrt aus dem Dampfkessel sprudelt. Ich mache mir ein Bild von dem Mann, der das Trittbrett besteigt. Dieses Bild jedoch wird gelöscht. Ich sehe ihn schlurfend vom Bassin zum Warteraum gehen. Ich sehe den Spalt zwischen den Flügeln der Schwingtür des Warteraums. Es bildet sich von selber das leere Coupé, unter dem ich das unvermeidbare Rucken der Puffer vernehme. Ich mache mir ein Bild von dem Mann im Waggongang. Das Bild wird gelöscht. Ich sehe den Mann erneut am Bassin stehen; ich sehe ihn die Schulter neigen und den Sack an den Schnüren in den Knick des Ellbogens streifen. Ich lösche das Bild des Bahnsteigs und mache mir ein Bild von dem fahrenden Zug. Ich lasse den Mann durch den Waggongang stolpern. Ich mache ein Bild von dem schiefen Kopfe des Mannes und von dem Pendeln des Seesacks über den Schritten. Ich teile der Stille das gedämpfte Pfeifen des Mannes zu. Ich teile den Geräuschen des Zuges das Geräusch eines anderen zu, der auf dem anderen Strange entgegenkommt. Ich teile den Zügen, als sie sich kreuzen, das eine Kreischen und Brüllen zu, das die Verkleidung des Wagens aufreißt. Ich lasse den Mann im Gehen an den geschlossenen Türen rütteln. Ich mache mir ein Bild von den Schläfern hinter den Türen. Ich sehe jedoch den Mann am Bassin stehen. Ich lösche das Bild und teile dem stehenden Mann die Tür des leeren Coupés zu. Dieses Bild wird gelöscht. Ich teile dem wiedergebildeten Abteil den draußen stehenden Schemen des Mannes zu, und dem Bild des Mannes in dem Waggongang, der die Stirn an die Tür legt und die Lippe suchend über die Zähne zerrt,

teile ich die Bewegung der Hand zu und der Hand
den senkrechten Türgriff.

Indessen schwingt der Mann den Sack wieder über
die Schulter. Ich sehe ihn zurück zum Warteraum
gehen. Ich lösche das Bild. Ich mache mir ein Bild
von dem Mann, der die rumpelnde Tür aufzieht.
Ich sehe ihn aber mit dem Fuß die Flügel der
Schwingtür aufstoßen und in den Warteraum
treten, und ich lösche dieses Bild. Ich sehe ihn wieder die Bänke entlanggehen. Ich bilde daraus die
muldigen Bänke des leeren Coupés; jedoch ich sehe
die Bänke des Warteraums. Ich lösche das Bild. Ich
sehe ihn sich setzen und im Setzen sich von dem
Seesack befreien. Dann überwältigt den Willen,
was ich sehe.

Ich sehe den Körper des Mannes auf der Bank
zwischen den lose hängenden Fingern. Er ist in
dem Raum ohne Gesellschaft. Er hebt den Blick
von den Schuhen. Es ist ausnahmslos verboten, auf
den Bänken zu liegen. Er betrachtet den verfilzten
Staub in den Rillen der Schuhe. Dann stemmt er
sich auf und schickt von neuem die Blicke über die
Wände. Es ist nirgends ein Schalter zu sehen,
mit dem er den Raum zum Schlafen verdunkeln
könnte.

Er hat sich gesetzt und aus dem Staub der Schuhe
seinen Weg abgelesen. Er hat das Summen des
Lichts gehört. Vor der Bahnsteigtür ist ein Polizist
erschienen, die Hände in der angeeigneten Haltung
am Ende des Rückens; getrieben durch die Obsorge
für Ordnung und Ruhe, hat dieser es für das beste
gehalten, hereinzutreten und stehend mit dem
sitzenden und seinen Blick meidenden Mann ein

Gespräch über dessen Alter, den Wohnsitz und den Beruf zu führen; der Mann hat wahrheitgetreu ihm erwidert. Darauf hat sich der Polizist, der dadurch, daß er fragte und sprach, die endlose Nacht in dem Bahnhof zum rasch verfliegenden Tag machen wollte, bei dem anderen nach seinen Plänen erkundigt; ungesäumt hat der Befragte die Pläne ihm kundgetan; mit den mürrischen Blicken jedoch ist der Mann bei dem Frager um einen Abbruch des Gesprächs eingekommen. Die beiden sind sich noch einig gewesen, miteinander durch die Hallentür hinaus in die Halle zu gehen; draußen aber haben sich ihre Wege getrennt: der Polizist ist erleichtert zu dem rasselnd sich öffnenden Schalter gegangen; der Mann mit dem Seesack, indem er des andern Gesellschaft vermied, hat überdrüssig den Weg zur Toilette genommen.

Dort lädt er den Sack von der Schulter und schöpft aus der Tasche zwei kupferne Münzen, von denen er die erste in den Parfümautomaten steckt. Als nächstes beugt er die Knie und tätigt den Hebel, so daß das Wasser duftend sein Hemd besprüht.

Er streckt sich und schleift an den Schnüren den Seesack über die Fliesen langsam hinter sich her.

Sein Gesicht ist unruhig und heftig wie immer, wiewohl es jetzt, da er duftet, zufrieden scheint.

Er hat die zweite der Münzen mit der Daumenkuppe durch den Schlitz der Kabine gedrückt. Mit der gewohnten Bewegung stößt er nun die Tür ein, schlenkert den Sack vor den Fuß und wälzt ihn so weiter zum Becken. Ohne Umschweife tritt er in diese Freistatt, stößt mit dem Hacken die Tür zu und schließt sich dann ein.

Beidbeinig hat er den Sack bis zur Wand gerollt.
Er entschnürt ihn kniend und zieht eine Zeitung
hervor. Blatt nach Blatt schlägt er sie aus und
breitet sie über die Fliesen. Er betrachtet das
Saugen der feuchten Flecken in dem Papier. Er be-
deckt und trocknet die Flecken mit einer anderen
Zeitung. Das Tosen des Wassers in allen Kabinen
vertuscht das Geräusch des Papiers.
Er hat sich auf dem Streifen zur Ruhe gelassen. Zur
halben Höhe auf die Hände gestützt, betrachtet er
noch die Bilder und Abbilder, die Schriften und
Inschriften rundum an den Wänden.
Darauf hat er Nacken und Hals zurück auf den
Seesack gelegt.
Da die Kabine für seine Beine zu kurz ist, wiegt er
sich zur Seite und krümmt die Knie an den Leib.
Seine Haltung ist nun die der Schlafenden in dem
fahrenden Zug.
In dem Email des Beckens sieht er den Abzug von
etwas, was er sein Gesicht nennt; in dem Ritz zwischen den Fliesen des Bodens und dem Plattfuß
der Muschel bemerkt er den braunen Wulst von
dem vertrockneten Schmieröl; er sieht kurze, stach-
lige Haare darin und den flaumigen Staub auf dem
Rücken des Wulstes, der ihn zum Blasen verlockt;
er sieht das gesprungene Email um ein Schraub-
loch; er sieht die fehlende Schraube.
Ohne sich zu wehren gegen das, was ihn ankommt,
versinkt der Mann, den knisternden Arm unter
dem Ohr, mit den Blicken in das Schillern, das sich
dehnt und vertieft und nach ihm greift, bis seine
Augen weiß sind wie die Glasur.
»Er schläft.«

Mit beiden Händen suche ich mit der Tasse den Weg vom Mund auf den Tisch. Nachdem ich auf den Tisch gestoßen bin, klebt sich beim Heben der Hände das Wachstuch an die Finger, obwohl die Haut nur nach innen zu schwitzen scheint.

Die Frau, die träge am Herd auf dem Hocker sitzt und sich schauend an dem Rücken des mahlenden Vaters und an dem Gesicht des schluckenden Sohnes ergötzt, fragt eintönig den Rücken des Vaters, was ich soeben geredet hätte. Der Vater, dem die Rinde des Brots in den Zähnen knarrt, fragt, ohne indes das Knarren zu dämpfen, selbstvergessen mit dem vollen Mund, bevor er den Bissen verschluckt, das gleiche mit fast gleichen Worten zu mir herüber.

»Von wem ist der Brief gewesen?« könnte ich fragen.

Jedoch ich frage nur laut zurück, ob es Zeit zum Aufbrechen sei. Das werde er mich beizeiten wissen lassen, entgegnet mein Vater mit anderen Worten, während er durch ein Husten in seiner Kehle wieder seiner bewußt wird. Darauf höre ich siedend und schrumpfend über den Herd einen Wassertropfen schlittern. Ich schrecke zusammen. Die Frau erhebt sich.

Wenn ich aber mit den Bildern zu der Grenze der Erfahrung gekommen war, half mir nichts mehr weiter. Ich lag in dem finstern Raum unter den schlafenden, wachenden Blinden und konnte mir von nichts mehr ein Bild machen. Es traf das Geräusch der Straßenbahnweichen ein, das Geräusch der Lastwagen auf der Umfahrung, das Geräusch der sich kreuzenden Züge, und ich benannte die Geräusche, die ich hörte, und ich wiederholte wieder und wieder die Namen dieser Geräusche und gab den Namen der Geräusche die Namen der Bilder, und den Namen der Bilder den Namen der Geräusche, die ich nicht hörte; jedoch ich konnte mir von keinem ein Bild machen. Ich gedachte der Bahnhöfe, in denen jetzt, da ich hier lag, in Scharen die Leute standen, und ich konnte das nicht begreifen; ich gedachte der röhrenden donnernden Züge, die durch das Dunkel fuhren, der Unterstände an den Stationen, der Bänke in den Unterständen, der angebissenen zweifachen Scheiben des Brots auf den Bänken, des im Zugwind flatternden Papiers unter den Broten, und ich konnte auch das nicht begreifen. Der Schläfer in den Zügen gedachte ich, der erleuchteten Warteräume, der Schläfer auf den Bänken der Warteräume, der Wachenden, der Schläfer in den Toiletten der Bahnhöfe, der Schläfer und Wachenden in den Unterständen der Stationen, der offenen Augen der Schläfer, der geschlossenen Augen der Wachenden, des Speichels auf den Lippen der Schläfer, der unsteten Bilder und Worte in den Köpfen der Wachenden und der Schläfer, der Leute, der lebenden Wesen, wo immer sie seßhaft und unterwegs waren, doch dies alles konnte ich nicht mehr begreifen, da ich dort wach und blind unter den Blinden lag, da die Zeit, bevor noch der Tag kam, mir lang wie im Traum wurde, und da ich über die Geschehnisse und über die Dinge, die einer bedenken kann, so dachte, wie wenn es nur ihre Namen gäbe.

Es ist etwas in der Beschreibung vergessen worden. Nein. Es ist mit Absicht nicht erwähnt worden. Nein, es ist vergessen worden. Nein. Ich weiß nicht, wovon

Das Gesicht Nachdem beschrieben worden ist, wie der Vater
des Vaters vom Teich zurückkommt: wie er das Pferd ausspannt, wie er armweise das Futter in den Stall trägt und wie er den Wagen rückwärts an den Enden der Zugstangen zu dem gehörigen Platz in dem Schuppen lenkt, setzt sogleich die Beschreibung fort mit dem Umkleiden und hernach mit dem Frühstück; nachdem aber beschrieben worden ist, wie der Vater in der Küche das Frühstück einnimmt, folgt die lange Beschreibung seines Gesichts. Unterdessen spricht er zu seinem Sohn, indem er ihm etwas erzählt. Das Gesicht des Vaters wird von außen als sanft beschrieben. Mein Kopf ist seitwärts gewandt, damit er in das Ohr sprechen kann. Ich höre auch die Frau, die mit gerafftem Kleid, ohne mit den Fersen die Stapfen zu berühren, draußen über die Stiege eilt. Jetzt höre ich sie nicht mehr. Auf einer Stufe ist sie zum Stehen gekommen und hat hinaufgeschaut: sie sieht den beschriebenen Balken auf der Mauerkrone und die untere Fläche der Dachziegel. Ich höre sie langsamer weitergehen; die eine Hand schleift hinter ihr her über das Geländer, so daß ich von dem Holz den Schrei ihrer Haut höre. Sie hat etwas gesehen. Etwas ist in der Beschreibung vergessen worden. Mein Vater erzählt mir etwas. »Sein Gesicht scheint dabei auf den eigenen Mund zu starren, der unter dem Schnurrbart die Worte läßt

94

wie Wasser, und sein Schädel scheint der eigenen
Stimme zu lauschen.« Wenn die Brauen zucken,
springt die Stirn bis unter die Haare hinauf und
löscht so die Fläche, die weiß ist vom Schatten des
Huts, und die Warze in der höchsten Falte der
Stirn wird in das Zucken geklemmt; wenn er jedoch die Brauen wieder herabstürzt und zu der
Nasenwurzel gegeneinander fahren läßt wie zwei
Rammböcke, springt eine senkrechte Kerbe in die
Mitte der Stirn, und die Falten spannen sich zu
scharfen Rissen, an deren Rändern die Schweiß-
wälle schimmern; auch die braune Warze kriecht
aus den Haaren, und ihr nach senkt sich rötlich der
waagrechte Eindruck des Huts. Ohne Mund und
Wangen zu heben, scharrt der Vater mit dem
Knöchel des gekrümmten Fingers im Auge; während er einen schwarzen Fleck über das Lid auf
den Tränensack schaufelt und die Fliege mit dem
Nagel aus dem Gesicht kratzt, führt der Mund in
dem alten ungeänderten Ton die Erzählung schon
weiter. Er stützt die Ellbogen auf den Tisch. Die
Ärmel des Rocks rutschen über die Hemdsärmel
hinab. Er stellt das Gesicht zwischen die erhobenen
Fäuste. Die Fäuste beleuchten das Gesicht. Da er
vom Fenster gekehrt ist, wird das Gesicht auch
durch den Widerschein der Sonne von der Wand
her beleuchtet, so daß die Knochen von innen zu
glühen scheinen; die Haut über dem Jochbein, das
sich vom unteren Augenrand bis zur Mitte der
Ohrmuschel streckt, glänzt matt wie jedesmal nach
dem Rasieren. Die Haare sind noch dunkel von
Schweiß und streifig platt an den Schädel gedrückt;
unter dem Eindruck des Hutes haben sie sich je-

doch rundum zu Wülsten gebauscht, auf denen der
Schweiß schon vertrocknet ist. Die Haare wachsen
in borstigen Büscheln auch aus den Ohren und aus
der Nase; wenn du näher hinschaust, siehst du, daß
die verfilzten Brauen an den äußeren Enden sich in
die Schläfen aufzwirbeln; durch den Schnurrbart,
wo du sonst die tiefe senkrechte Falte siehst, geht
eine graue Strähne zu der Mitte des Mundes hinab.« Langatmig saugt der Mann die untere Lippe
ein. Er horcht so, den dünnen wachsenden Speichel
zwischen der oberen und der unteren Lippe; die
Worte und Wörter, die er schon in der Kehle erzeugt hat, fallen jetzt wie von selbst dürrer und
leiser aus ihm; schließlich verschließt sich der Mund
jedem Reden und verdorrt. Der Mann sitzt an
dem Tisch auf dem Stuhl; inmitten der aufgestellten Fäuste steht sein Gesicht; die Beine, so wird
beschrieben, hat er vom Leib gestreckt und schräg
zu mir unter die Bank geschoben. Er hat die Erzählung unterbrochen; etwas hat ihm die Rede verschlagen. Nun zieht er den Atem ein und prustet
ihn wieder heraus. Ungeschoren schiebt er die Lippe
vor und fängt mit dem ganzen Gesicht zu sprechen
an. Er hat zu sprechen angefangen und mit dem
Faden des Speichels den Faden seiner Erzählung
wiederum aufgenommen. Er hat zum Beispiel von
seiner Mühe mit dem gestürzten Wagen und dem
Aufladen des Futters erzählt.

Der Der Balken ist erwähnt worden. Die Löcher der
vergessene Holzwürmer in dem Balken sind erwähnt worden.
Gegenstand Das Mehl um manche Löcher der Holzwürmer ist
erwähnt worden. Jedoch es ist etwas vergessen

worden. Nein, es ist absichtlich übergangen worden. Vielleicht die Äste in dem Balken. Die mit Zimmermannsstift geschriebenen Zahlen auf dem Holz. Die roten Spuren der Senkschnur an den Kanten. Die abstehenden Späne. Der Ziegelstaub auf den Spänen. Die Netze der Spinnen an den Spänen. Die Knollen des Staubs in den Netzen der Spinnen. Die Flügel und die hohlen schwarzen Leiber der Fliegen in den Netzen. Die Sparren unter dem Dach. Die Rinde an einigen Sparren. An einem schlecht geformten Ziegel die versteinerten Klumpen des Zements. Die Ameisen auf den Ziegeln. Die erstarrten Pechtropfen auf den Sparren. Die Reihe der Kirschkerne auf der waagrechten Fläche des Balkens. Das vertrocknete braune Fleisch auf den Kernen. Nein. Es ist etwas vergessen worden. Mit Absicht ist etwas nicht erwähnt worden. Am Balken? Nein. An der Mauer? Nein. Auf dem Boden? Nein. An den Ziegeln? Ja.

Geräusche unter dem Dach, deren ich gewahr wurde, die nahm ich wahr. Ich nahm Geräusche und Laute in der Küche wahr. Geräusche und Laute im Hof und im Stall, deren ich gewahr wurde, die nahm ich wahr. Etwas in der Küche, das sprach: das nahm ich wahr; ein anderes unter dem Dach in der Kammer, das ging: das nahm ich wahr; ein anderes nahm ich wahr, das dann auf der Stiege ging; ein anderes war auf der Stiege gegangen, doch zuvor war etwas gewesen, das war unter dem Dach neben der Mauer gegangen, und ein anderes wieder hatte vor mir in der Küche

Der Verlust der Namen

97

gesessen, das hatte gesprochen, das sprach noch immer: es saß bleich in der Küche, und ich wurde seiner gewahr. Etwas hatte etwas anderes wahrgenommen: das war in der Küche gesessen und war des anderen inne geworden. Es gab aber auch etwas, das starr auf der Stiege stand, das starr über die Stiege ging: das hatte auf der Stiege gestanden, als es hinaufging, das hatte gestanden, als es ging, und es hatte mit dem Kleid und den Schuhen Geräusche gemacht, die hatte ich töricht für wahr genommen. Etwas hatte etwas erzählt; ein anderes, das nicht etwas war, hatte zugehört; dem, das zuhörte, und das nicht etwas war, hatte ich, der ich nicht etwas war, zugehört und hatte es trotzdem nicht wahrgenommen. Das Haus war hohl gewesen. In den Räumen hatten Stühle und Bänke, hatten Betten und Tische gestanden. In einem Ausguß war eine Blase zersprungen. Das alles hatte mich, der ich von allem mich abhob und ein anderes war, erstaunt und befremdet gemacht, und ich hatte mich höchlich verwundert und für nichts in dem Haus einen Namen gehabt, doch ich hatte es wahrgenommen. Etwas, das etwas anderes war als ich, war die Stiege hinauf und hinunter gegangen: dessen war ich gewahr geworden; ein anderes hatte horchend in der Küche mir eine Geschichte erzählt: dessen war ich gewahr geworden. Jedoch etwas hatte zugehört, dessen wurde ich nicht gewahr: das hatte ich nicht wahrgenommen.

Das Wespennest an den Sparren? Ja.

Als die Frau mit der Tasche aus ihrer Kammer
zurückkam, fragte sie an, ob wir gehen könnten.
Mein Vater, indes er sich erhob, beschied ihr, wir
seien bereit. Ich nickte zu dieser Antwort und erhob mich wie er. Ob ich den Stock mitnehmen
wollte, fragte sie eilig. Ob ich beabsichtigte, den
Stock mitzunehmen, vermittelte mein Vater. Ja,
beeilte ich mich zu erwidern. Ja, übersetzte mein
Vater in abhängiger Rede, ich wolle ihn mitnehmen. Sie ging in mein Zimmer und brachte den
Stock. Sie reichte ihn meinem Vater, und mein Vater
überreichte ihn mir. Ich empfing den Stock und
ging zur Tür, die sie offen hielt; mein Vater folgte
mir nach; die Frau trat zuletzt in den Flur und
verschloß hinter sich die Küche. An uns vorbei ging
sie sodann zum Haustor voraus und ließ mich ins
Freie. Mein Vater ging mir nach. Sie verschloß auch
das Haustor und fragte, ob wir etwas vergessen
hätten. Nicht daß er wüßte, versicherte mein Vater,
wir hätten nichts vergessen, was von Belang sei.
Das Geld für das Opfer? fragte die Frau. Das
allerdings habe er vergessen, gestand offen mein
Vater. Sie nahm aus der Tasche den Schlüssel und
sperrte das Haustor auf. Sie ging um das Geld für
das Opfer, während wir standen und sprachen.
Hierauf, sowie das Tor von neuem versperrt war,
stieg sie die Stufen herab und händigte dem Vater
das Geld aus. Er versenkte das Geld in die Weste
und zeigte sich durch Schweigen dankbar. Ob wir
jetzt endlich aufbrechen könnten? fragte sie höflich.
Er wüßte nicht, was uns daran hindern sollte, meinte mein Vater, und der Sohn als solcher pflichtete
eilends ihm bei. Sie blickte sich um; sie trat zwischen

uns, wir traten beiseite, mein Vater bot ihr den Arm, sie nahm den Arm meines Vaters, der ihr Gemahl war, wir schritten hofüber zum Weg, wir schritten den Weg hinunter zur Straße. Es werde schwül werden, äußerte sich mittwegs mein Vater, und jeder nach seiner Gewohnheit, stimmten wir zu: es sei jetzt schon schwül genug, sprach ich. Wie werde es da erst später werden, besorgte mein Vater: er gedenke nach dem Essen mit den Nachbarn Karten zu spielen. Sie wolle sich zum Schlafen legen, steuerte die Frau ihren Teil bei. Gegen Abend hätten sie beide vor, draußen im Kühlen die Luft zu schöpfen. Indes erreichten wir mit heiler Haut die rettende Straße. Wir lenkten die Schritte hinein und schritten nun schneller. Ob am Sonntag der Milchwagen fahre? wollte ich wissen. Keineswegs, wandte sich mein Vater dagegen, soweit er im Bild sei, verkehre sonntags kein Milchwagen. Doch es stünden die Kannen auf den Ständen? ließ ich nicht locker. Freilich, bejahte mein Vater. Jedoch, bevor er Atem holend weiteres zufügen konnte, begegnete uns, die wir zügig dahinschritten, auf der anderen Seite der Straße eine ältliche, nicht unhübsche Frau im Festtagsgewande. Da hob mein Vater den Hut auf und grüßte laut und gefällig; sie grüßte leise gefällig zurück und bemerkte, wie sie vorbeiging, es werde schwül werden. Wohl, verstand sich darauf mein Vater zur Antwort. Diese Kannen auf den Ständen aber, wandte er sich sogleich von neuem an mich, seien schon leer; denn in der Hitze würde die Milch bis zum nächsten Werktag ja sauer sein. Dies sähe ich ein, tat ich unerschrocken, ob es mir auf die Erklärung des

Vaters auch übel erging, und unverzüglich setzte ich die Fragen fort und erkundigte mich, wann der Omnibus komme. Welchen ich meinte? forschte mein Vater. Nun, den nächsten, erwiderte ich. Den um zehn, vergewisserte er sich. Denselben, bestätigte ich seine Frage. Der erste sei schon um sieben gekommen, führte mein Vater nun aus, der zweite, wie er gesagt, komme um zehn nach der Messe, um zwei etwa, so erinnerte er sich, komme der dritte; der Fahrplan, nach dem der vierte verkehre, sei ihm entfallen, der letzte komme am Abend um acht. Ich dankte ihm. Ein Radfahrer überholte uns schwirrend und grüßte; wir hemmten die Schritte und grüßten zurück. Mein Vater rief ihm nach, was ihm entsprach. Ja, das sei wahr, rief der Radfahrer, indes er sich entfernte, über die Schulter, das gleiche sei ihm auf der Hinfahrt schon aufgefallen. Wir beschleunigten wieder die Schritte; ich fragte, wer der Fahrer gewesen, und, wie es üblich war, nannte mein Vater seinen Beruf. Wir schritten in heilloser Eile dahin. Vor dem Eingang des Ortes schlossen sich andere an; nachdem sie gegrüßt hatten, und nachdem auch wir sie gegrüßt hatten, stimmten sie überein und sagten, was ihren Gedanken entsprach. Ja, das sei wahr, bestärkte ihre Ansicht mein Vater, er könne, was sie gesagt, nur bestätigen: eben das sei auch ihm nicht unbemerkt geblieben. Es treibe uns übrigens nichts, dämpfte er meine Eile, indem er zu mir die Stimme erhob, wir hätten noch Zeit in Hülle, kein Haar werde uns allen gekrümmt werden. Wer denn die Männer hier seien? fragte ich laut. Wie? erstaunte da heftig mein Vater, ich kennte nicht

diese alten Bekannten, ich hätte ihrer aller Stimm-
klang vergessen? Um alles in der Welt, steigerte
er sich, das sei ihm neu, das koste ihn wahrlich
ein Lachen; wie ich urplötzlich, so drang er in
mich, darauf käme, nach bekannten Leuten zu
fragen? Wie das? ging er mich an; wo ich denn
heute mit meinen Gedanken sei? Was ich mir dabei
etwa dächte? Je nun, befleißigte ich mich, mit Worten kargend, darauf zu erwidern, so daß er nach
einer Pause nicht anders konnte, gutmütig den
Mund zu einer Antwort zu öffnen: dies sei der
Hufschmied, versetzte also mein Vater: dieser der
Gutsknecht, jener der Wegmacher. Ich bedankte
mich mit überschwänglichen Worten und begrüßte
die Männer; sie grüßten zurück, indes wir dahinschritten. Wir schritten in ihrer Mitte durch den
Ort und grüßten nach links und nach rechts die
Leute, die nichtsahnend auf den Streifen neben
der Straße beieinander standen und sprachen, und
die Leute, die beieinander standen und sprachen,
begrüßten uns, die wir mit dem Hufschmied, mit
dem Sohn und der Tochter des Hufschmieds, mit
dem Gutsknecht, mit dem Wegmacher und mit der
Tochter des Wegmachers durch den Ort zu der
Kirche schritten. Die gingen, grüßten zuerst; die
standen, grüßten zurück; im Gehen hatte der Gruß
einen anderen Klang als im Stehen. Alle von
ihnen, die sprachen, befürchteten seufzend und
ächzend, indes wir in Eile die Reihen passierten,
es könnte ungesehen dazu kommen, daß das Beispiel Schule mache, was nicht ausschließe, daß von
heute auf morgen sich vieles verändern könne,
ohne daß es wahrhaftig verhext sein müsse. Wer

denn dieser gewesen? waren meine unaufhörlichen Fragen, und wer der sei, und wer der neben dem mit dem Rad sei; und weshalb er geschwiegen habe, wie ich soeben an ihn stieß. Er kenne ihn nicht, bedeutete mir mein Vater darauf, und auch der neben dem mit dem Rad sei ihm unbekannt; zwei Fremde, vermutete er, die vielleicht mit den Rädern den Landstrich erforschten; von der Stadt Anhöh, redete er mehr zu sich selber, oder gar von der Stadt Krisch: er verstehe sich nicht auf die Herkunft ihrer Gesichter. Ohne Einhalt schritten wir durch den Ort und lenkten den Schritt durch die Gasse zur Kirche; wir sprachen zueinander und grüßten nach links und nach rechts die Scharen, die einzelnen und die Gruppen, die an den Mauern standen, ohne in den Knien zu schlottern, wir bestiegen gemeinsam die Stufen der Kirche. Nachgiebig ließ mein Vater dem Hufschmied den Vortritt; es trat zuerst also dieser hinein, an den Händen den Sohn und die Tochter; es folgte mit der Gemahlin und dem Sohne Herr Benedikt; ihm reihten sich an der Wegmacher und die Tochter des Wegmachers; als letzter trat einsam der Gutsknecht herein. Indes wir kamen samt und sonders zu spät zu der Feier. Ohne sich dessen zu kümmern, schritten die Frauen sogleich zu der Seite der Frauen und nahmen den dort gemieteten Platz ein; die Kinder schritten zu den Bänken der Kinder und nahmen den Platz ein; den Männern indes frommte es, unter der Empore zu stehen. Mein Auge, rief soeben der Seelsorger von der Kanzel herunter, wenn es mich ärgere, solle ich ausreißen, auf daß ich von der endlosen Finsternis geschlagen sei, wo ich, sprach er mich an, greulich heulte und mit den Zähnen knirschte, bis daß mir, wie ich auch protzte und prahlte und die Menschen zum besten hielte, vor Reue und Pein der Leib abscheulich werde zum Himmel stinken. Von Ewigkeit zu Ewigkeit, behauptete er.

Der Mann mit dem Seesack Nachdem der Mann erwacht ist, setzt er sich auf und ergreift mit den Händen die Spitzen der Schuhe. Er wiegt sich vor und zurück. Im Aufstehn hebt er locker den Seesack vom Boden. Wiederum drischt einer gegen die Tür. Darauf stellt der Mann den Seesack ab und wühlt aus der Hose die Schachtel heraus; sein Finger schnellt gegen den Boden der Schachtel; seine Lippen greifen die Zigarette und reißen sie krumm aus der Packung. Ohne die Arme mit den Fingern zum Mund zu erheben, steht er an der Seitenwand der Toilette und raucht. Einer drischt und schlägt die Faust an die Tür. Der Stummel zischt im Wasser des Beckens. Der Mann sammelt das Papier von den Fliesen, packt es zusammen und stampft es mit dem Schuh in das Becken. Er zieht die Kette. Den Seesack in der Beugung des Arms, tritt er hinaus. Der andere draußen schaut ihn an; seine Worte sind nach dem Ziehen der Kette nicht zu verstehen. Weder schaut der Mann zurück noch antwortet er. Er wäscht an der Leitung den Staub von den Händen. Er ist aus der Kabine getreten; er geht aus der Toilette; er geht aus dem Bahnhof.

Die Mauer-schau »Indem der eine den anderen führte«, hieß es an einer Stelle, »krochen die Brüder oft die steile geschnörkelte Stiege des Kirchturms hinauf in den Glockenraum.«

Hinter den Gräbern sind unten an der Mauer die braunen, verrosteten Schlieren des Regens zu sehen, oben auf der Mauerkrone die schütteren Schindeln des Mauerdachs, unter dem Dach die dicken Querbalken, zwischen dem Dach der Mauer und der Mauer in einem Längsstreif der Himmel, gegen den Streifen des Himmels das wellige, bucklige Schleichen der Katze.
Die Katze.
Ich sehe die Katze im Schleichen den Himmel verschlucken. Ich sehe einen Stein von der Wehrmauer fallen. Ich sehe auf den Gräbern die Hühner graben. Ich sehe eine Frau den Friedhof betreten.
Das Geländer.
Ich stehe an dem Geländer. Ich setze den Fuß auf die untere Leiste. Ich hebe das andere Bein. Ich setze mich ganz aufs Geländer. Ich umschlinge mit den Fingern die obere Leiste. Ich spucke auf die Frau hinunter.
Die Frau.
Die Frau trägt eine Kanne. In der Linken trägt sie ein Glas. Sie spreizt die große Hand über das Glas. Ich sehe nicht durch die Hand auf den Boden des Glases.
Der Boden des Glases.
Der Boden des Glases ist schwärzlich verklebt von den faulen Blättern der Blumen. Das Wasser zerlaugt die Reste der Blätter. Die Teile der Reste quirlen das Wasser. Sie trägt und schleppt das Glas und die Kanne durch die Reihen der Stätten.

Der zweite Speichel zersprüht in der Luft wie der erste. Die Frau wandelt unentwegt durch die Reihen der Gräber. Sie stellt die Kanne auf den Kies. Sie stellt das Glas auf den Sims. Sie stellt das andere Glas vom Sims auf den Kies. Sie zieht den Büschel der schwarzen Stengel aus diesem Glas. Sie dreht die Hand auf den Rücken. Sie reibt den Rücken der Hand an der Nase. Sie schnuppert. Sie riecht das faulige Wasser, die faulen Blätter, die verfaulten Blüten der Blumen. Sie kringelt das Gesicht um die Nase.

Das Geländer.

Ich reite rittlings auf dem Geländer. Ich schlage mit den Fersen die Latten. Ich neige mich vor. Ich strecke das Bein aus. Ich erreiche mit den Zehen den Sims der Mauer. Ich schwinge das zweite Bein her. Ich stehe mit beiden Beinen auf dem Sims des Gemäuers. Ich stehe jenseits des Geländers. Ich stehe auf der Mauer und schaue hinunter.

Die Frau.

Die Frau geht zum Brunnen. Sie gießt mit dem grünlichen Wasser die Blumen zuhauf. Sie schwemmt das Glas aus. Sie läuft zurück. Die Hühner trippeln zur Seite. Sie hebt und senkt ihre Kanne. Sie läuft um das Grab.

Der Grabstein.

Ich geh in die Knie. Ich knie auf dem Sims. Ich rutsch auf den Knien hinaus.

Die Frau.

Ich geh mit den Fersen hinaus. Ich rutsch mit den Zehen hinunter. Ich rutsch mit den Knien von dem Sims.

Die Frau.

Ich häng in der Luft, ich halt mit den Fingern die Latten, o, ich häng an der Mauer.

Die Frau wischt mit dem Zipfel des Kleids den Staub von dem Stein. Sie wischt mit dem Kleid den Staub aus der Schrift. Sie läßt das zerknüllte Kleid aus der Faust. Sie schaut von unten zu uns herauf. Du siehst auf dem Kleid die grauen Spuren der Schrift.

Unser lieber Bruder Matthias Benedikt.

Wenn sie aber das Schwein in den Hof zerren, quiekt das Schwein. Vier Männer werden benötigt, um das Schwein heraus in den Hof zu zerren, einer an jedem Bein. Wenn das Schwein schreit, flattern die Hühner, wirbelt der Sand von den Krallen, sprudeln und wirbeln schreiend die Hühner aufs Dach, schallt von dem First mit dem heiseren Laut einer Krähe der Katzenschrei. Wenn das Geflügel schreit, erklirren im Stall die Ketten der Kühe. Die Beine an den Türrahmen und an die Mauer gestemmt, reißen zwei Männer das Schwein durch den Ausgang des Kobens; in der Tür des Hauses warten die Kinder; ein langes Schaff steht in der Mitte des Hofes am Kessel. Das Schaff in der Mitte des Hofes wird dampfen von kochendem Wasser. Zwei Männer an den vorderen Klauen, zwei Männer an den Hinterklauen, gestreckter, schlagender Leib des Schweins zwischen den gestreckten eigenen Beinen und den geknickten, hüpfenden Beinen der Männer. Wer hält sich die Ohren zu? Niemand hält sich die Ohren zu. Von der Holzwand der Scheune springt der eiserne

Die Liturgie

Faßreifen, eine haarige Raupe fällt von der
Scheibe des Stalls, und der Reifen schwankt durch
den Hof. Wenn es aber über dem Schaff hängt,
verstummt das Schwein, verfallen die Schnäbel
der Hühner dem Schweigen, kratzen die Krallen
der Hühner den First, spitzen die Kinder die
Augen, lauert die Katze zwischen die Hühner,
torkelt der eiserne Reifen zur Seite, klirrt sein
Geräusch auf den Stein, verklirren im Stall die
Ketten der Kühe. Mit einem Auge gibt ein Mann
dem andern ein Zeichen. Dann flattern die Hühner wieder vom Dach, die Raupe kreucht über das
Glas, der Dampf strömt weiß und dicht in die
Augen der Männer.

Sehet das Lamm Gottes, hatte der Priester gesagt,
sehet, das hinwegnimmt. Sehet das Lamm Gottes,
hatte er wiederholt, sehet, das hinwegnimmt die
Sünden. Und zum dritten Male hatte er gesagt:
Sehet das Lamm Gottes, sehet, das hinwegnimmt
die Sünden der Welt. Mit Bedacht, auf daß sie
nicht töne, hatte der Diener vom Teppich die
Schelle gehoben, dreimal hatte er im Gelenk kurz
die Hand aufgekrallt und scharf das Gelenk mit
der Schelle nach vorn geschlagen; dreimal hatte
das Hämmern der Klöppel die Zeit angezeigt. Dies
getan, hatte der Diener die Schelle nicht abgesetzt;
mit Bedacht, die Finger der anderen Hand um die
Klöppel der Schelle, damit sie nicht tönten, hatte
er aufrecht geharrt, bis daß der Priester das Knie
bog; als aber der Priester das Knie bog, hatte der
Diener zum vierten Male geläutet. Er hatte sodann mit Bedacht die Schelle zurück auf den Tep-

pich gesetzt und den Kopf zu dem zweiten Diener gerichtet; der zweite hatte links auf der untersten Stufe gekniet; wie ein einziger waren hierauf alle zwei von der Stufe gewichen, wie ein einziger hatten sie sich empor von dem Teppich gehoben und waren zugleich, die gefalteten Hände mit den Spitzen am Kinn, zueinander geschritten. Sie hatten sich voll zum Altar gewandt und vor dem Altar das Knie gebogen; sie hatten, nachdem dies getan war, aufwärts zur Kuppel und abwärts den Blick zu dem Volke gewendet, und schräg nach links und nach rechts, eine sich öffnende Schere, hatten die beiden alsdann ihren Schritt zu den Abendmahlsbänken gerichtet. Während sie nun, indem sie wie mit den Armen des Zirkels einander entgegen die halbierten Kreise beschrieben, dabei die drehbaren Teile der Bänke zusammenschlossen und sperrten und so zu dem Raum des Altars eine Schranke aufbauten, war auch das Volk, die Arme gekreuzt auf der Brust, die Häupter zum Boden geneigt, aus den Schiffen der Kirche zahlreich nach vorne gesteuert; zu dem, mit dem Kelch und mit der Patene, seitlich aus Vorsicht den Blick auf dem Teppich, war auch der Priester die Stufen herab und über die Steine des Bodens zum Volk hin geschritten. Geschäftig hatten die Diener des Priesters über die Bank die bestickten, behäkelten Tücher geschlagen, die schwarze Reihe des Volks war vor der Bank auf die Knie gesunken, der Priester hatte dem Volk, indes er im Schreiten ein Bein an das andere zog, die Fladen des Brots auf die Zungen verteilt. Dann hatte sich dieses begeben: Geneigt war das Volk mit schluckendem Hals zurück in die Schiffe der Kirche gewandert; von den Bänken hatten wieder die Diener des Priesters die Tücher geschlagen, in den halben Kreisen entgegen einander hatten die Diener danach die Schranken wieder entriegelt; mit der Gerätschaft war auch der Priester zurück zum Altar geschritten; hier, mit Hilfe des Tuches, hatte den Kelch er gesäubert und in das Gehäuse gestellt. Jedoch nach diesem hatte sich dieses ereignet: Die zersprengten Teile des Volks hatten beruhigt die Lücken der Bänke gefüllt; die gebogenen Zungen hatten die Reste des Brots von den Gaumen geleckt; die Diener des Priesters waren zugleich mit gefalteten Händen eilenden Schrittes dem Priester nach zum Altar gegangen; wie ein einziger hatten sie dann vor der Mitte der Stufe das Knie gebeugt; zerschnitten, die Hände gefaltet unter dem Kinn, waren in die gehörigen Richtungen sie voneinander gegangen: der eine war nach rechts zu der Nische der Mauer geschritten, der andre nach links zu seinem Ort an der untersten Stufe. Nach diesem aber, ohne zu lügen, hatte sich dieses ereignet: Aus der Nische der Mauer hatte der rechte die Kannen des Weins und des Wassers genommen, von der Seite her war er die Stufen eilends hinangestiegen, mit dem Wein und dem Wasser hatte er über dem Kelch die Finger des Priesters beschüttet. Stracks war der linke empor zu dem Buch gestiegen, in Vorsicht, wie der Priester den Kelch zu dem Volk, hatte er schräg das Buch mit dem Ständer heruntergetragen. Dann aber hatte sich dieses ereignet: In der Mitte war der Diener dem andern begegnet, der von der Nische der Mauer mit leeren Händen zurückgekehrt war; sie hatten das Knie gebeugt, der von rechts war nach links gegangen, mit dem Buch vor sich war schräg der linke aufwärts nach rechts gestiegen und hatte die Last auf den Altar gestellt. Mit leeren Händen wiederum war er gerade schnurstracks herabgestiegen, und zugleich hatten die zwei das Gewand geschürzt und sich auf die Knie gelassen. Der Priester, daran ist nicht zu zweifeln, war nach rechts zu dem Buch gegangen und hatte den Vers für den Tag aufgeschlagen; in der Absicht, etwas zu sagen, war er zurück in die Mitte gegangen: domnus wobisku, hatte der Priester zum Volke gesagt; etkuspiritutu, hatten die Diener als Vertreter des Volkes zurückgegeben. Darauf war der Priester, sage und schreibe, wieder nach rechts zu dem Buch gegangen; er hatte dort das letzte Gebet vorgelesen; er war zurück in die Mitte gegangen; sie hatten ihre Worte wiedergesagt, der Priester hatte schnell den Altar geküßt und in offner Gebärde sich umgewandt und ans Volk die Entlassung gesprochen. Wieder hatte der Priester sich zum Altar gerichtet, wieder hatte er sich umgewendet und mit weiten Armen das Volk und die Diener gesegnet. Daraufhin waren alle aufgestanden, stracks war der rechte Diener zum Buch gestiegen, der linke indessen zur Mitte gegangen, schräg hinauf nach links mit dem Buch war der rechte gegangen, auch der Priester, was war geschehen, war nach links gegangen, er hatte gesprochen, seitlich links auf der zweiten Stufe hatte nickend sein Diener die Rede erwidert, er war herabgestiegen, er war links gestanden, auch der Priester war links gestanden, rechts war nur der rechte gestanden, etwas mußte geschehen sein, das Volk hatte zuvor sich gemeinsam von den Bänken gehoben, kurz war Sand mit Schotter in einem Siebe geschüttelt worden, einmal hatten noch alle zugleich das Knie gebeugt, der Priester hatte das Buch geklappt und war zur Mitte gegangen, der linke hatte das Buch geholt, der rechte das Barett, gemeinsam waren die drei, die Gesichter aufwärts zur Kuppel und abwärts zum Volk, gemessenen Schritts vom Altar gestiegen, sie hatten sich umgewendet, wie ein einziger hatten sie in den Gewändern das Knie gebogen, der rechte hatte dem Priester das Barett gereicht, der Priester hatte es sich auf den Kopf gesetzt, wieder hatten sie sich zum Volke gedreht, der rechte war an die Spitze gegangen, ihm auf dem Fuß mit dem Buch vor der Brust war der linke gefolgt, mit einem Teil der Gerätschaft war der Priester, indem er sie paarweise vor sich hertrieb, hinter ihnen einhergegangen; es war jedoch nichts geschehen.

Je k smerti obsojen: fing ich an meinem Standort die fremde Mundart zu lesen an; useme te krish na suoie rame: fuhr mein Bruder vor der zweiten Station zu sprechen fort; pade prauish pod krisham: fuhr ich fort; srezha svoie shalostno mater: fuhr er fort; pomagh krish nositi: fuhr ich fort; poda petni pert: fuhr er fort; pade drugesh pod krisham? fragte ich; troshta te Jerusalemske shene? fragte er zurück; pade trekish pod krisham: war ich fortgefahren; je do nasiga sliezhen inu jemo so te grenki shauz piti dali: war er fortgefahren; po na krish perbit: fuhr ich fort; je pouishan inu

umerie na krishu: fuhr er fort; je od krisha dou
uset inu na roke Marie poloshen: fuhr ich fort; bo
u grob poloshen, las er zu Ende. Hast du's gehört?
fragte ich. Das ist jetzt vorbei, sagte er. Ich hab's
gehört, sagte ich. Die kommen nicht bis hierher,
sagte er. Die sparen sich für die größeren Städte.
Ich hab's gehört, sagte ich.

Was? fragt mein Vater. Den Omnibus, sage ich.
Pünktlich um zehn, sagt mein Vater.

Das Volk drängt zum Ausgang. Jedoch nur einer *Das*
der Flügel des Tors ist geöffnet. Wie wird also das *geordnete*
Volk in Ordnung durch den Ausgang können? Zu- *Verlassen*
dem ist zu beiden Seiten der Türe ein steinernes *der Kirche*
Becken. Ohne die Finger mit dem Wasser aus den
Becken zu netzen, wird das Volk nicht durch den
Ausgang drängen. Das Volk drängt zum Ausgang.
Einer aus dem Volke bückt sich nun zu dem ge-
schlossenen Flügel der Tür; da aber die andern ihn
drängen, wird der Mann so dicht an den Flügel
gezwängt, daß seinem Arm und seiner Hand kein
Raum bleiben wird, den senkrechten Riegel der
Tür aus der Nut des Bodens zu ziehen. Durch das
drängende Volk wird schließlich der Mann zu der
offenen Hälfte des Ausgangs ins Freie gedrängt.
Das Volk drängt zum Ausgang. Die Arme des
Volks sind dabei nach den Becken gestreckt: die
Arme der Frauen nach dem rechten, die Arme der
Männer nach dem linken. Wie wird einer, der inmitten des Volks steht, die Finger der Hand mit
dem Wasser benetzen können? Weder kann er zu
der einen Seite über die Schultern und Köpfe der

Männer langen noch zu der andern über die aufgestülpten Haare der Frauen. Die Arme sind durch das drängende Volk ihm an den Leib angeklammert: nicht er scheint mit den Füßen sich vorwärtszutasten, sondern der Ort, an dem er verharrt, scheint in dem Treten und Scharren des Volkes ihn weiterzutragen. Einem anderen aber, der mit dem Knie sich gegen den geschlossenen Flügel anstemmt, wird dort vorn es gelingen, das Eisen aus der Nut des Bodens zu stoßen. Jedoch die Flügel der Tür sind nach innen zu öffnen. Was also nützt es, den Riegel aus der Nut des Bodens zu ziehen, da doch das Volk, welches nachdrängt, das Öffnen des Flügels verhindert? Dazu will einer vielleicht zurück in die Kirche. Das Gesicht und den Hals in der Öffnung, wartet er draußen vor dem verschlossenen Flügel und preßt vergebens die Schultern gegen die ausgepreßten Scharen des Volkes. Sooft er auch den Fuß auf die Schwelle setzt, werden ihm Knie und Schultern zurückgeschoben. Obwohl er, was er zu sagen hat, dem andern inmitten des Volkes leicht würde zurufen können, beachtet er die Weihe des Ortes, indem er schweigt und mit den Zähnen nur keuchend die Lippen zerbeißt. Das Volk drängt zum Ausgang. Während aber das Volk zum Ausgang drängt, tritt es oft auf der Stelle; ein paar, von den hinteren hart an den verschlossenen Flügel gepreßt, verkeilen den Nachdrang der andern, indem sie von der Seite zur Öffnung hin drängen; auch die, die die Hand in das Becken eintauchen, zwingen durch ihr Verharren die folgende Schar des Volkes zum Stehen. Wie wird auf diese Weise der, der etwa von draußen herein will, zur rechten Zeit dem inmitten des Volks seine Nachricht bringen? Wie wird der inmitten des Volkes die Arme heben und winken können, damit er vom andern gesehen werde? Immerzu drängt das Volk auf der Stelle, Gewirr von Fliegen auf dem Auge eines Pferdes. Indessen ist es einem anderen wieder gelungen, den Flügel der Tür einen Spalt in den Raum der Kirche zu ziehen. Nun müßten von draußen mehrere kommen, mit den Schultern und Händen vollends den Flügel nach innen zu stoßen. Jedoch nur einer stemmt sich außen gegen den Flügel. Die weißen Ärmel der Hemden, die auf das Becken zu tasten, sperren ein Netz vor den Ausgang. Hinten beginnt das Volk zu murren über den Mann, der zur Unzeit hinaus will; vorne beginnt das Volk über den Mann zu murren, der zur Unzeit herein will. Der Omnibus ist Punkt zehn Uhr gekommen. In dem Geschrei der Glocken hat der Mann inmitten des Volkes ihn nicht wieder abfahren hören. Für den Aufenthalt vor dem Kino sind soundso viel Minuten zu rechnen. Inzwischen werden die Fahrgäste ausgestiegen sein. Einer, der sie aussteigen sieht, braucht bis zu der Kirche, wenn er läuft, soundso viel Minuten. Wird dieser Mann, der jetzt vergebens hereindrängt, das, was er gesehen, noch rechtzeitig mitteilen können? Das Volk drängt zum Ausgang. Dem, der inmitten des Volks steht, bricht in den Höhlen der Augen der Schweiß aus; die Finger einer anderen Hand benetzen nun seine Finger; er zerrt die eigene Hand aus dem Gedränge und benetzt sich die Stirn; er zerrt die Hand über die Stirn und über die Haare und hält sie über dem Kopf: durch ein Winken könnte er jetzt sich bemerkbar machen. Eine Frau neben ihm hat seine Finger mit Wasser benetzt. Wer ist diese Frau neben dem Blinden gewesen? Wird es ihm mit ihrer Hilfe gelingen, noch zur rechten Zeit ins Freie zu kommen? Da er den Arm nicht mehr senken kann, läßt er ihn aufrecht über der Schulter. Er spürt an seinem Rücken die Haut einfrieren; in den Stößen des Volks spürt er unter der gefrorenen Haut das Zucken des rohen brennenden Fleisches; von der Schwere des Leibes knicken plötzlich die Beine; die Höhlen der Knie und der Füße beginnen heftig zu jucken; die Türen, denkt er bei sich, sind für den Fall einer Feuersbrunst nach außen zu öffnen; es sind aber andere Fälle zu denken. Er zieht den Nacken ein und drängt zu dem Ausgang. Das Volk drängt zum Ausgang. Wird es dem Volke gelingen, ins Freie zu kommen, bevor

Ich stolpere aus der Tür. Sie hebt meinen Stock von dem Stein. Sie reicht ihn dem Vater. Mein Vater reicht ihn mir. Ich bedanke mich. Er bemerkt ein Wort über die Rede des Priesters. Ja, aber, gibt ein anderer neben ihm zu bedenken. Das allerdings, stimmt er bei. Wir steigen plaudernd unter dem Schatten des Vordachs die Stufen in die Sonne hinab.

Die
Schweine-
schlachtung
»Das Schwein wird nun in das Schaff getaucht und durch das kochende Wasser gewälzt. Dann werden die Borsten mit dem Messer von der dampfenden Haut geschabt. Zugleich mit den Borsten wird auch

der schmierige Schmutz von der Klinge des Messers
an den Schaffrand gestreift.«

Der Mann, welcher vom Gehsteig herab, den Dau- *Die Ver-*
men in dem Knick des Blattes, unter dem Blatt die *kündung*
anderen Finger, der sich versammelnden Menge, *der Ver-*
die noch immerfort aus der Kirchgasse strömt, die *ordnungen*
Beschlüsse der Verwaltung vorträgt, lehnt mit dem *auf dem*
Ellbogen an der Ecke des Hauses; ein Knie hat er *Dorfplatz*
angehoben, die Ferse hinter sich auf dem Mauer-
sockel; sein linker Daumen ist in das unterste Loch
des Rockes gehakt. Er ist ein Mann von noch jun-
gen Jahren. Von dem erhöhten Stein, der sein ge-
wöhnlicher Platz ist, kann er über den Gesichtern,
die ihn begierig beschauen, die Straße sehen, sowie
jene breiten, nach dem Regen der Nacht noch fetti-
gen Streifen zu beiden Seiten der Straße, wo die
Kinder und Halbwüchsigen, indes sie vorbeigehn,
in das Blech und das Glas der geparkten Wagen
seine Worte mitschreiben.
»Es ist in der letzten Zeit häufig beobachtet worden, daß Halbwüchsige und Kinder tagsüber ohne
jegliche Obhut bleiben. Sie streunen durch den Ort
und richten oft Unfug an. Sie schmieren und zeich-
nen Worte mit Kreide auf die Mauer des Kinos.«
Wenn der Mann den Blick hebt, sieht er über den
Gesichtern, die ihn beschauen, und hinter den Kindern und Halbwüchsigen, die sich zu ihm gedreht
haben und die ihn beschauen, die rußige Mauer des
Kinos mit den grellen spiegelnden Schaukästen
und vor dem Gebäude, von trockenem Schlamm
gesprenkelt, die gelbe Tafel der Haltestelle.
»An dem Mast der Haltestelle lehnt ein Fahrrad,

weiß und rot, von trockenem Schlamm gesprenkelt, ein weißer Pfeil im roten Rahmen, ziemlich verrostet, ein Gangrad mit zerrissenem Gangseil, ohne Stopplicht am Kotflügel, die Klingel hat keinen Deckel, der Sattel ist abgewetzt«, eines der Kinder schlägt im Vorbeigehn die Faust auf den Sattel.

In den versperrten Wagen hört er leise die Hunde heulen. »Während der Feier pflegen manche Besitzer unbesonnen ihre Hunde in den Wagen zu sperren; dieselben springen dann gegen die Scheiben und stören durch ihr Geheul die Ruhe des Sonntags; oder sie kriechen unter die Sitze, wo die Sonne nicht hinkommt, und heulen und winseln daselbst zum Ärgernis vieler Bewohner.« Wird dann die Türe geöffnet, riecht der Wagen nach fauligem Wasser; trocken reibt die verstummte Zunge des Hundes über die beruhigenden Hände, und in den Augen des Tieres ist Blut gequollen. Zuerst wird nun der Hund zur Lüftung des Wagens ein wenig ins Freie gelassen. Er kriecht um den Wagen herum in den Schatten des Wagens und kauert sich dort auf die Erde. Nach einer Zeit erst fängt er mit hechelnder Zunge wieder den Atem ein. Obwohl die Türen des Wagens nun offen sind, riecht es noch immer im Innern nach dem fauligen Ausguß; der Besitzer und die Frau des Besitzers schwenken die Türen und pumpen die Luft in den Wagen. Das Leder der hinteren Sitze brennt die tastenden Finger; diese schließen daraus, daß der Wagen dunkel lackiert sei. Der Hund kriecht über die Schuhe der bereits Sitzenden auf seinen Platz zurück.

»Es wird darauf aufmerksam gemacht.«
Der Mann, sowie er den Blick von den Gesichtern
abzieht, die ihn begierig beschauen, reicht mit der
Rechten der Linken das Blatt und stellt die andere
Ferse hinter sich auf den Sockel. Darauf liest er
aus dem Blattknick die letzte Verordnung, deren
Teil zuvor sein Daumen verdeckt hat.
Soweit ist es gekommen, als ihn ein Pfiff stört.
Ein Pfiff stört die Versammlung.
Er ist der einzige der Anwesenden, der in die Rich-
tung des Pfiffes geschaut hat, alle anderen haben
auf ihn geblickt; auch die in den Autos haben die
Scheiben geschoben und zu ihm geblickt; sogar die
in den hintersten Reihen haben ihr Gemurmel verschluckt und begierig zu ihm hingeschaut; desgleichen haben jene, die bereits zerstreut auf dem
Heimweg sind, auf sein Verstummen im Gehen die
Köpfe zu ihm nach hinten gewendet. Wer ist gerufen? Wem ist etwas bedeutet worden? Wem aus
der Versammlung ist dieser Pfiff bestimmt gewesen?
Wer geht, bleibt stehen. Wer steht, tritt zur Seite,
um den, der gepfiffen hat, sehen zu können. Wer
durch die Scharen nicht bis zum Kino sieht, fragt
die andern vor ihm, wer gepfiffen habe. Der Mann
auf dem Sockel hat allein in die Richtung des
Pfiffes geschaut; da er aber in einem Nachbild nur
den Fleck seines Daumens erkennt, weiß er nicht,
wer gepfiffen hat. Der nichts sieht, ist auf das Gerede der andern angewiesen. Im Wagen sitzend,
streckt er sich vor und lauscht auf das Fragen und
Murmeln. Endlich pfeift, der gerufen ist, mit dem
gleichen Pfiffe zurück. Der dort drüben als erster

gepfiffen, schreit über die Straße den Grund seiner Handlung. Ich komme, ruft der Gerufene zurück. Die Welt ist nicht eigens stehengeblieben. Die Versammlung schließt sich wieder zusammen; die Gesichter beschauen von neuem den Mann auf dem Gehsteig, der auf dem Blatt mit den Fingern die Worte aufsucht. »Störungen all dieser Art sind hinfort untersagt«, liest er vor.

Er faltet das Papier auf dem Knie und streift mit den Fingern den Kalk von der Schulter. Als die Menge nun abströmt, spalten sich Risse in sie. Die Risse lecken aus zu den leeren, braun gescharrten Streifen diesseits und jenseits der Straße. Die Fenster der Autos wachsen spiegelnd vor die Gesichter, die Motoren zerreiben das Heulen des Hundes, dessen Atem heiß an die Wade des Sitzenden stößt. Der Besitzer des Wagens, neben ihm die Frau des Besitzers, auf den hinteren Sitzen die drei zur Mitfahrt geladenen Insassen ziehen, nachdem der Wagen jäh aus dem Stand auf die Straße gesprungen ist, aus den Kuhlen der Lehnen die Körper wieder nach vorne.

Die Erzählung der Schwester Meine Schwester sagte, an jenem Tag im November sei ich blind geworden. Durch den hohen, tiefen Schnee hätten in einem Militärfahrzeug zwei Angehörige der Streitkräfte mich von irgendwoher zurück in die Ortschaft gebracht. Dies sei schon am Abend gewesen. Durch das Fenster, als sie vor den Spiegeln verweilte, sei das Licht des holprig nahenden Wagens langsam, dem Holpern des Wagens gehorchend, über die Decke der Kammer gekreist.

Er wird diesen Omnibus versäumt haben. Bevor er zum Platz gekommen ist, wird er gesehen haben, wie er abfährt. Er wird gestanden sein und die Abfahrt des Wagens betrachtet haben. Er wird nicht gelaufen sein. Er wird nicht einmal die Abfahrt des Wagens betrachtet haben. Er wird mit gesenktem Kopf durch die Stadt gegangen sein, die Spitze des Schuhs als Verfolger des eigenen Schattens. Er kennt diese Stadt. Er ist oftmals dort gewesen. Er wird die Straßen der Stadt nicht vergessen haben. Er wird auch den Ausgang der Stadt nicht vergessen haben. Er geht durch die Stadt, ohne die Bewohner nach dem Wege zu fragen. Er wird stumm durch die Stadt gegangen sein, barhaupt, in der Hüfte den hüpfenden Seesack. Ist die Zeit noch nicht um gewesen, so wird er am Ausgang der Stadt oder schon weiter draußen, neben der Straße, den Arm auf den Milchstand gestützt, auf den Wagen gewartet haben. Er kennt von früher den Fahrer des Wagens; er ist oft zwischen den Kannen zur Schule gefahren, unter sich, wenn die Beschreibung nicht lügt, als Polster die Tasche. Da dies lang her ist, wird ihn der Fahrer wohl nicht mehr erkannt haben; trotzdem wird er gehalten haben, um die Kannen vom Stand auf den Wagen zu heben. Der Gehilfe des Fahrers wird dem Fahrer behilflich gewesen sein; der Mann mit dem Seesack wird den beiden bei ihrer Arbeit zugeschaut haben. Der Gehilfe ist dem Manne unbekannt, auch dem Gehilfen ist der Mann nicht bekannt, der, den Fuß auf der untersten Leiste des Milchstands, stumm ihnen zuschaut, wie sie die Kannen, in denen manchmal die Milch klatscht, schräg auf die Ränder gestellt, oben über die Brücke des Wagens rollen. Der Fahrer wird die hintere Bordwand wieder versperrt haben; zugleich wird der Gehilfe des Fahrers die leeren Kannen von der Straße über das Knie auf den Stand geschwungen haben; hinter dem unsteten Wandern seiner Blicke wird indessen der Mann mit dem Seesack immer noch stumm geblieben sein. Der Fahrer steigt in den Führerstand; von der anderen Seite schwingt der Gehilfe sich in den Wagen. Während dieser an seiner Hose die Milch von den Fingern abstreift, zerrt der Fahrer die Arme aus seiner Jacke; er hängt sie jedoch nicht hinter sich an den Haken, sondern, als sie frei ihm vom Rücken rutscht, preßt er sich an die hintere Wand und klemmt so den Ballen des Stoffs in das Ende des Rückens. So haben wir es oft an ihm gesehen. Dann erst wird er mit dem Arm den Gehilfen gestoßen haben; der Gehilfe wird den Fahrer angeschaut haben; der Fahrer, ohne hinaus auf den Mann zu schauen, wird nun die eine der Brauen gehoben haben; darauf wird der Gehilfe hinaus zu dem Mann geschaut haben. He, sagt also einsilbig der Gehilfe zum Mann. Der Mann hat das Kinn bewegt und gelächelt. Er wird nähergetreten sein, der Gehilfe wird ihm die Tür geöffnet haben, der Mann wird eingestiegen sein, den Seesack wird er zwischen die Knie gestellt haben. Wenn die Zeit noch nicht um war, wird er also mit dem Milchwagen gefahren sein. Er ist stumm neben den beiden gesessen; den Kopf nickend über der Brust, wird er sogar geschlafen haben. Am Morgen wird die Kabine des Wagens noch nicht wie jetzt vor

Hitze gebrodelt haben. An den einzelnen Ständen wird der Wagen gehalten haben; der Fahrer und sein Gehilfe werden die Kannen aufgelegt haben; die Vorübergehenden werden in der weit offenen Kabine den aufrecht sitzenden Mann nicht übersehen haben. Er hat die Fäuste fest um den Strick des Seesacks verwickelt. Auch sein Gesicht ist geschlossen gewesen.

Bist du ruhig, keift die Frau des Besitzers. Wirst du ruhig sein? fragt sie. Wirst du jetzt endlich ruhig sein? verdeutlicht sie ihre Frage. Bist du endlich ruhig? fragt sie erbittert. Sei ruhig, bettelt sie. Ruhig. *Der Hund*

Später wird es in dem Wagen heiß geworden sein. Wie die schwirrenden Flügel eines Insekts wird unter der Hand des Fahrers der schwarze Kopf des Hebels gefibbert haben. Mit dem Brennglas hat der Gehilfe eine Zigarette entzündet; mit dieser Zigarette hat er dann eine zweite entzündet und sie zwischen die Lippen des Fahrers gesteckt. Der Rauch wird den schlafenden Mann geweckt haben. Auch wenn er nicht geschlafen hat, wird er ihn veranlaßt haben, den Kopf zu heben. Er wird gebeten haben zu halten. Darauf wird er, ohne zu danken, aus der Kabine gestiegen sein. Dies wird sich noch auf der Landstraße ereignet haben, etwa an einer Abzweigung. Indes wir in der Kirche gewesen sind, wird er auf dieser Abzweigung schon entlang dem Bach durch die Schlucht gegangen sein. Während wir hier aussteigen und noch mit dem Besitzer und der Frau des Besitzers reden, wird er *Der Mann mit dem Seesack*

den Weg durch die Schlucht schon zurückgelegt
haben. Während wir den Weg hinauf zu dem
Anwesen schreiten, wird er schon auf die andere
Straße gelangt sein. Und während wir jetzt vor
der Einfahrt des Hofs, durch Geräusche bewogen,
uns umdrehen werden, wird er schon, heftig den
Sack um den Kopf schwingend, den Weg herauf
keuchend uns folgen und meinen Namen geschrien
haben.

Am Sonntag fahren keine Lastwagen.

Der Tod Damals, sagte meine Schwester, als die Mutter
der Mutter starb, habe sie die Kranke dort oben in dem Lehnstuhl sitzen sehen. Die Frau habe durch das geschnitzte Geländer hinab in den Hof gestarrt. Sie
hatte sich, so weit wie sie konnte, nach vorne gebeugt und spähte, den vorgereckten Kopf mit der
Stirn an die Hand gelegt, durch das bauchige
Schnitzwerk, so schien es, zu ihr hinunter. Hinter
der Frau sah das Mädchen ein Kind laufen: dieses
sei ich gewesen. Ich erinnere mich nicht, sagte ich.
Du erinnerst dich wohl, sagte meine Schwester. Ich
habe dich laufen sehen, sagte sie; sie sah, als ich
floh, aus den Spalten des Bodens Halme von Heu
und Maiskörner fallen; die Bretter des Gangs
hätten unter den Schritten geknattert. Sie hängte
den Korb an die Stallwand und schrie von dort zu
der Frau hinauf. Sie ging hin und zeigte mir ihre
Gesten und wie sie gerufen hatte. Die Kranke
sprach nicht darauf an: ohne den Kopf von der
Hand zu erheben, spähte sie hungrig durch das
Schnitzwerk in die Hofstatt hinab; von unten, ob-

wohl sie auf die Zehen stieg, sah das Mädchen nur die Hand und die spähenden Augen. Als die Hühner schreiend, mit ruckenden Halskrausen, aus dem Schuppen herstürzten, rannte sie zwischen ihnen ins Haus. Im Flur verlor sie den Schuh; sie hüpfte zurück und riß ihn mit der Hand im Lauf an den Fuß. Sie rannte über die Stiege, sagte sie. Da sie aber auf die Knie fiel, hörte sie nicht über sich auf dem Gang den Lehnstuhl umkippen; auch das andre Geräusch, das Surren, vor dem Kippen des Lehnstuhls hörte sie nicht. Sie schaute dann nicht auf die liegende Frau, sagte sie. Sie stellte vielmehr zuerst den gefallenen Lehnstuhl auf und schichtete sorgsam die Decken hinein. Sie zeigte mir, wie sie den Lehnstuhl aufgestellt hatte. Ich erinnere mich nicht, sagte ich. Die Mutter kniete auf den Brettern; das Gesicht hatte sie fest auf ein Astloch gepreßt. Sie spähte jetzt, wie es schien, durch den Boden des Gangs zu den Hühnern hinunter. Sie drückte, sagte meine Schwester, die Spitzen der Finger wütend durch zwei Spalten um eines der Bretter und versuchte, das Brett aus dem Balken zu reißen, indes dazu zuckend ihr Hals die knochige Stirn auf den Boden schlug. Das Mädchen stand mit abgekehrtem Gesicht, sie strich und streichelte die Decken im Lehnstuhl. Sie sah zuerst nicht, daß die Frau spie, sagte meine Schwester; sie bewegte sich nicht von der Stelle; ich schaute die Frau an, die, während sie hockte und lag, durch das Astloch in den Hof auf die Hühner spie. Meine Schwester machte die Bewegungen nach, mit denen die Frau gespien hatte. Sie wurde nicht auf den Rücken geworfen, sagte sie; vielmehr, wie sie dort hockte und rülpste, schnellten mit einmal klatschend die Beine aus; die Frau legte die Muschel des Ohrs auf das Astloch und horchte mit offnem Gesicht auf das Schimpfen und Glucksen der Hühner. Die Augen sprangen aus dem Gesicht, von der Wange rutschten die erbrochenen Brocken der Mahlzeit. Sie schielte auf das Heft des Romans neben sich; nicht neben sich, sagte ich: neben ihrem Körper. Was ist gewesen? sagte meine Schwester. Red. Was ist gewesen? Ich erinnerte mich nicht: weder der Zwiebeln, die zum Trocknen über der Mutter an den Schnüren hingen und von dem Luftstoß noch langsam auf und ab fuhren, noch der Fragen des Mädchens, das sich zu der Frau hinabbeugte und ihr die Finger aus den Brettspalten zog. Die Zwiebeln wedelten noch von dem Knall, in dem der Lehnstuhl hintüber gefallen war, sagte meine Schwester. Die Schatten waren kaum vorgerückt. Sie sprang von dem Zaun, auf dem sie saß und erzählte, und machte vor, wie sie die Hände der Frau aus den Brettern gezerrt hatte: So, sagte sie und richtete sich auf, das Haar über dem Gesicht. Sie schaute durch die Strähnen mich an. Ich blieb auf der obersten Stange des Zauns und stützte den Arm auf den Pflock; eins ums andere Mal hob ich die Schultern und starrte ratlos zum Gang hinauf. Ich weiß nicht, sagte ich. Was hat dieses Ereignis überhaupt mit der Geschichte zu tun?

Gregor Benedikt ist ein Lügner

Dessen Name an einer Mauer steht, der wird eines Vergehens, einer Schmach oder eines Gebrechens bezichtigt. Sein Name steht mit Kreide groß an der Mauer geschrieben. Da der körnige Mörtel die Kreide auffrißt, wird der Schreibende, der nur ein Stück davon hat, mit seinem Werkzeuge sparsam sein; diese ist nicht die einzige Mauer, die er bezeichnen will. Wenn er schreibt, werden sich die Fersen und die Höhlen der Füße von der Erde aufheben, und der Arm wird so hoch über den Kopf gestreckt sein, daß die Finger, während sie schreiben, zu zittern anfangen; jedoch mit dem Fortlauf der Schrift, wenn die Gelenke der Füße zu schmerzen beginnen, wird in einer Schleife die Zeile herabgehn. Ist die Mauer hell, so wird der Schreibende nicht die weiße Kreide gebrauchen; in diesem Fall wird der Name dessen, den sie bezichtigt, blau oder rot an der Mauer prangen. Wer ein Fahrrad am hellichten Tag durch den Ort geschoben hat und auf freche Weise dies leugnet, wird als Lügner bezeichnet. Sein Name prangt an der Mauer des Kinos. Einer, der leugnet, muß indessen nicht lügen: er streitet nur ab, was die andern ihm zuschreiben. Er mag sogar überzeugt sein, die Wahrheit zu sagen, und die andern mögen überzeugt sein, an die Mauer Lügen zu schreiben: dennoch wird er, da er, gefragt, die Frage verneint hat, als Lügner bezeichnet, und sein Name prangt an der Mauer. Indes es wird nicht genug sein, die Schrift allein an die Mauer zu schreiben; denn es prangen zu viele und andere Schriften aus anderen Zeiten an dieser Mauer, als daß einer, der vorbeigeht, diese Schrift als eine besondere läse. Deshalb wird der

Name dessen, der eines Vergehens geziehen wird, auch an den Scheunen stehen; zuvor, indem man die Plakate für Wahlen und die Aufrufe für eine gute Sache von den Planken herabfetzt, wird man Platz für die Schriftzeichen schaffen. Meist werden die Tennplanken schwarz sein; günstig ist also für sie eine hellere Kreide; ist zu befürchten, es werde die Schrift mit einem Tuche verwischt, so wird man bei Nacht und Nebel mit einer Leiter heimlich umhergehn oder zum Schreiben die festere Kreide der Schneider auswählen oder gar Gips. Die Masern der Planken leiten die Richtung der Striche: aus diesem Grund wird man für die Zeichen die Planken mit den geraden Masern bestimmen. Der Name dessen, den man verdächtigt, wird weiß an den teerigen Planken der Scheune prangen; im Staub am Fuße der Scheune wird die Vertiefung von Zehen zu sehen sein; andernfalls wird der Nachtwind die Spuren der Zehen und die schräge Bohrung der Leiter schon wieder verschüttet haben. Die vorbeigehn, werden dem Beschuldigten, wenn er etwa, von einem Ausgang zurückgekehrt, seine Lage bedenkend, geruhsam am offenen Fenster verweilt, laut die Zeichen von den Tennplanken lesen. Die Beine nach dem langen Weg von sich über den Ausguß gestreckt, wird er sie anhören können; er wird freilich wenig bekümmert sein.

Das Wort ›geschehen‹   Es geschieht. Damit es geschehe, wird ein andres Geschehen sich ändern müssen; oder etwas, das bisher ohne Bewegung war, wird sich bewegen müssen. Wenn etwas immerfort stillsteht, wird mit ihm nichts geschehen; entweder wird es von selbst sich bewegen, oder ein andres wird von außen ihm die Bewegung geben: dann wird es geschehen sein. Die Bewegung braucht ein anderer nicht zu sehen; sie braucht nicht zu hören sein; auch der Gedanke ist eine Bewegung, mag er auch unsichtbar sein: wenn der Gedanke entsteht, so geschieht es. Auch der Schmerz, der entsteht, ist eine Bewegung; er entsteht in dem Körper, den einer betrachtet, ohne daß der, der den Körper betrachtet, ihn spürt; es geschieht, da etwas, das bisher in dem Körper ohne Bewegung war, sich bewegt hat. Wenn etwas beginnt, so geschieht es; wenn etwas sich ändert, geschieht es; auch etwas, das endet, geschieht; wenn aber etwas immerzu gleichbleibt, sei es im Stillstand oder in seiner Bewegung, wenn aber etwas weder von selber sich ändert noch von außen geändert wird, so wird mit ihm nichts geschehen; wenn etwas in der natürlichen Ordnung, die ihm gegeben ist, abläuft, ohne sich je zu verändern, so · wird, mag es sich auch bewegen, mit ihm nichts geschehen. In dem Ausguß, aus dem es schon immer nach fauler Milch und nach fauligem Wasser stinkt, geschieht nichts und ist nichts geschehen, wohl aber in dem, der, als er sich vorbeugt, plötzlich daraus den Geruch in den Leib schluckt.

Was inzwischen geschah:

Wohlgemerkt, begann mein Vater, der vor dem *Der* Haustor stand, die Hände unter den Rock in die *Schlüssel* Seiten gestützt, zu der Frau, die neben ihm stand: wohlgemerkt, redete er, indes er die Augen einkniff und den Weg hinabschaute, er verdächtige niemand, den Schlüssel veruntreut zu haben, es gehe ihm einzig darum, sagte er, andere Worte gebrauchend, den Verlustort des Schlüssels ausfindig zu machen, damit wir endlich vom Fleck kämen. Was einmal geschehen sei, sagte darauf die Frau, könne man nicht ändern. Ob er vielleicht auf dem Weg liege, erwog mein Vater, ohne auf ihren Einwurf zu achten. Man könne nie wissen, setzte er hinzu, während er unbeteiligt einen Blick auf die Hühner warf. In der Kirche, sagte die Frau, sei er noch in der Tasche gewesen. Wahrscheinlich habe sie ihn im Auto verloren, half ihr mein Vater. Dort, antwortete sie, habe sie die Tasche nicht in der Hand gehabt. So werde es also im Ort gewesen sein, überlegte mein Vater für sich. Da sei er sicher noch drin gewesen, enttäuschte ihn seine Frau. Ob sie dessen gewiß sei? forschte mein Vater. Sie sei es, gab die Frau auf der Stelle zur Antwort: als sie, so sagte sie aus, etwas der Tasche entnommen habe, sei ihr, dadurch, daß sie suchte, der Schlüssel zwischen die Finger geraten. Was aber habe sie der Tasche entnommen? Den Brief, erwiderte sie; sie habe ihn meiner Schwester gegeben. Sie möge sagen, wo dieses vor sich gegangen sei, ermunterte sie mein Vater. In der Kirche, erinnerte sich die Frau: während das Volk zum Ausgang gedrängt habe. Und dort, ergänzte mein Vater, sei er also noch drin gewesen? Sie habe es gesagt, sagte die Frau. Irgendwo müsse er wohl sein, machte mein Vater seinem Ärger Luft, er könne doch nicht vom Erdboden verschwinden. Da möge er recht haben, sagte die Frau, jedoch wir hätten ja noch seinen

Schlüssel. Einverstanden, höhnte darauf mein Vater: gleichwohl wünsche er zu erfahren, wo der Schlüssel verlorengegangen, alles, was recht sei, er rede nicht zum Vergnügen. Seinen Schlüssel, sagte die Frau, habe er im Rock. Sie mache es sich zu billig, beteuerte mein Vater. Ja, lenkte sie ein. Ich denke, ich wüßte etwas, kam es ihm plötzlich. Nein, verwarf er dann seine Überlegung, damit sei es nichts. Halt! rief er nun unvermutet: ob sie gewiß sei, daß sie im Auto die Tasche nicht angerührt habe? Sie habe sie nicht angerührt, trat ich der Frau zur Seite. Ich solle ruhig sein, herrschte mein Vater mich an. Das wäre doch! Er möge sich beeilen, sagte die Frau, damit sie die Mahlzeit bereiten könne. Daß er nicht lache! ereiferte sich mein Vater: nicht angerührt! Wir hätten die Tasche nicht angerührt! Das sei die längste Zeit, empörte er sich, daß mit den Dingen so verfahren werde! Wir kennten ihn noch nicht! verhieß er. Wir wüßten anscheinend noch nicht, wie er sein könnte!
Meiner Treu, hatte sich der Mann mit gleichen Worten vor den Söhnen aufgeplustert, wir würden den heutigen Tag nicht so bald vergessen! Mit Verlaub, schimpfte er weiter, wenn es nach ihm ginge, so würde uns jetzt anders werden! Wir unterstünden uns, stocherte er in seinem Zorn, ihm unter die Augen zu treten? Das werde uns noch reuen! schürte er fort. Ihr vermaledeites Gesindel! verkehrte er den eigenen Namen. Ihr Schelme! Daß wir ihm aus den Augen gingen! Und sofort! ordnete er an. Ob wir wüßten, was wir seien? fragte er. Schurken und Bösewichter! gab er sich selber die Antwort, Tagediebe, Strauchräuber und Wege-

lagerer! Nachtmahre! widersprach er sich: Misch-
linge, Bastarde! Er werde uns noch eines anderen
belehren! Kein Stein, verkündete er, werde auf
dem andern bleiben!
Er überlegte es sich jedoch, indem er mit langen
Ketten von Worten seinen Aufruhr beschwichtigte
und sich gut zusprach. Darauf wandte er sich auf
dem Absatz um und bohrte den Schlüssel in die
Tür; und bevor er hineinschritt, scharrte er immer,
mochten seine Schuhe auch sauber sein, über die
Zeit den allergrößten Schmutz durch das Gitter am
Eingang. Von oben, den Kopf schief über die
Schulter stoßend, schaute er in finsterem Zorne zu
uns herab. Als er hineinschritt, vernahmen die
Söhne, zerhöhlt und gedehnt durch die Länge des
Flurs, noch das heisere Knurren seines unendlichen
Fluches. Still folgten wir dem Vater ins Haus.

Der Ausguß Hier in dem Winkel des Zimmers, wo jetzt der
Schrank steht, ist der Boden aus Beton; vordem
stand dort eine Milchmaschine; hier von der Mitte
der Decke, aus der jetzt nur noch die schwarzen
Borsten der Drähte kriechen, hing jener Lampenschirm, unter welchem tagtäglich die Fliegen
kreisten; doch hier in der Mitte des breiten Fensterbretts, wo jetzt der Ausguß stinkt, stanken auch
vordem die zerdrückten Fliegen und die fauligen
Fetzen der Milch aus dem Ausguß; am Tisch in der
Küche schmeckte die Zunge, wenn sie nach dem
Mahle die Finger abschleckte, noch die Flügel und
die Därme der Fliegen wie die verbrannte Rinde
des Brots. An drei Tagen in der Woche wurde der
Rahm in der Maschine von der Milch getrennt. In-

zwischen faulten im Innern der Maschine und in den Töpfen auf dem Beton die Reste der Milch und des Rahms. Vor dem Betrieb erst wurden sie mit gewärmtem Wasser herausgespült. Meist aber waren die Reste so hart geworden, daß sie mit dem Messer von dem Blech geschabt werden mußten; sie wurden dann aus dem Kübel hier in den Ausguß geschüttet. Ich saß davor auf dem Stuhl oder ich hatte den Schemel an die Mauer gestellt und stand auf dem Schemel und sog den Geruch ein; mein Mund war geöffnet; die Flügel der Nase regten sich nicht; ich atmete flach, wie wenn ich gelaufen wäre; das Gesicht sei ohne Schatten geblieben. In ein verzerrtes Gesicht wären Schatten gesprungen, die Wangen wären dick geworden, die Lippen hätten sich eingestülpt. Dies sei die herkömmliche Miene des Ekels, sagte mein Bruder. Er stand unter dem Lampenschirm, die Fliegen kreisten um ihn, die Köpfe der Fliegen, die im Flug seine Haut anstießen, waren kalt, wie er sagte. Warum kreisten die Fliegen unter dem Schirm der Lampe? Warum hockten sie nicht in den Töpfen oder auf der Maschine, oder hier unter meinem Gesicht rund um das Loch in dem Ausguß? Mein Bruder stand starr, mit zitternden Fingern, nur der Mund sprach tückisch zu mir herüber; langsam schlichen seine Hände an seinem Körper empor. Ich drehte mich leise herum, das Ohr war zu ihm gerichtet: ich hörte, daß sein Mund auseinanderwich; dann schlug die Faust an den Schirm, die Lampe trieb in den Wellen des Schlages, die noch übrigen Fliegen kreisten zurück und jagten wieder einander unter dem verebbenden Torkeln des Schirmes. Er war zu mir gegangen und hatte die Faust über den Ausguß gestreckt; ich hörte, wie die Finger rieben und mahlten; der Arm sauste hinauf; als er ihn schwang, hörte ich in der Faust noch eine Fliege sirren; er war indessen schon zur Maschine gelaufen und spülte, was er gefangen hatte, mit dem Rest der fauligen Buttermilch aus dem geholten Topf schlapp durch den Ausguß hinunter: riech, hatte er dann gesagt: riech jetzt. Ich beugte mich darüber und hörte es durch die Röhre fließen. Noch immer nichts? fragte er, noch immer nichts? Nein, sagte ich und stieß den Atem aus. Sogleich aber schwieg es unter mir in der Röhre; da ich, nachdem ich gesprochen hatte, den Atem wiederum einsog, schluckte ich mit ihm, ohne die offene Kehle schließen zu können, auch den Schwall des Gestanks in mich, der wie eine Flamme aus dem Ausguß stach und alle Gelüste vertrieb. Riechst du's jetzt? hatte mein Bruder gefragt, riechst du's? Nein, hatte ich unverdrossen erwidert, nichts riech ich, gar nichts riech ich, ich riech überhaupt nichts.

Das *Wespennest* »Das Knäuel von Papierbrei zwischen den Kinnbacken, ist die Wespe allmählich schräg von oben nach unten in ihrer Arbeit am Bau fortgeschritten; sie ist dem Rand des bereits fertiggestellten Stückes gefolgt und hat so das weiche, von ihrem Speichel durchtränkte Band immer weiter gewebt; die Arbeit ist aber oftmals unterbrochen und wieder aufgenommen worden, denn der Vorrat ist jeweils rasch erschöpft gewesen. Dann hat es gegolten, in der Nähe der Tenne einen von der feuchten Luft zermürbten und von der Sonne ge-

bleichten holzigen Zweig mit den Zähnen abzu-
schaben, die Fasern herauszuziehen, sie zu zer-
spalten und zu einem biegsamen Filz zu knoten;
mit dem frischen Knäuel ist dann der Bau über
uns wieder fortgeführt worden. Wir haben die
Wespe den hinteren Leib aufkrümmen und in den
Schlund ihres Baus schlüpfen sehen. Feig, hast du
gesagt. Selber feig, habe ich dagegengesprochen.
Indes wir so geredet haben, sind wir bis zu den
Knien im Heu gestanden und sind immer weiter
gewatet und haben mit den heißen, aufwärts gaf-
fenden Augen hinauf zu den Ziegeln der Tenne
geschaut.«

Was später geschah:

Wir sind beide in den Schuppen gegangen, habe ich
gesagt. Wir haben aus dem Schuppen die Leiter
geschleppt. Wir sind durch den Hof zurück in die
Tenne gegangen.
Ich bin in dem Schuppen auf dem Holzstoß entlang der Mauer gekrochen, hast du gesagt. Ich
habe die Leiter von den Haken gehoben. Ich habe
sie durch die Arme zu dir rutschen lassen. Ich
habe das Ende der Leiter quer auf den Holzstoß
gelegt.
Ich habe mein Ende mit den Spitzen zum Boden
gedrückt, habe ich gesagt. Du bist vom Holzstoß
über die Stapfen der Leiter heruntergekrochen. Ich
habe die Leiter gekantet und durch den Schuppen
geschleift. Du hast im Sprung das hintere Ende
gefangen und es mir nach durch den Hof getragen.

Wir haben die Leiter durch den Hof zurück in die Tenne getragen, hast du gesagt. Du hast mit dem Fuß das Tor aufgekeilt; die in die Ritzen geblasenen Hülsen der Körner sind dir dabei ins Gesicht gefahren. Du hast mich und die Leiter zurückgestoßen.

Wir sind ohne Verzug in die Tenne gegangen, habe ich gesagt. Ich bin mit dem spitzen Ende der Leiter geradeaus zu den hinteren Planken geschritten. Ich habe das Ende der Leiter ohne Geräusch aus den Händen gelassen.

Ich habe die Leiter nun aufgerichtet, hast du gesagt. Schritt auf Schritt, die Arme steigend um die steigenden Sprossen, bin ich unter der Leiter herangekommen. Durch die Streckung des Bauchs ist das Hemd aus der Hose gesprungen. Du hast die Füße weit auseinandergegrätscht und sie quer an die Spitzen der Leiter gestemmt. Du hast wie ich die Leiter gehoben und sie senkrecht näher an dich gerückt. Ich habe die Leiter dir übergeben.

Wir haben sie gegen den Balken unter dem Dach gestellt, habe ich gesagt. Du hast mir die Stange gereicht. Die Stange in der Faust, bin ich hinangestiegen.

Du hast beim Klettern den Blick auf die Schuhe gerichtet, hast du gesagt. Du hast durch das Knikken und Strecken der Beine auf mich geschaut. Von dem Dreck deiner Sohlen hast du auf die kantigen Sprossen Dächer geschabt.

Ich habe durch die steigenden Beine auf dich geschaut, habe ich gesagt. Du hast unter mir die Knie und die Stirn an die Leiter gepreßt. Du hast den Kopf abgewendet und oft und öfter zum Tor hingeschaut. Das Tor der Tenne ist noch offen gewesen.

In der Mitte der Leiter bist du stehengeblieben, hast du gesagt. Du hast dich anfangs nicht umdrehen können. Eine Hand um die Stange, die andere Hand um die Sprosse, bist du lange untätig dort oben gestanden. Du hast nicht weiter gewußt.

Ich habe die Füße schief überkreuzt, habe ich gesagt. Schnell habe ich mit der rechten Hand der linken die Stange gegeben, zur gleichen Zeit habe ich mich herumgestoßen und mit der freien Hand hinter mir von neuem die Sprosse gefangen.

Du bist mit dem Rücken zur Leiter weitergestiegen, hast du gesagt. Oben hast du die Schuhe an einer Sprosse von den Fersen gerieben. Du hast sie herabfallen lassen. Du bist in den Socken gestanden. Die Zehen haben sich um die Sprosse gekrampft. Du hast dich zurückgelehnt.

Ich habe mich auf die Leiter gesattelt, habe ich gesagt. Das Tor ist noch immer offen gewesen. Du bist mit dem Kopf zwischen die Schultern gekrochen.

Mit beiden Händen hast du die Stange gefaßt und hinaufgestoßen, hast du gesagt. Du hast das Nest nicht getroffen. Der Stoß hat nichts als einen Ziegel von der Latte gelüftet. Wir haben uns beide geduckt und durch das offene Tor in den Hof geschaut.

Nur du hast dich geduckt, habe ich gesagt. Ich habe gleich nachgestoßen. Wieder habe ich das Nest nicht getroffen. Aber durch den Anprall der Stange ist es von dem Ziegel gewichen.

Es ist herabgeschwirrt, hast du gesagt. Ich habe

mich auf die unterste Sprosse gekauert. Unsere Köpfe haben sich nach dem Fallen des Nestes bewegt. Zuerst haben wir beide ins Dach geschaut. Dann allmählich sind die Köpfe abwärts gerückt. Zuletzt war deiner herabgesenkt und meiner geradeaus vor mich auf den Boden gerichtet. In dieser Haltung haben wir uns nicht mehr gerührt.

Das Nest ist in Spiralen herabgewirbelt, habe ich gesagt. Es ist auf dem Staub der Luft getrieben und über den Boden der Tenne geweht.

Wir sind still gewesen, hast du gesagt. Wir haben die Blicke in den reglosen Köpfen vorausgeschickt. Den Schlund nach oben gekehrt, ist vor dem Tor das Nest auf der Spreu und den Körnern gelegen. Es hat seine Spur in den flaumigen Staub des Bodens gekratzt.

Der Schlund ist leer und entvölkert geblieben, habe ich gesagt. Die Hühner sind aus dem Hof durch das offene Tor geflattert.

Sie haben das Nest nicht angerührt, hast du gesagt. Sie haben nur im Kreis darum die Körner verzehrt. Darauf bin ich aufgestanden.

Du hast dich gebückt von der Leiter gestoßen, habe ich gesagt. Einen Arm mit der sich krümmenden Hand hast du sichernd nach hinten gestreckt. Du bist gebückt auf das Nest zu geschlichen. Das Wespennest aber ist leer gewesen. Du hast es leer vom Dach fallen sehen.

Das Nest ist nicht leer gewesen, hast du gesagt. Ich habe in einer der Waben etwas gefunden.

Du hast nichts gefunden, habe ich gesagt. Du bist nur zum Fliehen bereit vor dem Nest gestanden. Der Wind ist aus dem Hof in die Tenne gestoßen.

Durch den Windstoß hat sich das Nest vom Boden erhoben. Du bist vor Schreck auf das Nest gesprungen.

Ich habe es in die Hände genommen, hast du gesagt. Ich habe einzeln die Hüllen zerfleddert. Du bist derweil auf der Sprosse gesessen.

Ich bin von der Leiter gestiegen, habe ich gesagt. Wir haben uns mit dem Nest in das Heu gelagert. Du hast die zerquetschte Wespe an den Flügeln aus ihrer Zelle gezogen.

Der Wind hat die Hühner verjagt und knarrend und knatternd das Tor verschlossen, hast du gesagt.

Ich kann die Wespe auf deiner Hand nicht mehr sehen, habe ich gesagt.

Sie ist noch nicht tot, hast du gesagt. Sie nickt mit dem Kopf. In den Leib ist schief wie ein Pfeil ein Flügel genagelt. Die vorderen Beine krallen die Luft auf.

Aber jetzt, habe ich gesagt.

Nein, hast du gesagt. Sie streckt sich und betastet kribbelnd die Haut meines Fingers. Das Bein zittert. Der Leib zittert. Die Wespe wird aufgebogen. Sie hebt den Flügel zitternd zum Flug. Sie wird von innen geschüttelt. Der Schmerz oder was immer rüttelt sie arg. Sie liegt hier. Sie schränkt die Beine über dem Leib. Sie ballt und krümmt sich zusammen. Die Flügel zucken. Sie kitzelt die Haut. Sie wird auf den Kopf gestellt und von dem wilden Beben gerüttelt. Sie atmet den Leib an sich. Die Flügel könntest du zischen und flüstern hören. Der Schmerz oder was immer wirft sie herum. Sie ruft es aus. Sie kreiselt. Sie jammert. Sie schleudert den Leib von sich. Sie streckt sich. Sie dehnt sich und

Ein Mann steht im Fluß, sagte mein Bruder. Er steht mitten im Geröll und hält den Kopf gesenkt; die Arme hängen an ihm herunter. Er ist von dem Ufer, an dem wir sitzen, in das Flußbett gestiegen und über die Steine langsam zum Wasser gegangen; weil wir so weit weg von ihm sind, scheint er unmittelbar vor den Wellen zu stehen: mit einem Schritt würde er bis zu den Knien im Wasser sein, mit dem nächsten würde der Fluß ihn mit sich schwemmen. Er steht aber nicht so nahe daran, sondern einige Meter entfernt mitten im Geröll vor den stehenden Lachen; eigentlich müßte er mich also reden hören.

Er hört dich nicht, sagte ich. Oder er hört dich nur wie das Gluckern der Wellen an einem Ast. Wenn du rufst, wird er sich umdrehn.

Nein, sagte er. Er würde erschrecken. Wenn er sich rasch umdreht, rutscht er vom Stein und fällt.

Schaut er denn etwas an? fragte ich.

Ich weiß nicht, sagte mein Bruder. Ich sehe ihn nur von hinten; der Streifen seines Gesichts flimmert von der Sonne, so daß ich nichts erkenne.

Sein Mund ist offen vor Müdigkeit, sagte ich. Er ist trockenen Fußes über die Steine gegangen und steht dort und schläft im Flußbett. Die Fäden der Luft haben sich um ihn gelegt und sein Gesicht verklebt.

Er schläft nicht, sagte mein Bruder. Er schaut über das Wasser.

Er ist hier hinabgesprungen, sagte ich, und zwischen den Kannen und Matratzen zum Wasser gelaufen.

Er ist nicht bis zum Wasser gelaufen, sagte mein

Bruder. Er ist langsam über die Steine gegangen und inmitten des Gerölles stehengeblieben.

Nimm mich an der Hand und hilf mir hinunter, sagte ich. Ich werde zu dem Mann gehen und ihn fragen, was er dort anschaut.

Komm, sagte mein Bruder.

Geh leiser, sagte ich. Er wird sich umdrehn.

Er hört uns nicht, sagte er. Er kreuzt gerade die Arme über der Brust und schiebt die Hände unter den Rock, um sich zu wärmen. Er steht und schaut vor sich hin.

Ist nun die Sonne untergegangen? fragte ich.

Die Sonne? fragte mein Bruder.

Es ist auf einmal ganz kalt geworden, sagte ich.

Du bist in den Schatten gekommen, sagte er.

In den Schatten der Bäume vom anderen Ufer? fragte ich.

Nein, sagte mein Bruder, in den Schatten des Mannes. Dein Gesicht ist im Schatten des Mannes.

Was tut der Mann? fragte ich.

Er schaut auf einen Stein, sagte er.

Er wendet sich nicht nach uns um? fragte ich.

Er starrt immerzu auf den Stein, sagte er.

Ein kantiger Stein? fragte ich.

Der Stein ist rund, sagte mein Bruder. Er liegt mit dem unteren Teil in einer Lache, zu der vom Fluß her eine Rinne führt. Das Wasser um den Stein ist klar und ruhig wie vor dem Gefrieren. Ich kann in dem Schlamm auf dem Grund den Glimmer sehen; ein verfaulter Zweig ragt aus dem Schlamm; um sein Ende hat sich der Streifen eines Tuches gewickelt.

Und kein Tier ist darin? fragte ich. Kein Krebs und kein Wurm?

Eine Mücke ist darin, sagte mein Bruder.

Sie bewegt sich nicht? fragte ich.

Sie schwimmt im Kreis, sagte er.

Ist sie tot? fragte ich.

Ja, sagte er.

Wenn sie tot ist, dann muß das Wasser sich bewegen, sagte ich.

Das Wasser steigt, sagte er.

Warum steigt das Wasser? fragte ich.

Es kommt die Flut, sagte mein Bruder.

Das ist ein Fluß, sagte ich, und nicht das Meer.

Es ist das Meer, sagte er. Es ist der Ozean.

Es ist der Fluß, sagte ich, und wir sind allein. Es steht kein Mann vor uns.

Ja, sagte er. Wir sind allein. Wir sind von dem Ufer über die Böschung in das Flußbett gestiegen und stehen vor einem Stein mitten in dem Geröll. Der obere Teil des Steins ist noch frei von Wasser; er trägt Rillen gleich den Windungen an einem Schneckenhaus; trockener Schlamm liegt darin; sonst ist nichts zu sehen.

Vielleicht eine Ameise, sagte ich.

Zwei, sagte mein Bruder, zwei Ameisen. Sie haben sich auf den Felsen gerettet und kriechen darauf umher. Vom Flugzeug aus sind sie zu sehen wie Ameisen. Sie winken zu uns herauf und schreien.

Sind es Kinder? fragte ich.

Ja, sagte mein Bruder. Sie liegen auf dem Felsen, in die Flechten verkrallt. Ein Kind steht auf und schaut über das Wasser: ob es noch steigt? sagt es zum andern: ich kann nichts sehen. Ich friere.

Ich friere auch, sagte ich.

Zieh meinen Pullover an, sagte mein Bruder.

Gehn wir lieber zurück, sagte ich.

Nein, sagte er.

Was ist? fragte ich. Warum schreist du?

Das Wasser, sagte er.

Sprich lauter, sagte ich. In dem Lärm der Motoren kann ich gar nichts verstehen.

Das Wasser hat sich vorwärtsgeschoben und die beiden auf eine kleine Fläche gedrängt, sagte er. Das eine Kind schleift das andre hinter sich her. Das Wasser jedoch steht schon wieder; es ist an ihm selbst keine Bewegung zu merken. Ein Strohdach schaukelt darin auf und nieder; das Wetterkreuz am First dreht sich heftig, während das Dach schaukelt; der Wind dort unten muß stürmisch sein. Wo das Stroh von den Sparren gerissen ist, flattern die Kleider, die aus den Truhen und Schränken geschwemmt worden sind; das Wasser hat das Dach schief gedrückt und verzogen.

Was tun die Kinder? fragte ich.

Sie reden, sagte mein Bruder.

Was reden sie? fragte ich.

Sie reden über das Wasser, sagte er.

Wie groß ist der Raum, den sie noch haben? fragte ich.

Du könntest darauf drei Schritte tun, sagte er. Sie sitzen mit gestreckten Beinen nebeneinander, die Hände flach neben sich auf den Felsen gelegt. Unter ihren Fersen steht das Wasser; es ist klar und ruhig. Sie rufen indessen laut; ich sehe es an den schwarzen, sich öffnenden Gesichtern, die sich zu uns herauf richten; aus der Nase des einen rinnt das Blut. Dieses Kind hat nur noch den rechten Schuh, der mit seiner Spitze gleichfalls zu uns

heraufweist; an den linken Zehen sehe ich die geschrumpften Socken. Die Füße des anderen Kindes sind nackt; die Knöchel reiben sich aneinander. Wo ist unser Seil? fragte ich.
Wir haben es vergessen, sagte er.
Und das Wasser? fragte ich.
Das Wasser steht noch rund um die beiden, sagte er. Sie sitzen in der Mitte des trockenen Kreises und reden leise und hastig. Plötzlich heben sie die Köpfe und starren hinauf zu dem Wetterkreuz: erst jetzt, da es still steht, hören sie sein Knarren; wir hier oben wissen nichts davon. Gerade stößt das Wasser an einer Stelle ein wenig in den Kreis und benetzt den Absatz des einen Kindes. Wiewohl sie durch das Dunkel das Wasser nicht sehen, hören die beiden sogleich zu sprechen auf; sie drängen jedoch nicht zueinander: sie sitzen horchend, mit offenem Mund. In dem Augenblick
Nein, sagte ich.
In dem Augenblick, sagte mein Bruder, treibt aus der Finsternis ein totes Schwein heran und zieht langsam an den Kindern vorüber. Ohne um die Bewegung ihrer Arme zu wissen, reiben sie mit den Handrücken über die Augen und starren auf das Schwein. Der Bauch des Schweins schimmert mit dem Warzen im Schaukeln hell aus dem Wasser; es stößt an das Dach, schabt kurz an dem Balken und wälzt sich jetzt weiter. Ein Schwein, sagt das eine zum andern voller Staunen. Ein Schwein, sagt das andre und leckt sich staunend das Blut von den Lippen. Und während sie sitzen und über das Schwein reden, entsteht am Horizont im Grund des Wassers ein Beben, das durch

die Dörfer und Wälder wandert, ohne daß wir es
sehen.
Gehn wir zurück, sagte ich, gehn wir zurück!
Und auf einmal, sagte er, auf einmal, auf einmal
hebt sich das Wasser, hebt sich das Wasser, auf
einmal hebt sich das Wasser und, das Wasser hebt
sich, auf einmal hebt sich das Wasser, das Wasser
hebt sich und   und   und   und   und und
und undundundund
Nein! sagte ich.
Und   jetzt, sagte er.

Sie riecht wie ein verbranntes Zündholz, habe ich   *Die tote*
gesagt. Sie riecht wie ein zerkautes Brot. Sie riecht   *Wespe*
wie der Schlamm nach einer Überschwemmung.
Sie riecht wie Feuer im Regen.

Zu Mittag stehen die Häuser und die anderen Bau-   *Der Mann*
ten einer Ortschaft in klarem, kochendem Wasser.   *mit dem*
Über den Dächern, wo die roten Ziegel das Was-   *Seesack*
ser anheizen, kann ein Betrachter die Wellen flirren und zittern sehen. Auch die Glut des farb-
losen Rauchs, unter dem in jeder Behausung das
Fleisch für das Mahl schmort, reibt und kräuselt
das Wasser. Über den Hausdächern, über dem
Asphalt und über den Dächern der parkenden
Wagen flimmert und dellt sich das Wasser von den
Stößen der Flammen. Das Wasser verschluckt die
Geräusche der Schritte; mit gesottenem, verzerr-
tem Gesicht, schief den Arm vor die Augen gehoben, stampft, wer dort draußen sich aufhält, gegen
die Masse. Die Lippen sind taubweiß und von den
Zähnen geschält, die Pupillen sind schwarz-

gebrannt, über die geblähte Zunge dringt durch den weit geöffneten Mund das Wasser auch in den Rachen hinab, ohne daß der Gehende, während er ohne Einhalt dahingeht, es noch zu schlucken vermag. Er geht nicht einmal: ohne zu gehen, wird er langsam von den Fluten vorwärtsgetrieben. Die Staubschleifen über der Straße sind Tang, der sich durch das Wasser schlingt; auf dem Grunde wälzen sich lautlos Papierknäuel und von einem Fuhrwerk gestreute Büschel von Heu; die Raupen auf dem Asphalt, wiewohl sie sich bäumen und recken, bewegen dennoch die Glieder nicht mehr von selber, der Rost vielmehr, auf welchem sie liegen, krümmt und zwängt sie empor; ihre Bewegung ist geliehen wie die Bewegung des Staubs, des Heus und des Papiers.

Hier, wo der Gehende die Ortschaft schon weit hinter sich gelassen hat (denn in dem besiedelten Raum einer Ortschaft gibt es kein kriechendes Tier auf der Straße), siedet das Wasser nur noch über dem Asphalt an der Begrenzung des Himmels, der sich weitet und dehnt, je weiter der Wanderer hingeht, sowie um den Gehenden selber, der dunkel gekleidet ist und über der Schulter einen schwarzen ledergesäumten Seesack trägt. Er kann die Augen nicht mehr zur Seite führen; sie sind gleichfalls gesotten und rund und starr aus den Höhlen gestiegen. Er hört nicht mehr das Geräusch der eigenen Schritte; niemand, auch wenn er zu ihm träte und lauschte, könnte auf der weichen Straße ihn dahingehen hören. Ein Betrachter würde ihn gleich dem Papier ohne Laut über den Grund treiben sehen. Der Mann könnte sich nicht auf den Randstein setzen; auch sitzend könnte er nicht nach hinten gegrätscht die Beine zum Halt um die Steinkanten schließen: die unaufhaltsame Flut, ohne daß der Mann mit dem Seesack es inne-würde, triebe und stieße den Körper, bevor er noch säße, schon weiter.

In dem kochenden Wasser steigt das Papier nicht gleich auf; es wird vielmehr allmählich von der siedenden Hitze zerbissen und zu Fetzen gewirbelt, die, von dem Sog gequirlt, eins nach dem andern von dem Grund des Wassers nach oben treiben.

Das Gras an der Straße ist verschimmelt; die Ringe des Teers an den Masten platzen und rinnen; das Gesumm im Innern der Masten schwillt in den Ohren zu Pferdegetrappel.

Die verbrühten Augen sind auch hinter den Blicken schutzlos geworden: die Bilder, die das Gedächtnis hinter der Netzhaut als Schutzwall erzeugt hat, sind von den Flammen zu einer Blendung zerschmolzen; während der Wanderer geht, fällt ungehindert das Feuer in sein Gehirn.

Von unten strahlt es ihm durch die Sohlen. Der kurze dicke Schatten, den der Seesack noch bucklig macht, flackert heftig hinter ihm her. Wenn der Betrachter sich bequemte, näherzutreten, würde seinem Auge nicht entgehen, daß auf den Sohlen des Mannes Teerflecken kleben. Es sieht so aus, als hätte er den Wunsch, bis zum nächsten Ort im eigenen Schatten zu wandern.

Als die Flut den Hals und den Kopf zurück in den Nacken schwemmt, bemerkt er über sich die ganze Fläche des Wassers ohne Ende von Flammen lodern.

Ein anderes Mal bemerkt er eine Ortschaft, durch die er dahingeht, ausgestorben in diesen Flammen stehen.

Zu Mittag schlagen die Klöppel der Glocken auf Holz.

Die bremsenden Wagen schneuzen sich dumpf in die Straße.

Wenn du horchst, kannst du vor Leere die Sonne gähnen hören.

Ehe das Wasser im Kochtopf vollends zu kochen beginnt, schwitzt es vom Grund die glitzernden Perlen aus: das Wasser perlt, so lautet der Ausdruck.

Mit dem Schatten schrumpfen auch die Gedanken zusammen.

Das letzte Sprichwort hat der Vater auf dem Weg durch den Flur in seine Flüche gemischt.

Die Müdigkeit Manchmal, wenn ich hier sitze, faßt mich die Müdigkeit. Gerade noch habe ich unter mir an den lockeren Armen die runden Leisten des Sessels gespürt; das Holz war in die gespannte Hautfalte zwischen Zeigefinger und Daumen geschnitten; ich habe gerade noch den Schrank knacken hören; der Ausguß hat nach verbrühten Ameisen gerochen; das Zimmer wird als verhältnismäßig kühl beschrieben; draußen ist eine Schar von Vögeln scharf vom Zaun her im Tiefflug über das Dach geschwirrt. Hierauf aber, ohne mein Zutun, strecken sich langsam über den Boden die Beine aus, während der Absatz kratzend in die Bretter die Geste der Müdigkeit zeichnet; der Kopf fällt schwer auf die Lehne zurück.

Mit einem Mal wird der Körper mit Wachs verschlossen. Unbekannt schlägt vom Dach her das Gelächter der Vögel ein, das Knacken des Schranks ist ein Knirschen und Lispeln geworden, die verstummten Drähte der Überlandleitung, auf die zuvor das Ohr noch gehorcht hat, sind jetzt so stumm, daß ihre Stille mich nicht mehr berührt. Die Geräusche und Gerüche versammeln sich auf der Haut, ohne indes hindurchzudringen. Der Körper ist von dem Wachs verstopft und reglos vor Müdigkeit. Während ich sitze, steigen in mir Überlegungen auf; weil ich nicht weiß, wo ich bin, weil ich vergessen habe, daß ich in dem Zimmer bin und den Ruf zum Essen erwarte, weil ich mich selber vergessen habe, dadurch, daß von draußen nichts mehr in mich kommt und mir derart bestimmt, wo mein Körper sich aufhält, und weil kein Geräusch mehr mich festhält, treiben mich die Gedanken im Niemandsland umher; es sind nicht Gedanken, die ich mir mache, sondern Gedanken, die mir entstehen.

Ich sehe Stätten und Ansichten durch mich gehen, die ich noch niemals gesehen habe; die schwarzen Schalen einer Banane auf einem staubigen Feldweg befremden mich; ich wundere mich über die vergilbten Fasern an der Innenseite der Schalen und über den auf derselben Stelle flatternden Schatten eines weißbauchigen Vogels.

Aber ich habe noch nicht geschlafen. In den Wellen der Luft branden die Geräusche, indem sie sich wiederholen und lauter werden, hart und kalt wie die Köpfe der Fliegen an die verschlossene Haut. Ich höre sie, während ich hier sitze, als Geräusche ohne Herkunft, gelöst von dem Mund oder was immer es sein mag, das sie draußen hervorbringt. Dann prasseln Steine in dem Hohlraum, in welchem ich sitze; durch die Geräusche wird der Kopf von der Lehne des Sessels nach vorne gejocht, so daß er von einer großen Höhe auf den Hals hinabsaust und in dem langen Fall des Kopfes in den Ohren die Luft pfeift.

Auch die Geräusche, die sich zuvor auf der Haut angelagert haben, dringen nun in den Körper. Es sind Geräusche, die zuerst glatt vorbeigehn, dann aber auf der Haut anhaften und sich dort, spitzer und härter nachstoßend, heiß in den Körper einbohren. Das Geräusch verflüssigt das Wachs und zerbricht die Müdigkeit. Es ist nun so nah, daß das Ohr es als Laut unterscheidet, der meinen Namen bedeutet. Die Rufe heben den Kopf von der Lehne zurück und lösen die Hände von den Leisten des Sessels; noch scheinen sie platt zu sein; wenn aber (jetzt) draußen im Flur sich die Tür auftut, werden sie, indem sie sich allseits ausdehnen, in den Raum hineinfallen.

Die Erzählung der Schwester Sie sei, als sie das Licht des Jeeps über die Wand kreisen sah, in das Große Zimmer hinuntergelaufen, wo die Weiber, nachdem sie sich auf die Nachricht hin eingefunden, über dem toten Bruder, dessen Gesicht und Leib schon gewaschen und festlich gekleidet worden war, ihre Gebete hersagten; sie habe jedoch von dem sich nähernden Jeep nichts den trauernden Gästen erzählt; mit abgewandtem Gesicht sei sie zum Schragen getreten und habe auf das Geratewohl vermittels des Wedels aus einem früher zum Trinken benutzten Glas das Wasser über das hügelige Leintuch gesprengt, welches die sterbliche Hülle des ertrunkenen Bruders bedeckte. Während sie dann rückwärts zu der Bank an der Wand wich und während sie mit eng geschlossenen Knien auf der Bank saß und mit großen Augen die Tür anschaute, sprachen am Tisch die Weiber, was sie sprachen, indem sie nur die Lippen locker aufwärts und abwärts bewegten, ohne daß diese einander berührten, so daß die Worte ihres Gebets, die der Laute der Lippen entbehrten, zumal die Weiber noch im Chor sprachen, nicht von Lebewesen geleiert erschienen, sondern wie von toten Wesen unter der Erde; die Hände, wann immer die Weiber sprachen, lagen verklammert auf dem Tisch und verrieben im Vor und Zurück ihrer Bewegung, die von dem stimmlosen Gleichmaß des Chors war, die Ringe von den Teetassen in das mit Salz gescheuerte Tischholz.

Ohne bis jetzt in die dunklen Gewänder geschlüpft zu sein und ohne die schwarzen seidenen Tücher um die Köpfe geschlungen zu haben, hatten sie sich dicht um den Tisch geschart, mit hohen krustigen Gummigamaschen versehen, Schlammtupfen an den wollenen Strümpfen; sie waren gekommen in der Anordnung, in der sie am Tisch saßen; sie hatten auf die Kunde hin alles, wie es lag oder stand, liegen und stehen gelassen und waren aus den benachbarten Häusern durch den dicht und dichter fallenden Schnee mit flatternden Tüchern und Kleidern herbeigerannt, um dem Toten die Aufwartung zu machen und ihm, was er brauchte, zu besorgen; dieses verrichtet, saßen sie nach dem

Einbruch der Dunkelheit rund um den Tisch und beteten: eine von ihnen fragte, worauf die andern nach ihrer Art die Köpfe erhoben und durcheinander die Antworten murrten, bis die erste, die während der Antwort den Kopf gesenkt hatte, ihre Fragen, indes sie den Kopf wieder hob, wiederum aufnahm.

Sie habe die Tür angestarrt, sagte meine Schwester, keins von den Weibern habe augenscheinlich den Jeep halten hören; nichtsdestoweniger habe sie erwartet, sie würden sogleich ihr Gebet abbrechen und, indem sie verstohlen auf sie ihre Blicke würfen, die Köpfe flüsternd zu einem natürlichen Reden zusammenstecken. Jedoch nichts davon: in ihr Gebet vertieft, hätten sie nicht wahrgenommen, was draußen im Hof sich ereignete. Vor dem Tor hätten die Angehörigen der bewaffneten Macht, durch ein Dazwischenkommen, welches sie nicht habe auf der Stelle aufklären können, sinnfällig am Eintritt gehindert, sich für die Zeit etwa einer draußen stattfindenden kurzen Wechselrede verzögert, so daß sie dem Irrtum verfiel, sie könnte sich vorher vielleicht verhört haben; darauf jedoch seien die Soldaten, nachdem sie den Schnee von den Stiefeln geschlagen hätten, schwerfüßig in den Flur eingetreten.

Die Tür zu dem Großen Zimmer, in welchem sich die Trauergäste sowie meine Schwester befanden, sei bräunlich gebeizt gewesen; schief und gelockert, durch welche Ursache auch immer, sei innen im Schloß der Schlüssel gehangen.

Mit dem Ellbogen und der Bahre hätten die Soldaten die Mauer geschliffen, ohne daß jedoch selbst infolge dieses vernehmlichen Geräusches die Betenden aus ihrer Sammlung geschreckt worden wären.

Sie trugen mich durch den Flur. Eine Stimme, sagte sie, die den Trägern den Weg und die Tür wies, habe sie durch ihren Tonfall dermaßen betroffen, daß sie sich eilends von der Bank erhoben und die Beine auf die Tür zu gelenkt habe; oder anders, sagte sie genauer: die Tür oder der Anblick der Tür, die nun aufspringen würde, habe sie, warum, sei ihr nicht klargeworden, gleichsam an sich gezogen. Unterdessen, so erzählte sie, hätten noch ein dritter und ein vierter am Eingang das Schuhwerk abgeklopft.

Was, fragte sie mich, würdest du tun, wenn du gerade die Hand nach der Klinke streckst, oder wenn du die Klinke gar schon in der Faust hast, und auf einmal wird sie von draußen mitsamt deiner Faust herniedergedrückt, und der lose Schlüssel fällt aus der Tür?

Die Frau ist hereingetreten und hat mich wortlos zu Tisch gebeten.

Den Schädel tief in die Zeitung gereckt, hortet stumm in der Küche der Vater den Zorn, ohne zu lesen. Ich, indem ich den Tisch mit den Knien von der Bank wegschiebe, damit ich dazwischen könne, zwänge mich auf den Platz ihm gegenüber. Die Frau geht und kommt und schlägt, ohne auf des Mannes Finger und die aufgeknickte Zeitung zu achten, achtlos das weiße Tuch über den Tisch. Mein Vater zieht stumm die Arme mit der Zeitung her-

Der Beginn der Mahlzeit

vor und betrachtet mit rollenden Augen, wie sie das Tuch breitet und glattstreicht. Als sie die Klammern ringsum an die Kanten steckt, senkt er die Arme mit der Zeitung zurück auf den Tisch und strafft das Blatt mit dem Daumen, bis ich in der Mittelfalte es aufreißen höre; er lockert darauf seinen Griff und läßt den Bogen schlaff über meine Hände her fallen. Ich schleuse langsam die Finger heraus, so daß die Zeitung, die er zu lesen vorgibt, abrutscht und platt auf die Tischfläche gleitet. Dies muß ihn veranlassen, entweder sich über den Tisch her zu beugen, um die Buchstaben entziffern und die Ziffern buchstabieren zu können, oder die eigenen Hände weiter vorzurücken, die Lektüre darauf an sich heranzuknicken und dazu mit dem Stuhl näher heran an den Tisch zu fahren, will er nicht den Anschein eines, dem vor lauter Lesen die Welt ganz versunken ist, schnöd aus den Händen geben; er entscheidet sich dafür, die Ellbogen voran in die Zeitung zu stellen und mit den Fäusten am Kinn den Kopf vor dem Fall zu verstreben. Die Teller auf dem Teller der Hand, obenauf den Daumen, den Suppentopf in der anderen Hand, geht die Frau wie auf einem Seil zum Tisch her. Ich lege blind den Arm zu ihr aus und setze ihn mit dem Teller vor mich auf den Tisch. Der Mann plündert, in seinem Innern bitteren Zorn wälzend, verbissen die Berichte aus der Zeitung, während die Frau das Gefäß für die Suppe ihm unter die Blätter schiebt. Er schweigt jedoch; er richtet sich nur auf dem Sessel empor und verschluckt mit hörbarem Schmatzen die unausgesprochenen Worte. Da ich dies höre, folge ich seinem Beispiel und ziehe wie er die Beine an mich. Die Frau stellt das runde Brett auf den Tisch und stellt sodann den Topf auf das Brett. Der Mann läßt sich indes durch keine wie immer geartete Handlung aus seiner Zeitung stören; selbst den Dunst im Gesicht erträgt er mit Schweigen. Sie geht nun daran, aus dem Topf die Suppe in die Teller zu schenken; mit der gefüllten Kelle wartet sie über der Zeitung; darauf, als der Vater nichts tut, zieht sie den Teller wieder heraus und kippt die Kelle in ihn. Wiewohl die Tropfen dem Mann die Weste bespritzen, ergreift er noch immer kein Wort; er trifft auch keine Anstalten, seine Beschäftigung einzustellen, bis er vor und neben sich essen hört. Der Anblick zweier Personen, die sich bereits gütlich tun, indem sie sich auf und ab zu den Tellern neigen, während er ihnen füglich noch trotzen soll, ist nicht dazu angetan, ihm zum Verharren zu helfen. Soll er vielleicht zuschaun, wie sie von seinem Gelde sich satt essen? Er hebt also die Zeitung, klappt sie zusammen und dreht die Augen suchend umher. Die Frau erhebt sich, nimmt die Blätter an sich und trägt sie zu der Kredenz. Ich greife unter dem Tisch nach den Fransen des Tuchs, die nach der Wäsche durch die Stärke zu Quasten verklebt sind. Indessen gesellt sie sich schweigend wieder zu uns. Der Mann rückt den Leib an den Teller; als er nun den Löffel ins Maul taucht, stößt ihm der Dunst in die Augen; inmitten der Suppe hält er das Eßwerkzeug an und schaut von neuem dunkel und drohend umher. Auch die Frau zieht die Beine an sich, daß die Zehen den Boden aufschrammen. Alle, die nun bereit sind zu speisen, haben die Füße eng unter sich geschoben: zwischen dieses Dreieck der Füße ist ein freier Raum gespannt, in dessen Mitte mit zwei Strahlen ein Magnet liegt. Der Mann sticht den Löffel in die Suppe und schöpft ihn durch einen Druck des Daumens mit der sich krümmenden Hand aus dem Teller. Wir tun es ihm nach. Zugleich geschieht draußen im Hof vom Fuße der Mauer in einem schwellenden Zug zum Fenster der Küche hinauf der Aufbruch der Ameisen; weil wir schon schlucken, und weil zudem der Mann noch erzürnt ist, kommt keiner von uns mit der Sprache heraus.

Das Vergehen des Zorns Kann in einem, der ißt, der Zorn bestehen? Gewöhnlich vergeht der Zorn mit der Zeit. In dem Zornigen, welcher ißt, wird der Zorn durch das Essen wachsen oder stetig im Gleichmaße bleiben oder mit der Zeit wieder abnehmen, ohne daß das Essen den Zorn beeinflussen mag, oder aber der Zorn wird durch das Essen gar schneller vergehen als die Zeit; schließlich kann er durch eine gute Nahrung sogar auf der Stelle erstickt werden, und das Gesicht des ehedem Zornigen löst sich auf zur Zufriedenheit.

Wenn der Zornige Brot ißt, und das Brot ist schon hart und verschimmelt, so daß Krumen und Rinde das Zahnfleisch traktieren, so wird er unter düsteren, unheildrohenden Augen um so stärker und wilder zu kauen beginnen. Das stärkere Schlucken des Halses zeigt das Steigen seines Gefühls an; in den Schuhen biegen die Zehen den verbissenen Fuß in die Höhe. Nun aber ißt zum Glück der Zornige nicht dieses Brot, sondern die trefflich gewürzte

Suppe; dazu kommt noch, daß der Raum, in welchem er ißt, von den Geräuschen der andern, mit denen er eine enge Gesellschaft bildet, fast nicht berührt wird; damit er nicht maßlos aufgereizt werde, mühen sie sich, die Suppe leise zu essen. So horcht er notgedrungen auf die eignen Geräusche, während er sich doch anstrengt, nach Kräften erzürnt zu sein.

Er ißt zuerst, wie er es immer zu halten pflegt, indem er sich über den Teller beugt und den Löffel, kaum daß ihn halbwegs die Hand aus der Suppe geführt hat, mit den Lippen vom Rand in die Mundhöhle saugt; jetzt aber, da es fast still ist, hört er peinlich die Suppe über den Löffel zurück in den Teller schlappen; zwischen den Zähnen wird er das Pfeifen nicht los; das Schmatzen der Lippen foltert ihn tückisch; endlich bringt auch das Schnarchen und Grunzen im Hals bei jedem Schlucken des Kehlkopfs den Mann auf andre Gedanken.

Kann also in ihm, wenn er ißt, der Zorn bestehen? Wird nicht die Mühsal mit den Geräuschen in dem fast still gewordenen Raum ihn von den heißen Gefühlen ablenken?

Es wird letztlich so kommen, daß er, damit die andern sein Schlucken nicht mehr vernehmen, vorerst seine Rache vertilgt, sich gerade aufsetzt und mit ihnen eine Unterhaltung eingeht, etwa über die geflügelte Ameise, die, durch das offene Fenster auf den Boden der Küche getaumelt, nun sich daranmacht, kopfüber den Leib in einen Spalt und zurück in die Erde zu drängen, wiewohl unter der Küche nur Schutt und Lehm sind.

In jedem Sommer käme ein Tag, an dem sie aus dem Erdreich stiegen; vorher und nachher seien nur manchmal ein paar von ihnen, eine hinter der andern in ihren Mauerstraßen zu sehen. Gerade noch bist du vom Fensterbrett über den Verputz in den Hof gerutscht; auf den Händen und hinten auf der Hose hast du nichts von ihnen gespürt; bevor du aber weggehst, hörst du sie schon durch den waagrechten Riß aus der Erde schwärmen. Du schaust dich um: du siehst flüssigen Teer von unten herauf auf die Mauer schlagen, in dem Teer siehst du graue flache Steinchen schwimmen, du siehst die Steine auf dem Rücken des Schwarms zum Fenster aufbrodeln; du unterscheidest, auch wenn du nun vortrittst, in dem Schwarm nicht die einzelnen Tiere, es wäre denn die mit den Flügeln, du siehst unter ihnen kein Korn von der Mauer. Indem du zurücktrittst, starrst du auf den Schwarm, welcher ohne Halt die Mauer hinaufleckt; du schaust und du schaust, bis du die Blicke nicht mehr wegtun kannst, und du verschaust dich. Noch ist das Fenster der Küche geöffnet. Wenn du rufst, wird jemand kommen. Der ans Fenster gekommen ist, legt die Hände aufs Brett und lehnt sich heraus; da er vom Essen noch müde ist, haben die Arme die Hände ins Brett eingebohrt, so daß er sie nicht mehr herausziehen kann; er steht also vorgeneigt mit festgenagelten Fäusten; wie er sie kommen sieht, stößt er den Laut aus dem Hals. Da haben sie indessen schon seine Finger gefaßt und stürmen schon durch die schütteren Büschel der Haare auf den Fingern, durch die Mulde zwischen den Knöcheln, über die Adern und gegen die

Haare auf dem unteren Arm zu den eingerollten Wülsten des Hemdes hinauf. Du erwartest, daß er zurückspringt, daß er die Arme durch die Küche von sich wirft, und daß er sie kreuz und quer an den Türstock und an den Tisch und an die Herdstange streift. Er bleibt jedoch in der Haltung, in welcher er dort steht; nur die geschwärzten, wimmelnden Arme breitet er aus und versperrt so das Fenster. Ohne einzuhalten, leckt indes der Schwarm unter die Wülste des Hemds hinauf; die mit den Flügeln heben sich auf und schwirren ihm ins Gesicht. Dann kannst du sehen, wie draußen die andern sich auf die Mauer und auf das Fensterbrett häufen: sie steigen übereinander; die hinteren schütten die vorderen zu einem Wall vor die Scheibe; die rutschenden Beine, den Abprall der Köpfe, das Verspritzen des tierischen Wassers, das Schleifen der Flügel hörst du als leises Sieden, als das Gezisch der Luft im kurzen und nassen Gras. Sie schütten einen schwärzlichen Berg vor die Scheiben. Du kannst weder in die Küche schauen, noch kannst du drin etwas hören: du stehst in das Schauspiel verschaut. Wenn das Haustor hineinweicht, siehst du durch deinen starren Blick nur einen Schatten gehen, der die Mauer entlang zu dem Fenster hintreibt. Dann schüttelst du schnell den Kopf um und um, so daß vor deinen Augen der Schatten sich auffüllt; du erkennst Hände, die einen braunen Emailtopf halten, du erkennst an den Händen das jetzt herabgelassene Hemd, und in dem Gesicht, über das die mit den Flügeln geschwirrt sind, erkennst du unter der heftig schnaubenden Nase den Schnurrbart, der dir bekannt ist.

Der Mann hält den Topf nicht zwischen den beiden senkrecht gewölbten Händen: vielmehr hat er das Taschentuch um den Henkel geschlagen und hält solcherart den Topf in der aufgelockerten Faust; als er den Topfschnabel senkt, siehst du darüber die Luft sich aufkräuseln; jedoch es fährt bis jetzt noch kein Dampf oder Wasser heraus, die Flüssigkeit scheint dir zäh im Innern zu kleben. Dann endlich springt der Strahl hervor und sticht in den Wall. Sogleich fängt der Mann den Topf wieder auf und schiebt ihn weit von sich weg, während er mit geneigtem Kopfe das Fenster betrachtet. Du kannst den Schwarm dunsten und glänzen sehen; der Geruch der gesottenen Leiber schleicht dir neu in die Kehle; du schluckst und du schaust, bis du siehst, daß gegen das Fenster der Ansturm noch anschwillt und daß die obenauf, welche tot sind, von den drängenden unteren fallen. Der Mann geht zur Seite, schwingt das Gefäß hinter sich, holt von tief unten aus und schüttet das kochende Wasser aufwärts in die Richtung des Heerzugs bis zur Scheibenmitte schwungvoll über die Mauer. Dann siehst du ihn mit der Faust auf das Glas hämmern und darauf dort die Vorhut des Schwarms sich krümmen und lösen und zu den andern auf das Brett hinabstürzen. Er wendet sich an dich und trägt dir auf, indem er den Kopf wirft, ins Haus zu laufen. In der Küche triffst du eine Frau, die schon mit der Kelle das Wasser ohne Eile bedächtig aus dem Herd in den mächtigen Waschkessel schöpft; du reißt eine Tasse vom Tisch und hilfst ihr dabei. Das Geschirrtuch und den Fetzen eines ausgedienten Vorhangs um die Henkel geschlungen, schleppt ihr gebückt und hinkend den Kessel zu dem Mann in den Hof hinaus. Erst wenn du draußen bist, fallen dir die verschrumpften Körner in den Ringen der Herdplatten ein, die aufgereckten und zertretenen Körner in den Spalten des Bodens, und in den Tellern und Schüsseln, die, gefüllt mit leckeren Speisen, von den zur Mahlzeit Bereiten kaum erst berührt worden sind, die gerösteten, gelösten Teile der Glieder, wie Mäusedreck, der sauer schmeckt, und drunter und drüber die zerrissenen Flügel von denen, die geflügelt sind. Ihr stellt vor dem Fenster den Kessel ab, du ziehst das Geschirrtuch aus dem Henkel. Wie du darangehst, damit auf die Mauer zu schlagen, siehst du diese zerdrückten Glieder auch in den Falten des Tuches; zudem heißt der Mann dich mit den Blicken, zu weichen. Du weichst also weg zu den Stufen; du läßt dich nieder und schaust, wie der Mann dem Schwarm nach dem Leben trachtet. Wenn er den Topf, Boden voran, in den Kessel eindrückt, wenn er den Topf, zum Überfließen gefüllt, wieder herausgräbt, wenn der Arm mit dem Topf durch die Luft saust, wenn darauf der Schwall an die Wand schlatzt, hörst du den Schwarm noch immer die Scheiben anstürmen, meinst du den Wall dort immer noch kreischen und sirren zu hören, schluckst du, wie du auch atmest, immer noch diesen scharfen und sauren Geruch eng in die Kehle hinab. Du siehst die Frau dabeistehen: sie schaut nicht zu; sie schaut nicht zu dir: während sie so steht, die Hände, wie man sagt, in den Hüften, schaut sie nirgendwohin; oder wenn sie wohin schaut, weiß sie es nicht. Er könnte es jetzt gut sein lassen, sagt sie zu dem Mann; er könnte es sein lassen. Jedoch läßt er nicht ab: ohne die Bewegung zu ändern, so daß sie, je öfter er sie vollführt, um so mehr sich von ihm abschließt und in sich selber verkapselt und starr wird, beugt er den Kopf über den Kessel, preßt er den Topf in das Wasser, klatscht er den Schwall ins Gewimmel, und preßt wieder den Topf in das Wasser und klatscht von neuem den Schwall ins Gewimmel. Zwei von denen mit den Flügeln (oder auch mehr) kannst du indessen sich an sein Gesicht klammern sehen, das weder dafür noch dagegen erscheint; die anderen strömen und schwimmen in Wasserfällen und Stürzen die Mauer hinab, klein und zerkrümelt zurück in die Spalten der Erde. Dann geht die Frau mit ihren ruhigen Bewegungen zwischen den Mann und das Fenster. Wiewohl er in dem Auf und Nieder jetzt einhält und wartet, fällt dennoch dadurch die Starre von ihm. Indem er sie anschaut, fragt er sie; als sie nichts erwidert, aber im Kreis mit dem geknüllten Vorhang die Lachen vom triefenden Brett reibt, gibt er den Topf aus der Hand und läßt ihn in den leeren Kessel einfallen. Er verschüttet die Spalten, indem er mit den Schuhen Sand vom Hof zu der Mauer hinschiebt; er tritt den Sand ein und stampft und trampelt ihn, bis der Boden getrocknet ist. Er achtet dabei auf die Füße der Frau, daß er sie nicht zerbläue: das kann ich sehen, bevor er mit den Ameisen im Gesicht herbeikommt und sich über mich auf die oberste Stufe setzt.

Unvermutet höre ich dann die Personen von anderswo reden; er habe etwas auf der Stirn, höre ich die Frau sagen. Der Mann schweigt noch immer nicht. Dann aber spürt er es auf der Haut: eine Ameise, höre ich ihn von anderswo sagen. Jedoch er wagt es nicht, das Messer, mit dem er soeben das Fleisch aufgeschnitten hat, auf den Rand des Tellers zu stützen und mit dem Rücken der Hand auf die Stirn zu schlagen; nicht einmal das Kauen setzt er fort; er regt auch nicht die Augen, wiewohl das Wandern der Pupille hierhin und dorthin die Haut nicht mit sich ziehen würde. Der Bissen in seiner Wange macht sein Gesicht gebirgig; die Knochen leuchten mit der fahlen Farbe der Häuser vor dem Gewitter. Er wagt es nicht, die Lider zu regen oder darüber die Brauen in die Stirn aufzuwölben; der ungegessene Bissen schlägt einen reglosen Schatten zu seinem Ohr; der Glanz auf dem Jochbein verdunstet. Wie lange wird er noch sitzen können, ohne daß der Speichel den Bissen in den Rachen abglitscht und durch diese Bewegung das ganze Gesicht in die Bewegung bringt, die das Insekt etwa schrecken und aufreizen kann? Denn es ist keine Ameise, sagte mein Bruder.

Hör auf, sagte ich.
Nein, sagte er.
Ja.
Nein.
Ja, sagte ich.
Nein.
Ja!
Ja, sagte er.
Nein, sagte ich.
Hör auf, sagte er.
Nein.

Weil er weiterißt, weil er weiterredet, »als ob nichts geschehen wäre«, weil seine Stimme, wie er die Hand zur Stirn hob, sich nur ein wenig verzog und langsamer wurde, hat er gewiß nur die verbrannte Spitze eines Grashalms aus dem Gesicht gestreift.

Die Türen   »Es waren in dem Haus dort fünf Türen.«
Es waren und sind in dem Haus dort fünf Türen, durch die ich gegangen bin, durch die ich gehe, bis ich in mein Zimmer gelange. Das Haus war und ist über die Stadt gebaut, von der ich hinauf zu dem Haus gehe. Als erstes ist in der Mauer das Tor, durch das ich zu dem Torwart in den Hof hineingehe; dann gehe ich quer über den Hof und durch das Haustor ins Haus; jetzt bin ich im Vorraum. Als drittes folgt nun die Schwingtür, durch die ich vom Vorraum den Gang betrete, der rund um das Erdgeschoß führt; durch diesen langen Gang gehe ich zu der Schwingtür, die mich aus dem Erdgeschoß in das Stiegenhaus bringt; zuletzt gehe ich durch den Gang im obersten Stockwerk zu der Tür meines Zimmers.
Ich gehe also von der Straßenbahn unten die Anhöhe zu dem Tor in der Mauer hinauf. Ich trage bei mir eine lederne Tasche, deren Farbe ich nicht erkenne, die aber, so glaube ich, dunkel ist, da sie dumpf von der Sonne glost, in welcher ich gehe. Ich gehe Schritt für Schritt, ich setze einen Fuß vor den andern, ich trage den Stock und die Tasche in der nämlichen Hand, mit den freien Fingern halte ich mich, während ich gehe, am unteren Rocksaum.

Bevor ich zum Tor komme, höre ich einen vorbeigehn und mich überholen. Daran, daß er flink
geht und daß er die Füße rüstig und fest auf den
Weg setzt, merke ich, daß er sehen kann. Er geht
an mir vorbei, es ist ein Mann, vielleicht nicht aus
der Stadt oder aus einem dichter bewohnten Gebiet, er geht in hohen, steifen Schuhen mit Eisen
an den Sohlen, er stinkt nach Ziegen und Mist. Er
wird früher als ich am Tor sein; deshalb gehe ich
gemächlicher und ziehe, die Tasche unter das Kinn
geklemmt, dazu die Laschen aus den Schnallen der
Tasche und mache mir in ihrem Innern zu schaffen, indem ich weit und breit in sie greife und
solcherart dem anderen vortäusche, etwas zu
suchen, so daß ich, während ich suche, natürlich
auch langsamer gehe. Jedoch dann höre ich, daß
der Mann, wiewohl er das Tor schon geöffnet hat
und nichts mehr ihn hindert, in die Hofstatt zu
treten, mit dem Griff in der Faust noch immer da-
beisteht und wartet; er wartet, so denke ich, daß
einer, der von innen her durch den Hof kommt,
zum Beispiel eine obrigkeitliche Person, heraus-
tritt und dadurch erst dem Mann den Eingang
freigibt, und so bleibe auch ich, wo ich stehe, und
warte. Hierauf aber höre ich, daß auch der Mann
steht und wartend zu mir schaut. Ich schnalle die
Tasche zu, stecke hastig zum Schein ein gesuchtes
Papier in den Rock und gehe schnell an dem Manne
vorbei in den Hof. Als ich durch den Hof gehe,
höre ich hinter mir mit der Spitze des Schuhs und
den beiden Händen den Mann das Tor verschließen, sich lässig an den Kasten des Torwärters
lehnen und mit ländlicher Stimme die Fragen vor-

bringen, die beim ersten Besuche bekannt sind. Darauf aus, inzwischen so viel wie möglich an Zeit zu gewinnen, gehe ich durch den Hof zum Gebäude; vor Eile fange ich zu hinken an, die Hose zerrt die Beine zurück. Ich höre den Mann beiläufig seinen Dank für die Auskunft hersagen und ihn dann hinter mir hergehn; noch geht er langsam; indem er umherschaut, prüft er die Mauern und das Tor, zu dem er gewiesen ist; er hält sogar an und schaut zurück, ob etwa der, den er gefragt, ihm mit einer Geste des Kopfes bedeute, daß er recht oder fehl gehe. Ich hätte jetzt die Zeit, in das Haus zu gehen; indessen stehe ich, wo ich bin, mit der Hose, die der Wind mir eng um die Knöchel schlägt. Es fügt sich, daß mich der Mann unschlüssig sieht; darauf geht er vorbei, geht voran und eilt zu der Tür. Ich gehe ihm nach; er steht hinter dem offenen Flügel und betrachtet mich, wie ich gehe und an ihm vorbei durch das Tor in den Vorraum eintrete. Ich schweige still und gehe gerade voraus zu der Schwingtür; dem Mann wird indessen das Schließen des Flügels zu tun geben, er wird sich verwundern, daß der Flügel, welchen er zudrücken will, sich wider den Druck stemmt; denn er kennt nicht die Türen, die sich von selber verschließen. Jedoch er schert sich nicht um den widerstrebenden Flügel: ohne Aufenthalt geht er an mir vorbei, treibt dabei noch den Schritt an und kann noch vor mir die Schwingtür aufstoßen. Er schiebt sie hinein, geht voran, greift zugleich nach dem Türknauf und zieht sich selbst und den Flügel der Tür beflissen im Bogen zur Wand zurück. Auch ich weiche an meiner Seite der Tür zur Wand hin, damit nicht der

Flügel im Herschwung mir ins Gesicht schlägt. Doch er schwingt nicht zurück; der Mann steht mir gegenüber und hält mit dem noch immer gestreckten Arm dem Blinden höflich die Tür auf. Ohne zu reden und ohne desgleichen mit der Miene zu tun, gebe ich mir einen Ruck und gehe an dem Mann vorbei in den Gang. An den Wänden waren und sind waagrechte Stangen, die als Geländer die Bewohner des Hauses auf ihren Wegen geleiten: als der Mann den Flügel nun aus der Hand läßt, pufft mich die Schwungluft von hinten voran an die Stange. Ich halte mich an und gehe so fort an der Wand, bis ich auch die Schritte des Mannes vernehme: eines der Eisen an seinem Schuh ist zerbrochen, so daß er kreischend und knirschend über den Stein geht. Ich gehe nun hurtig rechts (oder links) ihm voran zu der Tür, die ins Stiegenhaus führt. An der anderen Stange schleichen gebückt die Blinden dahin, die sich in den Saal zur Mahlzeit begeben. Dann bleibe ich stehen; ich höre gegenüber in einem langen Zug diese Blinden vorbeigehn; ich höre sie schleichen und schlurfen; sorglich führen sie mit nach außen gekehrten Füßen, die sie platterdings auf den Boden aufpressen, ihre bekannten und fremden Körper einher; sie drehen sich um, ohne die Stange, an die sie gereiht sind, aus ihren Klammern zu lassen, und sprechen laut und aufgeregt über den bäurischen Mann, der ihnen begegnet; sie kennen ihn nicht, und sie bitten einander mit lauten Stimmen um Auskunft. Er geht indessen zu der Tür, in der Absicht, diese zu öffnen; wenn er von dort nach dem Öffnen des Flügels zurück in den Gang schaut, könnte er einen laufen sehen, das Ohr zu der Tür hin gewendet und den Arm mit den Fingern als Fühler gestreckt; er könnte diesen einzelnen Blinden sich seitlich an der Stange hurtig vorantreiben sehen. Der Mann wartet geduldig; er hat den Flügel der Tür an sich gezogen und wartet, daß ich passiere. Ich gehe also freundlich hindurch und danke ihm. Wenn ich über die lange Stiege gegangen bin, wird er dort oben gewärtig sein, auch die Tür des Zimmers zu öffnen. Wir steigen gemeinsam hinauf; da er immer noch schweigt, verschweige auch ich meine Worte. Wir erreichen glücklich den obersten Stock. Nun hat man die Wahl, in zwei Richtungen weiterzugehen. Ich gehe in die meine, er schaut in die andre, dann geht er mir nach. Wenn er mich kennt, wird er darauf sehen, vor welcher der Türen ich stehenbleibe, und er wird herzugehn und sie mir öffnen. Einer hinter dem andern, gehen wir langsam und langsamer durch diesen Gang; vor einer – irgendeiner – Tür bleibe ich stehen und stehe und warte; er geht mit kurzen tastenden Schritten, indem er von den Schildern murmelnd die Nummern abliest, durch dieses Feld zwischen mir und der Tür und so weiter murmelnd den Gang hinauf. Ich gehe hinter ihm her.

Die Verführung Deine Hand nähert sich mit gespreizten Fingern dem Wasser. Da die Haut der Hand ein kaltes Wasser erwartet, schrumpft sie zuvor und sperrt ihre Poren. Bevor sie hineintaucht, rüstet sie sich für die Kälte, indem sie, ohne daß du es wahrnimmst, die Haut an den Spitzen der Finger einschrumpfen macht. Zugleich entsteht in der Hand eine Schwere der Knochen, die von der Saugkraft des nahenden Wassers bewirkt wird. Die Gewichte, die in den Spitzen der Finger anwachsen, zerren die Hand zu der lockenden Masse. Bevor die Hand in das Wasser taucht, werden die nassen Risse des Schweißes sich spannen und feucht aus den Hautfalten brechen; das Wasser dann wird sie löschen. Eigentlich zieht nicht das Gewicht in den Spitzen der Finger die Hand zu dem Wasser hinab, sondern das Wasser selber ist es, das, weil es dir kalt scheint, in der Hand die Gewichte erzeugt und die Spitzen der Finger saugend an sich zieht, während du mit dem gestreckten Arm und der gespreizten Hand bedenkenlos zu dem Schaff gehst, damit das kalte Wasser dich kühle. In den Knochen der Hand, je näher du kommst, wächst desto mehr jenes Zerren, das von der Kälte, die die Hand jetzt erwartet, ausgestrahlt wird. Die Flüssigkeit, auf die deine schweißnasse Hand zielt, ist, wie du denkst, so kalt, wie es bei Wasser im Freien gewöhnlich der Fall ist. Bevor du zum Wasser hingehst und auch auf dem Weg zu dem Wasser, paßt deine Hand, ohne daß du es weißt, sich der Kälte an, die du erwartest.

Noch immer gedankenlos, tauchst du die Hand in das Schaff.

Das Wasser darin brüht jedoch noch vom offenen Feuer.

Nach der Mahlzeit ist das Geschirr schmutzig; damit es für die nächste Mahlzeit wieder rein sei, wird für die Säuberung des Geschirrs das warme oder gar heiße Wasser verwendet. Zuvor schon ist

ein Kessel oder zumindest ein geräumiger Topf mit
noch kaltem Wasser auf die große Platte des Herds
gestellt worden; zu dem wurde ein Deckel aus
Blech gegeben, der dazu dient, daß er das Wasser,
wenn die Platte von dem Strom nun erhitzt wird,
kochen und aufbrodeln lasse, indem er den Dunst
und später den Dampf im Kessel einfängt.
Indessen ist all das gebrauchte Geschirr neben das
Becken auf den Herd geschichtet, so daß es zur
Hand ist, wenn diese nach ihm greift. Der runde
Gummiverschluß wird in den Ausguß gezwängt,
und das Wasser wird aus dem Kessel in das Becken
gegossen. Mit der zuckenden Hand wird dazu in
das Naß das weißliche Pulver geschüttet, das zunächst noch trocken und körnig in die obere Fläche
einsinkt, jedoch dann, als das rings sich wölbende
Wasser es aufschluckt, zerstäubt und staubend hin-
abfährt. Einen fransigen Lappen über die Finger
gestülpt, reinigt die Hand nun die Schalen vom
Frühstück, den Topf, in welchem die Milch aufge-
kocht, und die Kanne mit dem Ruß des Kaffees.
Aus den Schalen flattern in das Wasser die fahlen
Fetzen der Kaffeehaut und die allmählich sich
lösenden Pfropfen des verhärteten Zuckers. Mit
dem Drahtschwamm wird aus dem Milchtopf der
dicke, wulstige Rahmring gekratzt; vom Boden
des Topfes trudeln die im Wasser bläulichen, braunen und gelblichen Schollen der an dem Topfblech
klebenden Milchhaut; aus der Kanne schwemmt
das dampfende Wasser schubweise von selber in
Schwaden den Sud heraus. Die sauberen Gefäße
werden in das zweite Abteil des Beckens geschichtet. Die andere Hand mit dem Lappen greift dabei

schon über den Herd und kreist von dort mit den schmutzigen Tellern zurück; die erste Hand, von den gereinigten Schalen befreit, fährt gleichfalls wieder zum Wasser, so daß die Hände einander beinahe treffen, und umklammert die einzelnen Teller, indes die andere Hand schraubend und schrubbend mit dem Lappen sie auswischt. Die fetten Teiche der Suppe werden auseinandergezogen und über den Rand in das Wasser geschwemmt, die Stäubchen des Pfeffers schnellen ohne Zutun von dem Grund des Tellers zur Höhe, der Pfeffer und die schillernden Augen der Suppe schaukeln mit den Häuten des Rahms in die jetzt diesigen Wirbel der Brühe.

Die Hand ohne den Lappen zieht die Teller gereinigt heraus und stützt das Geschirr, eins an das andre, daneben ins andere Abteil des Beckens. Aus der Pfanne wäscht sie die verkrusteten Zwiebeln, mit einem Messer scharrt sie das kalte erstarrte Fett aus dem Gefäß, mit der Bürste reibt sie die zerfetzten schwarzen Blätter des Gewürzes vom Boden der Pfanne, sie stürzt die Pfanne über die sauberen Teller, sie taucht den Topf in das Wasser, sie kratzt, ihn wendend und neigend, die vertrockneten gelben Flechten von den Wänden des Topfes, sie reißt mit dem Drahtschwamm die schwarzen verbrannten Flechten vom Boden des Topfes, sie deckt den endlich gesäuberten Topf über die sauberen Tassen und über die Teller und über die Pfanne.

Sie taucht nun den Quirl in die Brühe; die Finger mit dem Lappen zwängen sich zwischen die Spangen; indem sie die Spangen spreizen und biegen, schieben und stoßen die Finger den Brei in schwellenden Wülsten vom Griff des Quirls bis zum bauchigen Kopf und von dort als verfestigten Klumpen ins Wasser. Darauf steckt sie das Gerät in eine Lücke zwischen die sauberen Töpfe, so daß es darin steht, und schrubbt, ohne zu halten, schon von dem Fleischbrett aus den Rissen die Fasern des rohen gehämmerten Fleisches. Mit den Nägeln zieht sie die Fasern auch von den hölzernen Zacken des Schlegels. Sie legt sodann Schlegel und Fleischbrett auf den sauberen Haufen.

Als nächstes tunkt sie die Schüssel mit den Resten des Krauts in das Wasser, bis der Behälter vollends gefüllt ist und einsinkt. Vom Grund tönen die klaren grünen Schleifen des Essigs die Brühe, und die Halme des Krauts wirbeln herauf und rühren ans Ufer der Schüssel, als der Arm zwischen sie fährt und auf dem Boden nach dem Besteck fischt. Die Messer und Gabeln und Löffel, die die Hand an das Licht schafft, bündelt sie gleich und streut sie nach links in die Spalten des gereinigten Haufens. Die andere Hand bohrt schon den runden Verschluß aus dem Ausguß. Wiewohl sie ohne Bewegung im schaukelnden Wasser verharrt, steigt sie gleichwohl zum Schein im Fallen der Brühe, deren rußige Spur an dem nackten Arme ruckweise herabsinkt. Die freie Hand dreht ohne Verzug darüber den Hahn auf, so daß der Sturz des Wassers daraus den Sud, die Krautfäden, die Fasern des Fleisches, die Haut der Milch und die Flechten der Kartoffeln von dem Arm und durch das Loch in die für sie alle bestimmte Grube wegspült.

So stehen die Dinge, als aus dem Untergrund des

Geschirrs eine Schale zum Trinken gewünscht wird. Dagegen wird von der Wäscherin eingewendet, daß, wer nach der Mahlzeit sich schon zur Ruhe begeben hat, durch die Geräusche gestört werden könne. Wozu überhaupt wird die Schale gebraucht? lautet die ungehaltene Frage. Wozu wird verlangt, die Teller, das Besteck, die Töpfe, die Pfanne, den Quirl und die Schüssel, die einander auf solche Art stützen, daß eine Änderung ihrer Lage einen Einsturz des Ganzen bedingte, wiederum abzutragen und die Bestandteile in das andere Abteil des Beckens zu stapeln? Wenn du vom Durst schon geplagt wirst, sagt die Frau, kannst du zum Trinken wohl auch deine hohle Hand gebrauchen, oder eine der Tassen dort in der Kredenz, oder den Krug dort vor dir auf dem Tisch, oder hier neben mir diese Blechtasse, die auf dem Herd steht. Wozu überhaupt willst du trinken? Oder willst du gar nicht trinken? Willst du nur das Geschirr brechen hören? Oder gar es selber zerbrechen? Willst du herkommen und es selber zerbrechen? Oder soll ich dir helfen? Soll ich dir beistehn und mit dir das Geschirr zerbrechen? Und ob, sage ich, und sie bricht aus ihrem geheuchelten Staunen in Lachen aus: komm, sagt sie, komm her; und als ich nicht verstehe: komm zu mir her, komm schon, willst du nicht zu mir kommen?

»Jedesmal«, heißt es in der Beschreibung, »wenn eine Frau, gleich wo, gleich warum, gleich wie, gleich wann zu mir sprach, ich solle zu ihr kommen (komm, kommen Sie zu mir, kommen Sie schon, komm schon), oder mich fragte, ob ich zu ihr kommen wolle (willst du, wollen Sie bitte kommen, wann wollen Sie, wann willst du zu mir kommen), wurde ich durch die Worte, wie alt auch die Frau war, bis in die Füße geschreckt, so daß ich eine Zeit mich nicht habe rühren können.«

Die
Mittagsruhe
Mein Vater pflegt in dieser Jahreszeit nach dem Essen zu ruhen. Er liegt allein in dem Großen Zimmer auf seinem Lager, die Fäuste neben sich, das Gesicht auf das Fenster gerichtet. Er schläft mit aufgerissenem Mund. Bevor er weggeht, sitzt er lange schweigsam bei Tisch und hält den leeren Teller vor sich in den Händen; mürrisch läßt er den Blick über die Anwesenden leuchten; er späht dunkel und drohend aus dem Kopf heraus; die Schuhe schlagen im Wechsel hart auf den Boden, während er den Teller freiläßt und ihn wuchtig zurück auf den Tisch setzt. Da aber das Tischtuch dick ist und auch das Wachstuch darunter die Wucht hemmt, wird der Ton des Schlages schlammig und platt. Dies stiftet von neuem sichtbaren Unmut in meinem Vater; er besinnt sich eines andern und steht plötzlich auf. Die Stille platzt. Im Innern auf Verderben sinnend, tritt er zum Anlauf nach hinten; hastig und ohne Ordnung schiebt und krempelt und streift er die Ärmel bis unter die Achseln hinauf und beugt sich raunend herüber; unwirsch schlingt er die Hand um die Pfeife und begibt sich zur Ruhe.

Dann (als es vorbei ist, als es geschehen ist, nachher, später, danach) dann will er (der Blinde) stockblind in den Ort gehen, um die Ankunft des planmäßigen Wagens zu erwarten.

Sie, die Frau des Mannes, ruht in dem Gemach, *Die* das vordem der Schwester gebührte; der Raum, *Wespen* wird beschrieben, sei hell, der Vorhang von der Art, daß er das Fenster nicht dunkel, vielmehr von der Sonne es schimmern macht; der Schrank muß aber nicht offen sein. Sie ruht schlaflos auf dem Bett, sie ruht, wie sie ruht, sie ruht, wie sie ruhen will. Es muß auch nicht sein, oder es muß sein, daß sie sich langsam, schnell oder langsam entkleide und, der Kleider entledigt, die Bettstatt bedecke. Sie liegt in der Gestalt, daß ihr Leib gestreckt ist, während dagegen die Beine geschlossen sind. Sie liegt angekleidet, sie ist angekleidet gewesen, mit der Ausnahme der Schuhe, welche dort, mit dem Absatz nach oben, ins Gemach verstreut sind; jedoch deutet das Bild keinesfalls darauf, daß ihr der Sinn nach etwas anderem stehe als nach Ruhe, die mit angezogenen Beinen sich nur schlechterdings pflegen läßt.

Sie ist angekleidet. Sie ruht wie der Mann, ohne sich bis jetzt von der Stelle zu rühren. Sie bewegt sich noch nicht. Es vergeht kein Augenblick, daß sie nicht schnell zu dem Fenster hinschaut. Die Arme hat sie über die Brust gelegt, die verkehrten Hände auf die verkehrten Schultern. Sie schaut, sie lacht, sie lacht auf und schaut weg. Sie hat die Arme nicht über die Brust gelegt; denn es geschieht nun, daß sie diese von beiden Seiten geflügelt aus ihrem Nacken zieht; sie streckt sie auch nicht von sich, sondern sie senkt sie schlaff neben den liegenden Leib und breitet die inneren Flächen der Hände allmählich nach oben, so daß durch das Drehen der Hände es scheint, als würden die im Vergleich zu dem Handrücken helleren Innenflächen, je mehr sie diese entfaltet, dem Raume ein helleres Leuchten verleihen. Da die Augen versperrt sind, schläft sie, oder, indem sie die Augen versperrt, täuscht sie, wiewohl die zitternden Lider sie sichtlich entlarven, dahinter den Schlaf vor; zu der nicht völligen Ruhe trägt noch bei, daß die Ohren von draußen, vom Dach, von den Sparren des Daches jenes widrige Sirren einfangen. Die Finger sind trocken, gelöst, weit offen über die Decke gespreizt, oder über die Bretter, für den Fall, daß die Frau auf dem Boden liegt. Aber sie liegt auf dem Bett. Auch das Gesicht ist trocken, die Haare riechen noch von dem Wasser der Küche, sie schmecken nach trockenen Federn, während die Wurzeln der Haare nach Rauch schmecken. Der Mund jetzt ist hart oder verhärtet, die zu einer Rinde verhärteten Lippen sperren sich und wachsen zusammen, im Mund drin, wo die Sonne nicht hinkommt, wird dann die Haut der Lippen feuchter und weich sein. Dieser krustige Streifen draußen auf den Lippen, von der Sonne rauh und trocken gebrannt, klammert und klebt ihren Mund, so daß er knistert und aufreißt; indes blutet er nicht, läßt vielmehr nur unter sich einen neuen blassen Hautstreif erscheinen. Ein Streif von dem Streifen ist aus den Lippen gerissen und hängt von dem fest verschlossenen Mund; jedoch das Kinn, das schon zittert, überträgt seine Bewegung hinauf und erschüttert die körnige

Haut unter den Augen und zwingt sie zum Zittern, worauf wiederum dieses Zittern einen Glanz und Schweiß auf die Stirn schlägt, breit zu den Schläfen bis unter den Ansatz der Haare hinein, die über dem Ohr, das das Sirren vernimmt, schon nach feuchten, nach brühnassen Huhnfedern schmecken. Der Mund weicht jetzt auseinander, bis er klafft und die dicke Zunge aus sich wälzt, als gälte es zu ersticken.

Friedlich liegt die Frau in der Kammer und schläft.

Nein. Auch Nein ist nicht das Wort, das sie sagt, weil sie nichts sagt, sondern schweigt und die Worte bei sich hält, währenddessen in dem Wespennest draußen wütend die Wespen aufjaulen. Die Lippen brennen; auch die Finger der Frau sind jetzt nicht mehr trocken: sie sind naß und tief in das Bett eingekrallt. Dem Anschein nach findet die Frau nicht den Schlaf, den sie sucht, da sie sich unablässig, indem sie sich anspannt, um und herum wirft; damit nicht genug, drängt sie gegen die andre Gewalt so zur Seite, daß ihr Leib auf der Hüfte steht, und wehrt sich wenig gefällig mit Händen und Füßen. Wie (das laß ihre Sorge sein) wird sie in dieser Lage schlafen können, das Sirren und Jaulen der Wespen im Kopf, wie wird sie mit den festgepreßten Schenkeln ruhen können, mit der verschmolzenen Haut der Schenkel, die ganz innen schon glitschig und heiß und benetzt sind? Auch das laß ihre Sorge sein.

Demgemäß wird es so kommen, daß sie sich flach auf den Rücken wird strecken und endlich willfahren wird. Da ist die Narbe auf ihrem Knie;

aber sie braucht kein Merkmal, sie hat keine Narbe, das ist die schrumplige Haut, die dann, wie sie die Knie an den Leib zieht, sich glättet und glatt wird. Diese Knie gilt es nun mit dem anderen Knie stetig beharrlich zu spalten, oben ihr die Zunge, welche fade nach Lehm schmeckt, an den Gaumen zu klemmen, ihr mit den Armen die Arme zu strecken, sie darauf quer an die Kanten des Betts anzuheften und so zu ihrem zerfledderten lachenden Antlitz voll Neugier herniederzuschauen, da sie geklüftet und klaffend darunterliegt, ihr mit Bedacht zuzuschauen, wie sie mit den Ellbogen sich von den Schultern an aufstemmt, wie nicht viel daran fehlt, daß sie aufkommt, wie sie indessen kraftlos zurückfällt und über sich mit den zittrigen Fingern nach Luft schnappt, während die Fersen, je nach dem Ort, wo sie liegt, die Decken des Bettes aufreiben oder aber schweißig die Bretter des Bodens beschmieren, und wie sie mit diesem, dem fremden Mund im geknebelten Stöhnen um Atem ringt, wie nach und nach das Gesicht von den brechenden Augen abbröckelt und blöd wird, wie sie mit der echten, nicht vorgetäuschten Miene nun in den Schlaf fällt, in den unruhigen, zuckenden, fiebrigen Schlaf, aus welchem nur jetzt, einmal, wie im Wasser ihr Körper aufhüpft, ohne daß jedoch von den Lippen mit den Flecken des stockigen Bluts noch irgendein Laut dringt, wie der Leib also aufspringt, klärte mein Bruder mich auf, und noch in der Luft von einem ungestümen platzenden Beben gerüttelt wird, das auch nicht nachläßt, als der Schwarm der Wespen sirrend den Vorhang aufbuchtet, das vielmehr sich steigert und ansteigt, während der Schwarm sich dicht auf die flüssige, dunstende Haut häuft und heiß und prächtig die Stacheln ins Fleisch schlägt; es sind aber kleine Wespen, beruhigte er mich, mittlere Wespen, sagte er, nicht einmal so lang wie dein Zehennagel, kaum wie die hier auf meiner Hand, sagte er.

Denn er war niemandem zugetan.

Die Frau ruht in der Kammer, wie sie hat ruhen *Die Frau* sollen; sie ruht, wie sie ruhen will. Da sie ruht, versperrt sie dem andern den Weg. Der andere sitzt an der Wand und überlegt, was zu tun sei. Der Wind, der in den Vorhang fährt, schiebt rasselnd die Spangen an einer Stange zusammen und schlägt Krater und Buchten in die Falten des Vorhangs. Er flackert die Sonne auf mich und stößt das Licht auf die Frau, die dagegen mit dem unteren Arm die Augen bedeckt, so daß sie nur mit der Reihe der entblößten Zähne blind aus dem Mund hervorschaut. Sie hat die Schultern zusammengeschlossen und zurück an die Lehne gesenkt: in den Ort? fragt sie: jetzt? warum jetzt in den Ort? Sie kann sich auch vorbeugen, sie kann ihn, der stumm und verstockt ist, der gewissermaßen nicht da ist, sie kann ihn betrachten und dabei mit verklammerten, ineinandergesteckten Händen die Beine umklammern, die Knie an die Brust ziehen und den runden Kopf eines Knies unter dem Kinnknochen bergen: so, in dieser oftmals beschriebenen klassischen Haltung, kann sie ihm ihr Gesicht zudrehen und von hinten seinen Schädel betrachten, der in ihren Blicken noch auswächst.

Ihre Lippen sind nun vertrocknet, nach ihrem Anfall von beißender Tollwut zu senkrechten, flechtigen Falten verschrumpelt; mit den Rändern kratzt sie jetzt schoflig schrammend über den Rükken der Hand. Sie krümmt den Finger und furcht neben der Nase durch die Wange schief einen Graben hinab; jedoch kaum daß er hell aus der Haut bricht, färbt ihn wieder das braune Blut, das darüberschlägt; während sie diesen Staub oder was immer es sei aus der Wange entfernt, zerrt sie das Gesicht tief in die Winkel des Mundes hinab: warum jetzt? fragt sie verzerrt: warum willst du jetzt in den Ort gehen?

Er sitzt neben ihr auf dem Stuhl; als er aufsteht, findet er sich in seinem reinlichen weißen Hemd, das außen an den Ärmeln noch die Falten vom Bügeln aufweist, in dieser steif gebügelten Hose, deren Stulpen im Aufstehn auf den Fuß hinabrutschen, und in den heißen Schuhen wie in Zement, in welchen sein Körper gemauert ist: er findet sich fehl am Platz. Er steht seltsam in dem Gewand, das ihn gebannt an dem Ort hält; er hat hier nichts verloren; er möchte gehen; er möchte an ihr vorbei einen Schritt tun; er möchte weitergehen. Was ist in ihn gefahren? Ist es dieses Gewand, das er nicht spürt oder, wenn er es spürt, fremd spürt, ist es dieses Gewand, das ihn zu dieser Zeit dieses Tages, zur Unzeit, hier in der Kammer hält?

Von neuem sieht er kurz wie im Halbschlaf einen grau verbrannten Weg und darin die schwarzen Schalen einer Banane mit dem auf der Stelle flatternden Schatten des weißbauchigen Vogels; nein, er hat nicht geschlafen, oder zumindest ist er noch bei Sinnen gewesen: als er noch auf dem Stuhl saß und sie fragen hörte (wann ist das geschehen?), nein, niemanden fragen hörte, nur von irgendwoher die Fragen von selber ihn fragen hörte, stach in die Geräusche ein Ton hinein, den er in seinem Zustand sich nicht hat erklären können; er hat zwar den Ton gehört, seine Herkunft aber nicht zu deuten gewußt; er denkt: damals; und er denkt fast belustigt: ich saß, ich hörte, ich dachte, in dieser Zeit, die für ihn vergangen und einst ist. Jetzt aber (er denkt: jetzt) erinnert er sich, daß er dort auf dem Bett oder dem Stuhl saß und den Ton hörte, den er jetzt als den Uhrschlag erkennt, als den einzigen Schlag der Uhr in dem Großen Zimmer; und er erinnert sich weiter: wie nach dem ersten Schlag, kaum daß der Ton seine Hand von dem Knie, tief unter ihm von dem Knie, nein, von ihm selbst schob, noch im Fallen der Hand die zwei nächsten Schläge das, was fremd von ihm abfiel und die Kälte erahnte, in ein siedendes Wasser eintauchte, wie aber der Schrecken sich auf die Finger beschränkte, die ihm nicht mehr gehörten, während das Hirn unversehrt blieb. Jetzt benennt er die Töne, die fast ohne Abstand in seine zuckende Hand schlugen, als den Ablauf des Viertels von einer Stunde, und der Schrecken der Hand dringt scharf ins Gehirn.

Er findet sich neben einer unbekannten Frau in einem unbekannten Zimmer. Die Frau liegt quer über dem Bett in einem weiten Gewand, dessen Faltenwurf noch über die Knie reicht, die sie nun abbiegt, so daß die bloßen Sohlen dumpf den

Boden berühren; der Kopf der Frau hängt von der anderen Seite des Bettes; sie liegt auf dem Rücken und betrachtet über sich die Decke. Als er dies denkt, ergreift ihn wieder der Schwindel. Ihr Gesicht ist von der Wand her nicht sichtbar, da es unter der Bettkante hängt; so ist (für wen, denkt er) nur der gespannte Hals mit der dreieckigen Begrenzung der Knochen des Kinns und des unteren Kiefers zu sehen; von seinem Blickpunkt aus ist die Frau enthauptet; sie nickt mit dem nackten Halsstumpf und dem Dreieck der sanft gerundeten Knochen; das Kinn gleicht dem Knauf eines Stocks, denkt er; nein, der Hals ist selber ein Knochen, und das Kinn ist der Kopf dieses Knochens.

Er hat mit dieser Frau etwas zu schaffen gehabt. Nun möchte er gehen. Was hindert dich daran? Was hindert ihn daran, hinauszugehen und unter dem Dach den Balken entlang zur Stiege zu gehen? Er braucht nichts als den Stock aufzuheben, ihn zu heben und zu strecken und den Weg, seinen Weg, oben an den Sparren des Daches vorwärtszutasten. Jedoch kann er, so sagt er zu seiner Verantwortung, nicht links von rechts und nicht oben von unten scheiden; blind, wie er ist, fügt er hinzu.

Nein, sie ist nicht quer auf dem Bett gelagert; denn er hört nicht, daß sie aufsteht: sie stand vielmehr, während er saß, dort am Fenster, halb das Gesicht im Vorhang, und nicht der Wind war es, der rasselnd die Spangen verschob. Zweifacher Faltenwurf, denkt er: durch die Glieder gebrochener weicher des Kleids, harter gerader des senkrecht fallenden Vorhangs.

Er hat sie nicht aufstehen hören; er hat sie auch nicht vom Fleck gehen hören. Unvermutet steht sie vor ihm und führt ohne ein Wort ihn hinaus, eng an der Mauer unter dem Dachfirst entlang, fürsorglich, indem sie seine vorschnellen Schritte verlangsamt, über die knackende Stiege hinunter, durch den Flur an dem Vater vorbei, der dort drinnen zornig im Schlaf schmatzt, und durch das Haustor, das ihm von weitem schon vor Hitze in das Gesicht schwelt, mit einem Schlag in die Sonne, in der allein ohne Einhalt er fortgeht, weil ihn die Zeit drängt.

Er denkt von sich selber wie von einem andern; von dem, was ihm geschieht, denkt er, wenn es geschieht, wie von einem, das ihm schon längst geschehen ist; und von einem, das ihm schon längst geschehen ist, denkt er zuzeiten wie von einem, das ihm erst geschehen wird. Einstmals ist er blind geworden.

Das ist nicht der Weg. Es war also ein Weg wie der zu der Sandgrube? Nein, auch der Weg zu der Sandgrube war es nicht; es war ein fremder Weg, den ich niemals gesehen habe, ein Feldweg, der nicht durch Felder ging. Diesen Vogel mit dem weißen Bauch habe ich einmal gesehen, jedoch nicht auf der Stelle flatternd und nicht über den schwarzen Schalen einer Banane; auch die Schalen der Banane habe ich einmal gesehen, jedoch nicht auf einem Weg, sondern auf dem Betonsockel eines Drahtzauns, der die Schule zäunte, auf die später die Bomben fielen. Der Vogel, den ich sah, schlug

Der Wespen-falke

mit dem Schatten die gespreizten Blätter der Bananenschale; wiewohl sie dort wehrlos im Staub lagen, bäumten und streckten sie sich unter den heftigen Schlägen des Schattens. Ich sah diesen Vogel vor einem Baum an der Sandgrube stehen; er grub und scharrte jedoch nicht in der Erde, wie seine Tätigkeit meistens beschrieben wird, sondern er schaute auf den Baum, den »stark gekrümmten« Schnabel geöffnet; wir sahen ihn stehen und den Baum anschauen. Er trippelte schwankend hin und zurück; einen Viertelkreis hüpfend, äugte er seitlich wieder zum Baum hinauf; darauf fing er zu krähen an. Wir schlichen hin, die Hälse geduckt, wir hörten ihn knurren, wir sahen, wie er den Dreck in einer langen Fährte hinter sich spritzte, indes er klaffend die Flügel aufschlug und davonlief. Die Steine, die wir warfen, fielen stumpf und taub hinter ihm in den Sand. Ich sah diesen Vogel, ich sah den Schatten dieses Vogels, der mir bekannt war, auf den schwarzen Schalen einer Banane flattern, und der Schatten stäubte den Staub auf, weil die Flügel des Vogels so nahe waren. Es war nicht der Weg, auf dem ich jetzt gehe: ich sah keine Steine darauf, nicht diesen Absatz von Ledersohlen, mit der Reihe der rissigen Bohrlöcher, auf den ich jetzt trete, nicht diese flache Konservenbüchse oder diese Flaschenverschlüsse, nicht dieser zerstoßene, staubige Pferdemist, nicht dieses Papier jetzt, das vielleicht, nein, das kein Brief ist, das sich steif und spröde anfühlt nach dem Regen der Nacht, es war auch nicht diese glatte, schon nicht mehr speckige Rinne von den Kufen des Wagens, die das Gestein, das über die Wegfläche ragt, kalkig zersplittern und abschleifen; es war nicht der Weg, auf dem ich jetzt, jetzt auf ein rundes morsches Stück Holz trete, nicht der Weg, auf dem ich jetzt auf einen leeren Maiskolben trete, nicht der Weg, auf dem mich der nächste Schritt auf einen leeren Zementsack führt, es war nicht der Weg, der den Schuh jetzt auf einen dicken Nagel aufsetzt, auf diese Schraube, auf diese Patronenhülse, die die Spitze des Schuhs in das Gras stößt, nicht der Weg, auf dem nun aus diesem Schritt heraus abwärts die kürzeren Schritte entstehen, krachend die Rohre des verlorenen Futters zertretend, das, indem es, je weiter ich gehe, je öfter sich anhäuft, mir die Neigung anzeigt, in welcher der Weg sich der Straße nähert, es war nicht dieser Weg hier, auf dem ich eiligen Schrittes der Straße zustrebe: der Schatten des Vogels flatterte auf einem anderen Weg.

Ich sehe ihn wieder: er flattert jetzt nicht mehr; er steht still und versiegt in die schwärzlichen Schalen. Der Vogel stößt herab und saugt, da er fällt, unter dem Bauch seinen Schatten auf; er zerschlägt mit dem Schatten die Schalen, die auch die einer faulen Orange sein könnten. Das Innere wird zu hellen, fransigen Kratern zerrissen; rings um den Schauplatz stupfen die von dem Schnabel fallenden Klumpen den Staub ein. Aber es ist nicht diese Frucht allein, in die sich die Zehen des Vogels einschrauben; vergeblich mühe ich mich, zu sehen, was der Vogel dort in den Krallen zerdrückt; denn jetzt wirbeln und winden die flatternden Flügel den Staub über sich und über die

Schalen und über den Weg und verhüllen diesig und grau, wie in vielen Berichten zu lesen, diesen Anblick, so daß ich, wie ich auch spähe, weder die Stelle des Einschlags noch, was ihn umgibt, durch die rauchenden Schwaden zu erkennen vermag. Schon drängen und schieben die Schritte den Fuß in den heißen flüssigen Teer.

Die Sonne Es wird mir gleich sein, wenn niemand gekommen ist, weil ich es denke. Wenn ich es denke, daß niemand dort ist, wird es mich kalt lassen, wenn niemand gekommen ist. Ich muß zu mir sagen, daß es mir gleich ist, damit es mir gleich sein wird, wenn niemand gekommen ist. Wie auch die Sonne brennt, muß ich es denken und durch das Denken mich darauf gefaßt machen, daß mein Bruder noch nicht gekommen ist. Wenn ich es denke, wird es mir gleich sein, weil es schon vorher gedacht ist, daß er nicht kommen wird. Dies ist die Sonne, in welcher ich denken muß, daß niemand heraussteigt, wenn ich im Ort bin, oder daß der, der heraussteigt, mir unbekannt ist. Weil ich niemanden kenne, wird der Wagen mir gleich sein. Es wird gleich sein, wenn niemand gekommen ist, so daß keiner da ist, weil ich es sagen kann. Weil ich es denke, ob einer ankommt, solange die Sonne kommt, wenn es mir gleich ist. Wie er schreibt in dem Brief, wo die Sonne geht, damit niemand weiß, wo die Sonne ist. Es wird gleich sein, wenn er auch leer ist, da ja die Sonne geht, wenn hier die Sonne steht, bevor dann der Wagen kommt. So wie ich hier gehe, damit ich nicht stehen muß, weil es vorher gedacht ist, damit mich die Sonne zieht. Wie du schreibst in dem Brief, damit niemand weiß, daß dies die Sonne ist. Wie wenn ich jetzt reden kann, da er dort in der Sonne steht, obwohl es mir gleich ist. Es wird gleich sein, wenn niemand gekommen ist, weil ich es denke. Weil ich es denke, obwohl mich die Sonne zieht, so daß sie mich kalt läßt. Damit ich gefaßt bin, wenn ich es denke, obwohl mich die Sonne zieht. Als ob er vorbeifährt, wird es mir gleich sein, da ja die Sonne fährt, obwohl sie mich kalt läßt, wenn es geschehen ist, weil ich es denke

Der Zweite Kartenspieler, der ihm als erster auf der Straße begegnet, wird nach seinem verstorbenen Vater Koch genannt, wiewohl er Zimmermann ist, weil sein verstorbener Vater vorzeiten in einer größeren Siedlung des Landstrichs ein Kellner war. Er schreitet fürbaß unter dem breiten, schattenspendenden Hut, dessen Krempe, die rundum verbogen herabfällt, dem Beschauer erschlafft scheint, so, daß als Bezeichnung des Ganzen von einem Teil her der ganze Hut hier ein Schlapphut genannt sei. Wie er des anderen ansichtig wird, fragt er, indes er den Schritt hemmt, ohne jedoch gänzlich ihn anzuhalten, fragt er, wonach ihm zu fragen zumute ist. Gewiß, erwidert kurzangebunden der andre, den der Spieler in Hast glaubt, weil er nicht herschaut, als er vorbeigeht: als ob er denn etwas versäume, wenn er in Ruhe ihm Rede steht, damit er, der Spieler, Bescheid weiß und zum Spiel, bevor sie dort auf sind, nicht zu früh und auch nicht zu spät kommt. Der andre geht eilig, ohne daß sein Hemd am Rücken

Der Sonntagsspaziergang

187

durchnäßt scheint, er holpert dahin, während sein
Gehwerkzeug schnüffelt, während der Kopf nickt,
das Ohr sich hervorstreckt und der freie Arm ihn
vor dem Stoß an eine etwaige Mauer beschützt,
ein Blinder, der Blinde Kuh spielt, aber dabei
nicht im Kreis geht, sondern geradeaus, weil er
das Versteck des Versteckten errät, in der Haltung,
die einer im Finstern hat, wenn er den Licht-
schalter sucht, doch mit dem listigen, dem erhabe-
nen Gesicht, dem Heerschild der Blinden, die
nackten Lider verschlossen, mit diesem verschlossenen Ausdruck, welchen, indem sie glüht, die
Sonne noch schwarz tarnt, so daß die nächsten,
die gemeinsam sich nähern, die er bei sich schon
von weitem als den Ersten Kartenspieler und den
Dritten, den Vorspieler, wahrnimmt, sich nicht
sogleich schlüssig werden können, ob sie ihr Wort
an ihn richten sollen, bis endlich der Dritte, nach
seinem in der Kriegszeit an eine Esche gehenkten
Vater Räuber genannt, wiewohl er selber die Toten vergräbt, dem Ersten, der von seinem auf na-
türliche Weise verstorbenen Vater, wiewohl er
selber Dachdecker ist, weil einst der verstorbene
Vater in sich den (erfolglosen) Plan trug, von hier
in ein Ausland zu wandern, den Namen Auslän-
der hat, bis also der Dritte dem Ersten zweifelnd,
mit den Augen zwinkernd, die Frage hinflüstert,
ob sie den andern in seinem Gang wohl stören
könnten, da ja, wenn nicht alles sie trüge, der
Blinde von etwas beansprucht erscheine, als ob er
denn heute den Film versäume, oder das Fußballspiel; jedoch sie schweigen, während sie vorbeigehn,
oder sie bieten ihm nur mit den kurzen, gemütli-

chen Worten den Gruß, damit er sich wohl nicht gestört meint, wie er jetzt dort, ohne an etwas sich anzuhalten (denn er trägt keinen Rock, an dessen Saum er sich anhalten könnte), gleichsam sich selber blindlings dahinführt, so daß er schon torkelnd mir nichts dir nichts mitten auf den Rücken der Straße gerät, oder daß ihn die Wagen in seiner Richtung gar irremachen und er nicht weiß, wo er hingeht, ja am Ende vergißt, daß er geht, was aber freilich unmöglich ist, weil er unter den Sohlen den Schotter oder den Streusand spürt, welcher ihn leitet; und mag er auch abkommen: die Fahrenden, die doch Augen im Kopf haben, werden ihn sehen und bremsen. Einmal das; und zweitens geht er schon neben dem Sportplatz, wo es genug gibt, die ihm zurufen, die ihn warnen können, was ich jedoch nicht für nötig erachte, weil es doch sein gewohnter Weg ist, den jetzt links und rechts die zwei Reihen der Kinder säumen, ohne aber etwa, indem sie sich selber vor ihn zu einer Kette versperren, dem Blinden am Sonntag ein Übel zu wollen, wie dieses ihr Brauch ist. Sie lassen durch ihn nicht den Blick von dem Fußballspiel lenken, damit er nicht meine, er sei ihnen wichtig, obwohl er im Grunde ein Lügner ist, was man heimlich ihm vorhält, während aber des weiteren diese Stimmen, die ihn beschimpfen, sich unter den anderen noch nicht hervortun, weil es der Fortgang des Spiels ist, der vorerst die Zungen anbindet, so daß es nichts mehr bedeutet, wenn sie erst jetzt (los, fangen wir an) sich an das langerwartete Schreien machen, da jener (der Blindgänger) schon weit ist, vor der Ortstafel, wo er den Wortführer, den noch nicht herangewachsenen Sohn des Fleischers, von dem Gefährten nach seinem Vater genannt, welcher als erster dem nächsten Stehenden das Wort gibt, und darauf die noch nicht herangewachsenen Söhne der Hebamme, von den Gefährten nach ihrer Mutter genannt, deren einer dem andern, mit den Augen die müden Spieler verlassend, mit einem Beiwort verbunden, das Wort übergibt, das dieser dann weitergibt, wo der Blinde, wenn er die Ortstafel schon hinter sich hat, ihrer aller Geschrei, das den geschwollenen Wangen entplatzt, jetzt schon nicht mehr wahrnehmen kann, oder doch nicht oder nur wenig für ihn bestimmt, vielmehr jedenfalls für die japsenden Spieler auf ihrem Feld, die das Schreien nicht ernst nehmen. Hinter der Ortstafel begegnen dem Blinden die Scharen jener, die, nach dem erquickenden Schlaf, sich munter draußen ergehen, ihnen voran die traurigen Töchter des Lehrers, nach dem jüngst verstorbenen Vater die Traurigen Töchter des Lehrers genannt, begleitet von einem Mann in mittlerem Alter, der für die mindern Geschäfte der Verwaltung des Ortes bestellt ist, nach seinen Eltern (er wurde im Staatsgebiet aufgefunden) Findling genannt, begleitet von dem Zweiten Lehrer, aus unerfindlichen Gründen Dritter Lehrer genannt, begleitet von der Tante der Töchter, der Lehrerin, der vorläufigen Leiterin der Schule, Schulwesen genannt, begleitet von der Mutter der Tante, nach ihrer Gesinnung Kirche genannt, begleitet von dem Vorsteher der Verwaltung, dem gewählten Vertreter der Bürger, Staatswesen genannt, ferner begleitet von den herangewachsenen Söhnen des Vorstehers, Gesellen genannt, ferner begleitet von dem betrunkenen Doktor, nach seinem Sohn, den er im Rausche gezeugt hat, Hausstock, das ist: Idiot, genannt, ferner begleitet von den heranwachsenden Söhnen des Zweiten Lehrers, A, B und C genannt, ferner begleitet von den heranwachsenden Söhnen des Tierarztes, Echt und Unecht genannt, ferner begleitet von dem heranwachsenden Sohn des Sekretärs der Verwaltung, nach den Gesprächen seines Vaters Krieg genannt, und endlich begleitet von dem noch nicht herangewachsenen winzigen Sohne des Gutsknechts, nach den Gesprächen seines Vaters Frieden genannt, welche alle nicht von den Spuren der Traurigen Töchter des Lehrers weichen, während sie trödelnd und unter Tändeln und Scherzen zur Erholung aus dem Ort hinausziehen, samt und sonders den Blick nach dem eiligen Gang des Blinden gedreht, der nichts dafür kann, daß er so ist, weil er sich nicht zur Wehr setzen kann (flicht von hinten der Sohn des Gutsknechts in das Gespräch), als ob es was tut, so zu sein, weil doch, so oder so, ein gutes Wort nötig wäre, so daß es an ihm liegt, obwohl, ohne etwas gesagt zu haben, die Zuschauer es nicht zu begreifen vermögen, warum er sich denn nicht führen lasse, wie es ja überhaupt nicht der Komik entbehrt, daß er auf solche Weise voraneilt (nichts weiter! genug jetzt! fordert zornig die Mutter der Tante), währenddessen staubend der Wagen auf die Minute genau in den Ort fährt. Der Gendarm, so genannt, obwohl er keine Bewaffnung trägt, sieht unter dem Fenster, von dem aus er für den

Notfall die Ortschaft schlecht und recht überblicken kann, den Sohn des Herrn Benedikt im Begriffe sein, geradenwegs durch den Staub auf den stehenden Wagen zu hetzen. Ungeachtet dessen, daß er, mitveranlaßt gewiß durch einen langen Anmarsch in der glühenden Sonne, ein wenig erschöpft und verwahrlost erscheint, macht er, indem er zum Wagen hineilt, gleichwohl einen durchaus ehrlichen und vertrauenerweckenden Eindruck, der den Verdacht, den diese unverhältnismäßige Eile in dem Gendarmen erweckt, ganz und gar abtut, zumal noch dazukommt, daß, soviel er weiß, gegen die Person bis jetzt nichts Nachteiliges ihm zu Ohren gekommen ist. Zwei Männer vor dem Kino, Toto und Lotto genannt, die Daumen in ihren Gürteln, lassen, als sie den Blinden seine Füße vorantreiben sehen, sichtlich bemüht, vor der Abfahrt noch diesen Wagen zu finden, von ihrem Gespräch und verfolgen gespannt seine Schritte, bevor der eine von ihnen zu dem offenen Wagen sich wendet, in welchem gerade der Fahrer, während der Blinde durch die noch schwebenden Schwaden des Staubes herankommt, die Tasche mit den Scheinen klappt und an den Gurt neben sich hängt, in dem jetzt der Fahrer, während der Blinde (kommt er, kommt er nicht) hinten mit dem Stock an den Auspuff gerät, die Türe hineinzieht, in dem der Fahrer (schneller, was ist denn, nicht aufgeben, nicht stehenbleiben, der will ja nicht, bis zur Tür her, brauchst ja nur bis zur Tür her), jetzt hat er genug gewartet, die Kupplung stößt, den Gang einlegt, zugleich die Handbremse lockert und, je mehr er sie lockert, desto stärker aufs Gas tritt und die Kupplung herausläßt und anfährt, so daß der eine oder der andre gewonnen hat, so war es gewettet, aber der Ausgang war schon von vornherein zu erwarten und auch vorauszusehen.

Einmal saß ich unter dem Tisch, während sie Karten spielten, und konnte nicht mehr heraus. Ich hatte dort unten geschlafen, und als ich erwachte, sah ich um mich acht Schuhe und acht Beine gestellt, die die Pfosten meines Geheges waren. Ich hockte mich auf und schlug mit dem Scheitel unter den Tisch, daß das Besteck in der Lade klirrte. Ich duckte mich und beobachtete mit der Nase die Gerüche der spielenden Männer, mit dem Gehör die Laute, die sie von sich stießen, und mit den Fingern die Saftflecken, die sie durch die Schenkel, indem sie diese spreizten, unter sich auf den Boden spien. Meist traf die Hand, da sie darüberging, auf die schon harten glasigen Kuppen des Saftes von den vergangenen Sonntagen und wurde so von den vereinzelten noch frischen Würfen, in die die Finger ausglitten, überlistet und überrascht. Ich hockte in Gedanken unter dem Tisch, indem ich mit dem Kopf hin und her nach einem Ausweg überlegte: die Schuhe meines Vaters, die ich erkannte, weil die offenen Bänder unter den Sohlen steckten und weil die Laschen (wie Zungen) aus dem Schnürspalt hingen, waren breit auseinander gestellt, während darüber in der Hose die Knie sich eng aneinander rieben; dazwischen war ein weiter Raum, der nach oben hin sich verjüngte, so daß einer, der hinaus wollte, nur sich anzuspornen und hindurchzuschieben brauchte, und er wäre im Freien. Ich kroch eine Handbreit zurück, bis ich mit den Fersen hinten die Schuhe des Dritten Spielers berührte, und maß die Strecke des Anlaufs: Trumpf! schrie mein Vater. Ich hob mich ab und fuhr zwischen die Pfosten des Geheges, doch mein Vater, während er mächtig über den Tisch her die Karten zu sich an den Leib fing, preßte sogleich die Knie, kehrte die Füße zusammen und klemmte den Hals seines Sohnes fest in den Schraubstock: der ist durchgegangen! triumphierte er, die flache Hand auf dem Packen der Karten; er strich das Spiel ein und mischte die Blätter durcheinander, ohne die Arme dabei vom Tisch zu erheben, ohne zu atmen, ohne unter sich die Umklammerung aufzulösen; er schnappte mit dem linken Daumen, den er fortwährend an der unteren Lippe abzog, die Karten einzeln von dem Packen, den er in der Rechten hielt, und steckte dann die noch übrigen Karten einzeln zwischen die geschnappten in die hohle linke Faust, bevor er, nachdem rechts von ihm auch der Erste Spieler die Faust auf den Packen gesetzt hatte, die Karten nach links, wie der Uhrzeiger geht, im Kreise verteilte, jetzt mit der Hilfe des rechten Daumens (früher hatte er den linken verwendet), den er feucht von der Lippe abzog, dazu den Leib an die Lehne gereckt, von wo aus er jedwedem das Blatt gab, welches ihm zukam. Als ich den Kopf mit den vorgestülpten Ohren nach innen riß, hinderte der Vater den Sohn nicht daran; der wird nicht durchgehn! schrie er dem Vorspieler zu, worauf der Vorspieler schrie: das werden wir ja! worauf sein Partner schrie: wer zuletzt lacht! worauf sie leise der letzte fragte, was sie aber nun sagten, und den anderen so streng über den Mund fuhr. Seine Beine waren geschlossen, jedoch zu beiden Seiten konnte einer hindurch; wie ich aber dazukam, steckte er flink hierhin, dann dorthin den Schuh vor, während er oben, die Augen spöttisch auf dem einen und andern, die Karten still aus der Hand gab. Ich setzte mich nieder und schaute zur Lade hinauf, die hinten an ihrem Rücken den Fingern noch eine Fuge gewährte: was ist! schrie mein Vater, hin! schrie der Vorspieler, nichts für ungut! schrie sein Partner, indes: wartet nur ab! warnte sie alle leise der letzte, als ich die Lade ihm tief in den Bauch stieß und als er sie leise wiederum herruckte: hab ich zuviel versprochen? trumpfte er dann auf, indem er den anderen schweren Verdruß auflegte, der ihnen den Atem benahm. Ich hörte ihn mit dem ganzen gebeugten Arm, ohne daß er die gestochenen Karten umdrehte oder auch nur verdeckte, die Stiche zu sich auf den Haufen schaufeln. Das geht nicht mit rechten Dingen zu! schrie nach einer geraumen Zeit der Vorspieler, der seinen Platz auf der Bank an der Wand hatte und mir demgemäß, wiewohl er unter den Worten die Schuhe hob, nicht behilflich sein konnte. Ich schluffte an ein Tischbein und untersuchte mit den Augen die Socken seines Partners, welchen das Spiel zu erregen schien: wahrhaftig! schrie er über mir in den Tisch, da steckt etwas dahinter! Dabei jedoch, als er aus seinem Mund diese Worte entließ, trat er den Schuh vor und stellte ihn aufrecht vor mein Gesicht. Ich kroch darauf in die Mitte zurück. Ich legte mich auf den Rücken. Ich rollte mich auf den Bauch. Ich faltete mich zusammen und machte mich daran, auf den Knien im Kreis zu gehen. Ich ging mit den Knien im Kreis, so daß die Schultern die Stangen meines Geheges anstreiften; die Männer ließen sich jedoch nicht überrumpeln. Ich faßte die Beine des Vaters über den Knöcheln und schaute durch sie in das Zimmer: in der Ecke auf dem Bett hockte verschlafen mein Bruder und schaute zurück; ich eröffnete ihm mit beredten Blicken meinen Notstand, ohne daß er sich anstellig zeigte, darauf einzugehen; vielmehr schützte er, indem er starr, ohne etwas zu sehen, unter den Tisch herschaute, nach dem Schlaf eine Schlaftrunkenheit vor, die ihn einigermaßen gedankenlos machte, sei es auch angesichts dieses Kopfes, der sich durch die Knie des sitzenden Mannes schob. Dieser aber, mein Vater, indem er den Fächer der Karten mit einem Handstreich zu einem Packen auf den Tisch schlug, bückte sich mit dem anderen Arm unter den Tisch und befreite sich von den Griffen des Sohnes, zu welcher Tat seine Stimme oben den Ton gab, dadurch, daß er sie schürte und (mit anderen Worten) schweratmend in seinen Wortschwall einstreute, er könne es, so wahr, wie er hier sitze, nicht länger mitansehen, daß sein Hausrecht über Gebühr beansprucht und gar durch einen Hergelaufenen, einen Freibeuter, verunglimpft werde. Er maßregelte weiter die Anwesenden, ohne daß indes selbst aus dem Folgenden mit Gewißheit hervorging, wer oder was ihm derart mißlich war, daß er den Unmut nicht länger

beherrschen konnte; damit nicht zufrieden, schärfte
er allen ein, sie sollten die Ohren aufsperren und
bedacht sein, welche Lügen und Fälschungen heut-
zutage man ihnen auftische, solche, weissagte er,
daß der Nachbar dem Nachbarn, und der Mann
der Frau auf die Finger schauen müsse, damit man
nicht eines Tages beim Erwachen die Scheunen
und Ställe verwüstet fände; denn das, stellte er
ihnen dar, würde ihnen kein sanftes Erwachen
mehr sein! Spiel aus! schrie er darauf verderblich,
über und über rot, leidige Flecken im Gesicht. Man
muß der Sache auf den Grund gehen! schrie zu-
stimmend der Vorspieler. Selbstverständlich! schrie
sein Partner. Aber du hast ja geteilt, reinigte sich
leise der letzte von dem ungerechtfertigten Vorwurf. Und schlecht geteilt! nahm der Vorspieler
die Zurückweisung auf. Hättest du richtig abgehoben! gab mein Vater den Tadel in der Richtung
des Uhrzeigers weiter. Richtig abgehoben! er-
frechte sich der Partner zu wehren, als ob es am
Abheben liege! Ein Wort noch! bedeutete ihm mein
Vater gefährlich. Kommen wir zur Sache! sagte der
letzte. Zur Sache! fiel der Vorspieler ein. Und
ohne Verzug! erläuterte der Partner. Spiel schon
aus! gab endlich mein Vater klein bei, nachdem er
eine Zeitlang mutwillig mit den Augen einen nach
dem andern gemustert hatte. Ich ließ meinem
Bruder ein Zeichen zukommen; ich ließ ihm ein
zweites Zeichen zukommen; ich stammelte gleichsam die Zeichen. Dann wurde ich selber eines, indem ich von unten den Tisch auf den Kopf und
auf die von den Schultern sich stemmenden offenen Hände nahm; ich fügte die Füße Ferse an

Ferse zusammen und spreizte sie vorn auseinander; die Ballen krampften sich ein; als ich über die Wangen auf die Arme schielte, konnte ich durch das Hemd die zitternden Muskeln sehen. Die Kniescheiben wurden weiß zugespitzt, die Zehen sah ich sich eng übereinander verschlingen und den Boden verlieren, in den Geschlechtsteilen spürte ich, kaum daß der Tisch unter sich Luft hatte, das Zerren der Furcht, und die Augen gingen mir über. Ich hob den Tisch mit seinen vier Beinen gerade von der Erde, so daß die Männer allesamt ihre Schuhe hätten darunter schieben können und der Tisch, hätte es ihnen beliebt, wäre auf ihren Schuhen gestanden. Als ich aber schwerköpfig mich zu meinem Bruder drehte, rutschte der Tisch seitwärts und auf die Schulter hinab; ich hörte ihn mit zwei Beinen wieder schief den Boden berühren. Da senkte ich den Kopf, und er berührte auch mit den anderen Beinen den Boden und stand dort wie ehedem; nur die Summen Geldes über mir klimperten und klangen ein wenig, wie die Männer einander später erzählten. Wer ist also dran? schrie oben mein Vater, ja, wer? schrie der Vorspieler, das frage ich mich auch! schrie sein Partner, du bist dran, gab der letzte still zu verstehen, ich! schrie der Vorspieler, das ist mir dunkel! schrie sein Partner, teil schon, zerstreute leise der letzte ihre Bedenken, er ließ keinen mehr zu Wort kommen, so daß sie sich lebhaft ärgerten und ihres Lebens nicht mehr froh wurden.

Ich möchte mich verstecken. Ich gehe also weg und verstecke mich. Während ich weggehe, überlege ich, wo ich mich verstecken kann. Dann überlege ich, daß nicht ich gehe, sondern daß unter mir diese Füße gehen, und daß nicht ich überlege, sondern daß mein Gehirn überlegt; denn wenn überlegt wird, daß diese Füße zu mir gehören, daß dies meine Füße sind, welche gehen, dann kann nicht ich es sein, welcher geht, und auch das Gehirn, welches als mein Gehirn überlegt, kann nicht ich sein, weil es mein Gehirn ist, weil das Gehirn mein ist, und was mein ist, nicht ich sein kann. Nicht ich kann es sein, der hier überlegt. Ich kann mich nicht verstecken. Mein Gehirn hat überlegt, ob ich mich vor den andern verstecken kann; doch ich kann mich nicht verstecken, weil etwas sich nicht selber verstecken kann: ich kann nicht mich verstecken. Auch mein Körper kann sich also nicht verstecken; er kann nicht sich verstecken; entweder kann nur ich meinen Körper, oder der Körper kann mich verstecken; aber mein Körper ist nicht ich: das ist der Grund, daß ich mich nicht verstecken kann. Jedoch ich kann mich lustig machen; ich kann mich, weil ich sowohl nicht weiß, was ich ist, als auch insbesondere, weil ich nicht weiß, was mich ist, über etwas lustig machen, indem ich mich entschließe, mich zu verstellen und zu tun, als wunderte ich mich nicht, als wüßte ich, was ich bin, damit ich an einer Stelle scheinbar ansetzen und mich vor den andern verstecken kann, ohne daß durch den Schrecken der Adern die Füße den Körper nicht mehr tragen können. Ich mache mich über etwas lustig, oder ich mache mich, während

Das Wort ›sich verstecken‹

ich das Versteck aufsuche, über mich selber lustig und unterhalte mich. Ich unterhalte mich, ich verstecke mich, ich frage mich, wer ich ist, indem ich so tue, als ob ich mich fragen könnte. Indes wird mein Körper von den Füßen versteckt. Vor mir selber brauche ich mich nicht zu verstecken, weil ich mich selber nicht sehen kann; denn ich bin blind, das heißt, meine Augen sind blind, das heißt, meine Augen sind keine Augen, das heißt sozusagen, ich bin nicht. Aber ich kann mich, während ich mich verstecke, leicht über mich lustig machen und mich vergessen.

Der Vorraum »Um diese Zeit kann man den Vorraum des Kinos noch leer finden; die Frau, die die Karten verkauft, mit denen für die Dauer des Films die Sitzgelegenheiten vermietet werden, ist bereits vorher im Vorraum gewesen, in dem guten Glauben, es würden jetzt, vielleicht eine Stunde vor dem Termin des Beginns, irgendwelche Personen den Einlaß in diesen kühlen, luftigen Raum begehren und rundum stehen und die Plakate und Fotos betrachten und nach den Mienen der abgebildeten Gesichter auf ein Lustspiel oder ein Trauerspiel schließen. Dann aber, als die Erwarteten nicht gekommen sind (was mag der Grund gewesen sein?), ist sie entweder in ihrem Glashaus eingeschlafen, den unteren Arm gleichsam auf ihren Zahltisch verlegt, darein geräuschlos die Lippen verbissen, den zweiten Arm, welcher schlaff hinter ihr über die Stuhllehne hängt, gleichsam an die Mühsal des Schlafens verloren, oder sie ist hinweggegangen und hat beim Weggang vergessen, die Tür zu versperren. Es ist bekanntlich kühl in dem Vorraum; zumindest erscheint dies einem so, der die ersten Schritte tut. Es ist nun möglich, weiter umherzugehen, denn der Vorraum ist leer. Es ist, dies ist der Ausdruck, nichts zu hören. Man kann nun die Möglichkeiten des Sitzens auf den einzelnen Bänken versuchen und dabei über das weitere Vorgehen sich einig werden. Die Spitzen der Finger, wenn man den Körper zwischen die gehobelten, farblos lackierten Tische und Bänke keilt, ziehen vier Stränge von Schweiß mit vier verdunstenden Rändern über den Lack. An der Wand nun, zwischen die Bank und den Tisch eingeklemmt, bietet sich die Möglichkeit, die Lage zu bedenken. Der eine wird dieses tun, der andre wird nichts tun; der andre tut nichts, während er still hinter dem Tisch sitzt. Kein Geräusch stört den Sitzenden, die Kühle strömt ihm wohltuend von der Mauer, sie füllt auch vom Tisch herauf seine Finger, die von ihm weggestreut sind, als hätte er sie abgeschraubt. Die Voraussetzungen für ihn sind günstig: wie er jetzt sitzt, hat er noch Zeit; er hat hier, da er in seinem Winkel sitzt, die Beine, so heißt es, von sich gestreckt, er hat hier die Möglichkeit, sich dessen, was ihm geschieht, zu erwehren; er kann die Frist, die von dem Zeitpunkt, zu dem er eingetreten ist, bis zu dem Zeitpunkt währt, zu dem die ersten Besucher eintreten und zu dem er dann gehen muß, nach Kräften nutzen, indem er sich in seine Gedanken versenkt, damit diese im guten sich einigen könnten. Die Stille (dies ist der zweite Ausdruck, dessen er sich erinnert) rauscht in seinem Kopf. Während er sitzt und sich erinnert, schließt sich manches Mal sein Gesicht auf und schließt sich behende wieder zusammen; anstatt zu denken, dunstet er, während er lächelt und während er nicht lächelt, in den Tisch, in die Bank, in die Mauer und um sich in die Luft fort und fort Wolken von Hitze aus, bis die ersten Besucher die Frau aus dem Glashaus klopfen und ihn aus dem Vorraum vertreiben.«

Die Alarm-
anlage Der Filmvorführer, eine Bierflasche zwischen den Knien, der Filmvorführer, drei geschichtete Brotscheiben unter den Fingern, drei geschichtete Brotscheiben in dem aufgewühlten maulenden Mund, der Filmvorführer liegt auf drei Stühlen oder auf zwei Stühlen und einem kleineren Schemel, er liegt in seiner Kabine hinten über dem Garten, die geleerte Flasche mit den Schaumnetzen steht, wo sie steht, oder sie liegt, wo der Ort für die geleerten Flaschen ist, unter dem Mann oder woanders. Er schläft oder er schläft nicht, er hat getrunken oder er ist nüchtern geblieben, ob er aber schläft oder nicht, sicherlich kaut er im Mund noch immer sein Brot, und wenn es wahr ist, daß er bis jetzt geschlafen hat, so schläft er jetzt nicht mehr. Jedoch, auch wenn er nicht schläft, scheint er gleichwohl noch nicht völlig erwacht zu sein, als er schlingernd und schwankend sich aufrafft und von dem Tisch, an dem er gesessen ist und das Filmband geklebt hat, sich vorwärts zum Tonband begibt. Er weckt sich selber dadurch, daß er mit den Fingern den Schalter umdreht, so daß das Band, das sich bewegt, seine Nägel streift und ihn aus dem Halbschlaf aufschreckt. Wenn er aber durch

dieses sandige Gefühl an seinen Nägeln noch immer nicht wach ist, so werden (dies ist der dritte Ausdruck) der Lautsprecher in der Kabine sowie der mit diesem parallel geschaltete Lautsprecher unten im Saal, der die bekannte Musik vor der Aufführung eines Films durch die Membran röhrt, den Vorführer aus seinem Schlafe stöbern. Seine Bewegungen, die ihn zwischen die zwei Vorführapparate zu der mittleren Klappe treiben, sind sich jedoch treu geblieben; nur an dem Geknirsch der Zähne, die beißend mit den Knochen der Kiefer die Wangen beschatten, ist als einziges Zeichen seines Erwachens das härtere Kauen zu lesen. Die Klappe offen und waagrecht auf seinem Schädel, späht er durch die Luke hinab in den Saal: er sieht, eine hinter der andern, die fünfzehn (oder mehr oder weniger) schwarz durchbrochenen Schienen der oberen Lehnenkanten, blau von dem lila Licht aus der Milchglasdecke darüber, neben den Ausgängen orange und violett von den roten Lichtern über den Flügeln der Türen. Noch hat keiner der Besucher den Saal betreten, obwohl schon die Musik zum Eintritt auffordert. Der runde Ofen in der Mitte der türlosen Wand, dies ist der vierte Ausdruck, schimmert metallisch. Die Leinwand und das Podium vor der Leinwand werden von der Beschreibung vorderhand ausgenommen; der behäbige rote Vorhang vor dem Einlaß, am Bodensaum von Fettwichse geschwärzt, buchtet sich träge, sooft draußen einer von den Besuchern oder einer, der laut etwas zu vermelden hat, den Vorraum betritt und sooft die, die gekommen sind, in Gruppen den Vorraum wieder verlassen; die

Unterhaltung der übrigen draußen ist jedoch bewundernswert besonnen und ruhig; das Mädchen an dem Büfett verkauft ihre Zuckerwaren, ihre Stimme sowie das, was sie spricht, ist durch die Besonderheit ihrer Laute unter dem einander ähnlichen Stimmengewirr der Besucher bis in den Vorführraum nach dem Sinn zu verstehen; der Vorführer jedoch hat, dadurch, daß der Apfel, den er ißt, ihm kreischend die Ohren betäubt, nichts von den Reden des Mädchens gehört. So muß auch die Frage, die ihm im Vorführraum gestellt worden ist, von neuem und neu gestellt werden, während er, indem er den Kopf aus der Klappe hervorzieht, in der gleichen gebückten Haltung, noch den leeren Anblick des Saals in den Augen, rückwärts herausfährt. Welche Bewandtnis hat es mit dem Leimgeruch, welche Bewandtnis kann es mit dem Zischen dort im Apparat haben; ist es eine Feile, mit der er jetzt noch einmal über den in die Presse gespannten Filmstreifen kratzt? Während unten jenseits des Vorhangs ein anderes Mädchen müßig ein Bein vor das andere stellt und mit den Zähnen knabbernd die Nägel für den Abriß der Karten bereitet, weist oben schon der Vorführer seinem Besucher auf dem Schemel den Platz an, und der andere kann mit bereitwilligem Ohr seine Erklärung vernehmen. Der Filmvorführer und sein Besucher kennen einander von Jugend an. Oft sitzt hier der Besucher, obwohl Unbefugten der Eintritt nicht gestattet ist, und hört kauend wie der Vorführer den laufenden Filmen zu, damit ihm die Zeit vergeht. Heute aber fragt er, bewogen durch dieses erste dichte Schwirren draußen auf der Straße, das er sich selber nicht zu erklären vermag; seine Hand kratzt dabei hinter ihm Rillen in die Lachen des verschütteten Filmkitts, der dann, als er die Hand vors Gesicht hält, nach Leim und nach Lack schmeckt. Der Saal ist noch leer. Was, fragt der Besucher, während er die Finger in ein Taschentuch wringt, kann die Leute veranlaßt haben, den Saal noch nicht zu betreten?

Auf der Leinwand ist nur ein harmloses Standbild zu sehen, welches für eine Ware wirbt; die Bilderschrift darunter mit dem Namen des kaufmännischen Unternehmens wird für die Ohren eigens von den Tondias durch den Lautsprecher verstärkt. Der Vorführer, das ist der letzte Ausdruck, hebt die Schultern; er schlägt die Zähne in den von der Sonne vollgummiweichen Apfel, so daß die Lippen sich auseinanderstülpen, und spart sich nebenbei die Worte für die Antwort vom Munde ab. Der rote Vorhang baucht sich jetzt heftig aus und ein; die Käufer der Karten verlassen geordnet, aber schnell durch die nach außen zu öffnende Tür den Vorraum; die Frau in dem Glashaus schiebt die Scheibe vor und verläßt als letzte, nachdem sie wieder und wieder das Schwirren gehört hat, ohne durch ihren Gang oder ihr Gehaben eine Aufregung zu verraten, das Kino. Der Vorführer, der, den Kopf zur Beobachtung unter der Klappe, nun das mahlende Gesicht, Mühlsteine die Backen, mit dem Kinn tief auf das Schlüsselbein setzt und es zur Hälfte über die Schulter herumdreht, könnte nun mit seinem Besucher einen bedeutsamen Blick wechseln; sie müßten nicht in eine Unterredung geraten. Der Besucher allerdings wird wortreich und gebärdet sich auffallend und übertrieben sorglos, indem er hinterrücks aus der Tischlade einen Apfel ertastet und, während er schon die Zähne einzwängt, den Vorführer mit der Frage nach der Notlichtanlage um eine Antwort verlegen macht. So kommt es, daß dieser befremdet zurückfragt, ob der Besucher die Frage allgemein meine. Was geschieht, verdichtet also der Gast seine Frage, wenn der Film zu brennen beginnt? Es sei in dem Vorführapparat ein Schalter, genannt Brandschleifenschalter, belehrt ihn darauf der Vorführer, der die flache Hand unter seinen Worten um den Nacken im Kreis nach vorne zum Kehlkopf zieht, wie um den Schweiß abzuwischen, worauf er die Hand zwischen die Knöpfe ins Hemd steckt: dieser Schalter, unterrichtet er fort, bestehe aus zwei Schaltstücken, welche vermittels einer Schießbaumwolle zusammengeschlossen seien. Falls der Film brenne, so brenne die Baumwolle ab, die Feuerschutzklappe falle herunter, im Saal, erklärt er, breche sofort die Panikbeleuchtung aus, welche nicht auf das allgemeine Stromnetz angewiesen sei, vielmehr von einer Batterie, bekundet der Vorführer, während er unter dem Hemd die Haut seiner Brust in Falten krault, gespeist werde; die betreffende Beleuchtung sei in der Decke angebracht, genauer gesagt, in zwei geriffelten Glasscheiben, und zwar derart, daß sie aus zwei Lampen von je soundsoviel Watt bestehe und grellweiß brenne. Zuerst werde es jedoch völlig finster im Saal? wirft fragend der Besucher ein und schluckt eilig den Bissen hinunter, damit er

die folgende Antwort des Vorführers nicht überhöre. Ausgenommen den Fall, daß das gesamte
Stromnetz zusammenbricht, widerlegt der Vorführer den Besucher, sei immerhin noch die Notlichtanlage unter den Fußleisten vorhanden, welche immerfort brenne; wenn jedoch das Stromnetz gestört
werde, räumt der Vorführer ernst ein, während er
zur offenen Stiegentür geht und das Apfelgehäuse
in den Garten ausspuckt, sei es durch einen Sturm,
sei es durch ein anderes ungewöhnliches Ereignis,
so werde es im Saal, da ja zuvor nur das Licht von
dem laufenden Film die Augen auf sich gelenkt
habe, schlagartig (schlagartig, klaubt der Besucher
das Wort auf) finster wie in der ägyptischen Plage,
darauf taghell (taghell) von der Panikbeleuchtung, die er bereits einleitend erwähnt habe. Die
Zuschauer hätten während des Films die Augen
nicht von der Leinwand gelassen, veranschaulicht
der Vorführer: da plötzlich ergreife die Augen
diese ägyptische Finsternis, so daß der Zuschauer
nicht wisse, wo ihm der Kopf stehe, was wieder
zur Folge habe, daß er sich mit sich selber, ob er
dort sitze oder liege, ob er in der Luft oder unter
Wasser sei, nicht mehr zurecht finde, wodurch es
nicht selten geschehe, folgert der Vorführer, daß
diesbezüglich die Zuschauer, um sich die Gewißheit
zu verschaffen, wo sie seien, oder daß sie überhaupt anwesend seien, zu pfeifen, zu johlen und
zu trampeln begännen, als sei dies ein Mittel,
sich von der eignen Anwesenheit und von seinem
Dasein zu überzeugen. Dann, in dem Licht, ex-
plodierten gleichsam die geweiteten Augen, verdeutlicht der Vorführer: die Zuckerwaren und

Kaugummis an den Gaumen, schwächt er jedoch gleich die Wirkung seiner Worte, wenn die Zuschauer, die jetzt kaum mehr diese Bezeichnung verdienten, diese, die Zuckerwaren, suchten, fänden sie nur noch als ein stickiges Gefühl in den Rachen und als eine Beklemmung und einen Schmerz in den Speiseröhren. Zur Bestätigung kundschaftet der Vorführer mit der Zunge durch den Gaumen, in dem ein leeres Kribbeln ihm bedeutet, daß von dem Apfel irgendwo ein Rest noch übrig sein muß. Er findet den Rest in der Hand. Was aber, wenn die Brandschleifenschalter nicht funktionieren? Es sei mit dem Lampenhaus in Verbindung ein Notschalter, wird der Vorführer des Erläuterns nicht müde: mit dessen Hilfe werde das Lampenhaus ausgeschaltet, so daß die Klappen fielen und solcherart den Film vor dem Feuer beschützten. Wenn aber auch der Notschalter ausfalle, kommt der Vorführer weiterer Fragen zuvor, die dem Besucher schon auf der Zunge sind, so bleibe noch immer außen neben der hölzernen Stiege der sogenannte Fluchtschalter, mit dem die Kabine auch auf der Flucht außer Strom gesetzt werden könne. Gut und schön. Ist es aber nicht denkbar, daß es nicht der Filmstreifen ist, welcher Feuer fängt, sondern etwa die Sessel oder die Kleidungsstücke unten im Saal, zum Beispiel im Winter durch Funkenflug aus dem durch Sägemehl geheizten Heizkörper? Oder lassen wir das Feuer, wenden wir uns anderem zu: Ist es nicht denkbar, daß einmal in den vollbesetzten Saal eine Bombe fällt?
Der Vorführer hat sich indessen wieder unter die

Klappe gebückt. Es werde auch Zeit, sagt er erleichtert, wie er die Schritte des Volks unten im Vorraum wiederum laut werden hört und es dann selber, indem es das Tuch teilt, blaß und noch wortlos in den Saal drängen sieht. Noch stürzt das Volk nicht zum Ausgang; denn es weiß nicht, was ihm bevorsteht.

Nichts steht ihm bevor, schneidet sich der Besucher, schon auf dem Weg zu der Stiegentür, die Gedanken ab, mit denen er töricht gespielt hat. Weil er aber seine andern Gedanken nicht ausgesprochen hat, kann der Vorführer, der sich mit dem Finger einen Kern aus dem Zahn bohrt und zudem mit anderm beschäftigt ist (auch der Streifen schlägt flackernd im Apparat), aus den Worten des Gastes nicht klug werden.

Im Saal findet das schüttere Volk, dem es nach dem Auflauf vor dem Kino die Sprache verschlug, durch ein Wunder seine Sprache wieder; die Arme auf den freien Lehnen der Sessel, ein Auge scheel auf der Leinwand, spricht es, das ist ihm, dem Vorführer, nicht sicher verständlich, von einem Unglück oder einem besonderen Vorfall oder Ereignis auf der Straße.

Warum eilt er so? Wenn er von etwas hört, daß *Die* es sich gerade ereigne, oder daß es sich schon er- *Nachricht* eignet habe: es brenne irgendwo, jemandem sei ein Unfall zugestoßen: wenn er zwar hört, daß sich etwas ereignet habe, jedoch nicht verstehen kann, was dieses sei, oder wenn er den Namen dessen nicht versteht, der durch das Geschehen betroffen ist, so bannt ihn das Gehörte an seinen Ort; er hält zunächst sich selber für die Ursache des Auflaufs und greift sich an, ob er brenne, oder ob aus seinem Kopf, wie schon einmal, wieder das Blut herausbreche. Wenn sich auf der Straße ein Gelächter erhebt, ohne daß er errät, über was sich das Gelächter erhebe, so fährt er hastig mit den Händen in das Gesicht oder über die Kleider, ob etwas Schändliches oder Schmachvolles an ihm sei. Dann merkt er, daß es nicht ihn betrifft, oder nicht ihn persönlich, sondern einen, der ihm vielleicht nahe steht. Keiner von denen, die noch immer in Scharen die Straße säumen, bringt es über sich, es zu sagen. Sie müßten ihr Gespräch nicht abbrechen oder in Flüstern verfallen, wenn er herankommt; es genügt, daß ihr Gerede, um ihn zu täuschen, gleichbleibt oder gar zu einem nach außen hin ernstlichen Wortwechsel wird, der sich im Kreis der Redenden um die Teilnehmer einer durch den Ort geschwirrten Radrennfahrt dreht, indem sich der eine wie der andre über die Nummern der Fahrer ereifert, die dem Vergleich nach nicht richtig sein könnten. Sie lenken ihn von dem wirklichen Ereignis ab, gerade weil er, während er an ihnen vorbeigeht, die Sinne für ihre Gespräche schärft. Er ist auf das Schlimmste gefaßt; dennoch tut er freundschaftlich, indem er mit der Miene ausdrückt, was man als Gleichmut bezeichnet, in der Meinung, solcherart ihnen die schweren Worte leichter zu machen; es wird aber noch immer von den Radfahrern gesprochen, die ihn nicht kümmern. Er läßt sich von ihren Gesprächen nicht einschüchtern: seinem Bruder ist etwas zugestoßen; hinter seinem Rücken nämlich, wie er langwierig die Beine dahinschleppt und noch sein Gehen verzögert, kehren sich, wie er hört, die Gesichter verstohlen nach ihm; er erkennt es aus den verständlicheren und offeneren Lauten der Unterhaltung: bis jetzt ist gleichsam in die hohlen vorgehaltenen Hände geredet worden; jetzt aber wird eine Hand nach der anderen fallen gelassen, während der Mund ohne stärkere Anstrengung weiter und fortspricht, was er auch bisher gesprochen hat. Öfters hemmt er im Gehen die Schritte und wartet; das könnte ihnen den Mut geben, denkt er heimlich. Ein Gruß oder ein anderes gleichgültiges Wort wäre ihm kein schlechtes Zeichen; daß sie ihn zum Schein übersehen, beunruhigt den Stock in den Fingern, so daß er ihm beinah abhanden kommt. Er wird darauf eine Antwort suchen. Wie es der Zufall will, besitzt seine Schwester unweit von hier eine Gaststätte.

Ein Streit verwehrt ihm den Zugang ins Haus *Der Streit* seiner Schwester. Die Sonne, die das Gemüt reizt, reizt ein von Geburt schläfriges Gemüt zum Schlaf, ein von Geburt rauhes dagegen zum Streit. Die Sonne, indem sie schwelt, reizt die Sinne; die Sinne reizen den von Geburt rauhen Sinn. Der Sinn reizt die Hände, so daß dem Streiter gehörig die Finger zucken.
Der Streit ist der Krieg im kleinen, mit dem Unterschied, daß der Krieg zwischen den künstlichen Personen, den Staaten, vor sich geht, derart, daß in ihm die natürlichen aus Fleisch und Blut nur als Mittel verwendet werden, während im einfachen Streit die Streitenden die Herren des eigenen

Willens sind und nicht die Untertanen der künstlichen Person, der sie gehorchen, wenn der Krieg herrscht.

Der Zweikampf wird als Element des Kriegs beschrieben. Das Wesen des Zweikampfs ist es, durch einen Akt der Gewalt den Gegner zur Erfüllung des eigenen Willens zu zwingen.

Aus dem Streit mit den Worten, welcher noch zwanglos ist, entsteht der Streit mit der Faust, die ihren Willen erzwingen will.

Einer kann nicht mit sich selber im Streit sein, es sei denn, es streiten in ihm die Gedanken.

Schwerlich streitet die linke Hand mit der rechten, noch schwerer das eine Auge mit dem andern. Es muß möglich sein, die Gewalt, welche die Ausfechtung des Streites erfordert, an einer von der eignen Person verschiednen zu üben; diese zweite Gewalt rüstet sich mit den Erfindungen der Künste und Wissenschaften aus, um der ersten Gewalt zu begegnen. Die erste Gewalt tut desgleichen.

Das Glas auf den Tischen ist ohne Zweifel eine Erfindung der Wissenschaft. Die Fäuste sind den Streitenden mitgegeben. Die Worte vor dem Fauststreit, die hin und her fliegenden Worte, sind eine Erfindung der Kunst.

Es gibt Verhaltensregeln in einer Gaststätte, deren Betrieb durch die Menge des zerbrechlichen Glases empfindlich ist. Diese Regeln des Verhaltens werden gebrochen, wenn aus dem Streit der Worte und Gesten ein Fauststreit wird. Die Gewalt, die nun angewendet werden soll, ist in dem einfachen natürlichen Streit das Mittel, dem andern, dem Feind, den Willen aufzuzwingen; um diesen Zweck sicher zu erreichen, muß der Feind außer Wehr gesetzt werden: dies, so heißt es, ist das eigentliche Ziel der kriegerischen Handlung. Dadurch, daß im Streit zwischen den Gegnern die Regeln gebrochen werden, entsteht zunächst, was regellos ist, in diesem Fall die Ortsveränderung eines Stuhls, welchen, indem er aufstand, einer der Streiter jäh hinter sich an die Wand gestellt hat; denn ein Stuhl steht in der Regel am Tisch.

Neue Regeln entstehen hinwieder nur aus gebrochenen alten. Ein Kampf entsteht durch den Bruch einer Regel unter Entstehung einer neuen. Ohne Regel wäre kein Kampf ein Vergnügen.

Jede Regel eines Spiels entsteht durch den Bruch einer andern. Ein Kampf außer der Art wird, indem er ausartet, zu einem Falschspiel, das durch seine Regellosigkeit keinem der Beteiligten Spaß macht.

Bei einem ehrlichen Kampf zwischen den zweien, die zum Streiten gehören, gilt für die, welche schauen, die Norm, die Kämpfenden, außer durch Rufe, nicht zu verstören.

Um die Streiter ringt sich ein Kreis. Wer hinzukommt, muß sich an den Kreis halten, ohne daß es in seiner Macht steht, hindurchzukommen. Wer es aber auf sich nimmt, den Kreis zu betreten, in welchem einer den anderen mit seinen Blicken mißt, wird an den Kleidern zurückgezerrt; es obliegt den beiden, zu tun, was sie wollen.

Die Fragen werden aufgespart. Die sich schon auf den Weg gemacht haben, kehren um. Die Kleineren stehen vorn, die Größeren dahinter.

Dem zu spät Kommenden ist der Einlaß versperrt. Er erregt Abscheu und Widerwillen, wenn er mit den Schultern vorandrängt; wenn nun noch weitere kommen, kann er nicht vor noch zurück.

Bevor der Wortstreit zu einem Fauststreit wird, tritt eine Stille ein. Die Inhaberin der Stätte, die Arme auf die Theke um das Gesicht gestützt, schaut dem Vorgehen zu. Als in den hinteren Reihen ein Gemurmel entsteht, gebietet sie, indem sie die Brauen hebt, Ruhe.

Es ist nun daran, daß die Streiter, bevor sie handgreiflich werden, auf leisen Sohlen einander umkreisen. Der eine Streitende ist kräftig gebaut; er ist auch größer als der zweite und trägt machtvoll die schweren Knochen und Sehnen zur Schau. Seine Hände werden als Schaufeln bezeichnet. Die Knie sind fest, die Muskeln der Waden unter der Hose sind hart. Er scheint zudem die größere Reichweite zu haben. Die Knöchel der Fäuste werden allseits gefürchtet; der Arm des Mannes, der sich um einen fremden Kopf schließt, ist ortsbekannt. Jedoch wird er auch etwas vertragen und einstecken können? Manches schwebt den zweifelnden Zuschauern vor, was ihnen nicht eingeht. Durch ein langes Nichtstun, anders der andre, ist der Bauch des Mannes schlaff geworden, der Rumpf ist eingeschrumpft, an den Schenkeln und an der Brust hat er sichtbares Fett angelagert; es entgeht wenigen, daß er zudem, durch die Getränke, keinen guten Tag heute hat. Wird er sich schnell genug bewegen können? Seine Beinarbeit ist freilich noch immer beachtlich. Wenn aber der andre seine Schwächen ausnützt, hat er gewiß eine Aussicht, wiewohl er eher schmächtig erscheint, mit

schlenkernden Armen und einem öden und leeren
Gesicht; durch die Schnelligkeit seines Auges mag
er die längere Erfahrung des ersten wohl wett-
machen. Die meisten setzen daher auf den Kleinen
und spornen ihn mit Schreien zum Angriff an,
während sie den Größeren lauthals schmähen und
ihm nachreden, daß er feig sei.
Indes endet der Kampf, bevor er beginnt.
Weil aber nichts, bevor es begonnen hat, enden
kann, so muß der Kampf vor diesem Beginn, der
nicht eintritt, einen anderen haben: einen Beginn
der Vorbereitung zum Kampf, der sich im Aufstehn von den Stühlen geäußert, vor dem Beginn
des wirklichen Kampfes, in dem die Gegner handgemein werden. Dieser Kampf wird beendet, bevor die Gegner handgemein werden.
Gewöhnlich ist es der Fall, daß die Obrigkeit ihn
beendet, indem sie mit den Regeln des Gesetzes die
widergesetzlichen Regeln des Kampfes wieder entkräftet. Geschieht es aber, daß die Organe des
Rechts aus Eigennutz nicht willens sind, in den
Vorgang einzuschreiten, so ist das entblößte Recht
auf sich selber gestellt, und jeder, wenn der befugte
Vertreter untätig bleibt, kann sich befugt erachten,
für seine Regeln einzutreten. Denn das Recht
weicht dem Unrecht nicht aus. Die Gerechtigkeit,
nach welcher jede rechtliche Ordnung streben soll,
ist, wie man sagt, blind: warum also soll nicht,
wenn ihm ein Unheil droht, ein Blinder erstehn,
der, nachdem er schon lange am Eingang gebohrt
und gedrängt hat, sich auf eigene Faust zum Recht
verhilft, indem er mit wildem, von den Umstehen-
den fast nicht mehr erkenntlichem Gesicht, als

wäre er ein andrer und sehend geworden, etwa mit senkrecht gehobenem Arm, mit den Füßen stampfend und brüllend, sich durch die Horde voranschlägt und roh in den Bannkreis der Kämpfer einbricht.

Eine Regel ist durch eine Unregelmäßigkeit gebrochen worden. Dann ist die Unregelmäßigkeit gemäß der stillschweigenden althergebrachten Übereinkunft der neuen Regel des Kampfes gewichen. Diese neue Regel ist durch die Regelwidrigkeit des Blinden nun beseitigt worden. Zweimalige Regelwidrigkeit ergibt, wenn nichts anderes vorgeschrieben ist, wieder die alte Regel, zumal dazu jede äußere Form, die eine längere Zeit ohne Inhalt bleibt, wie in diesem Fall, da die Streiter einander nur umkreist, nicht berührt haben, zur Langeweile reizt, und die Langeweile zu einer Veränderung, wiewohl freilich noch immer die Bemerkungen mancher der Zuschauer über die Störung des Kampfes sowie die rüde Miene der Kämpfer, deren Finger sich zum Greifen schon von den Handballen gelöst haben, für den Blinden in ihrer Mitte, der nun stotternd auf die Inhaberin an der Theke einredet, nichts Gutes verheißen, so daß für einen Augenblick der Kampf daran scheint, der Willkür des einzelnen zu verfallen; jedoch der Blinde, mag er auch stammeln, verliert an sie keins seiner Worte: mit seinem vollgefüllten Mund ist er entschlossen und haltlos durch diese Meute gedrungen, ohne sein Wort an einen zu richten, dem es nicht zukommt. Er spricht jetzt zu seiner Schwester, was er zu sich selber schon lange gesprochen hat; seine Lippen gehen eifrig auf und ab, die

Zunge schlägt an die Zähne, sein Gaumen schäumt vor Wut, die Zähne schießen ihm die Worte heraus.

Die Kämpfer kommen indessen zur Besinnung und nehmen Rücksicht auf ihn; es ist sein Glück, daß er blind ist; andernfalls könnte er etwas erleben; sie fangen wieder zu sprechen an; dazu entspannen sich notwendig ihre Gesichter: mit einem gespannten Gesicht kann man keinen Wortstreit führen.

Weil sie einander plänkelnd beschimpfen und weil auch die Zuschauer, während sie vorgehen, während sie auseinandergehen, während sie weggehen, während sie zu den Stühlen gehen, die Kämpfer gemeinsam als feige besprechen, kann die Inhaberin nicht verstehen, was dort der Bruder sagt. Sie winkt ihn mit der Hand heran; dann winkt sie mit der Stimme und beugt sich zu ihm hinab: er möge bei dem Lärm in ihr Ohr sprechen.

Mit einem Auge schaut sie auf den Blinden, der heiß über sich selber erstaunt und sprachlos wird, so daß er einhält und über das, was seiner Zunge widerfahren ist, aus dem Staunen nicht mehr herauskommen kann, mit dem anderen Auge schaut sie die Streiter an, von denen der kleinere den Stuhl von der Wand zurück an den Tisch zieht, während der Große sich wie nach einer Leistung unter dem stürmischen Schweifen der Blicke in einen Sessel kracht. Die Inhaberin, die Hand auf der Schulter des Blinden, zeichnet mit dem Finger ein Lächeln in den Dunst und in den Schweiß der Kaffeemaschine.

Trotzdem Sacramento, beginnt der Kleine, der jetzt am Tisch steht. Santamaria, behauptet sich

überlegen der Große. Sacramento ist besser, be-
harrt der Kleine. Santamaria, tuscht der Große
verächtlich auf einen blechernen Aschenbecher.
Habt ihr damals Sacramento gesehen? ruft der
Kleine die Gäste zu Zeugen an: der kann was.
Santamaria, gähnt der Große. Sacramento. Santa-
maria. Sacramento. Santamento. Sacramaria. Sa-
cramantia. Santamerto. Santrament. Santanto.
Santro. Sand. Santamia. Stanto.
Der Krieg ist kein Zeitvertreib. Er ist ein ernstes
Mittel für einen ernsten Zweck. Er vermehrt die
Ungewißheit aller Umstände und stört den Gang
der Ereignisse. Der Krieg ist das Gebiet des
Zufalls.

Der Traum Einmal in der Nacht hörte ich, daß mein Bruder
zurückgekehrt sei und jenseits des Hofs im Schuppen liege. Ich lief in das Zimmer und weckte den
Vater: Der Bruder liegt drüben im Schuppen. Er
ist zurückgekehrt. Laßt uns aufstehen und zu ihm
gehen. Während ich sprach, hatten sich murmelnd
die Nachbarn durch die Tür geschoben und links
und rechts sich um das Lager des Vaters versammelt, von wo aus sie sich über ihn beugten, da er
lag und sich mit den Ellbogen aus dem Schlaf auf-
stützte. Dann hörte ich, wieder vom Hörensagen,
daß mein Bruder erkrankt sei. Der Bruder ist sehr
krank, beschwor ich meinen Vater; und als er mich
wieder nur anschaute, ging ich rundum und von
einem Nachbarn zum andern und beschwor sie, indem ich die Stimme erhob, sie sollten so gut sein
und endlich aufbrechen, und ich flehte eindringlich
und hielt es ihnen laut vor und rang ohne Stolz

218

mit den Händen: Mein Bruder liegt krank im Schuppen auf dem Leiterwagen, kommt, wir wollen alle zu ihm hinausgehen und ihn herein in das Zimmer schaffen. Jedoch die Nachbarn, in spitzen schwarzen Hüten, von denen bunte Bänder fielen, wandten sich von mir ab und liefen zusammen und sprachen hämisch über den Mann, der unter ihnen still auf dem bloßen Strohsack lag, in einer zerschlissenen Hose, die, »wie die Ritzen in den Planken eines Schweinestalls auf die schlafenden Schweine«, den Blick auf sein schrumpliges, schlaffes Gemächte ließ. Seine Brust sah ich mager und haarlos mit großen Leberflecken. Den Nabel sah ich von Dreck gerändert, ähnlich dem Dreck in verbrauchten Kämmen. Als es nun so war und als ich noch immer kreisum in dem fahlen Raum zu den Männern und sie anflehen ging, da fiel mich eine unverdrängbare Wut und ein unverdrängbarer Jammer an, so daß ich wegschauen mußte, und ich sah hinter den Fenstern eine helle und farbige Nacht, und durch die Nacht sah ich eine noch nie gesehene Brücke ziehen, und über die Brücke sah ich einen Autobus fahren, von einer Bauart wie jene, in denen manche elektrische Unternehmungen ihre Waren vorführen, und der Autobus war länger als ein Dorf und länger als ein langer Güterzug und stieg dem Blick über alle Maße, so daß dem Schauen kein Ende war. Und wieder hörte ich vom Hörensagen, daß soeben mein Bruder in dem Schuppen, von dem ich nur augenblicks die im Sägemehl verschüttete Hacke und den durcheinandergeworfenen Holzstoß sah, elendig verreckt sei; wie ich aber schaute, sah ich die Räder des Wagens gleichsam für einen, der mitging, im Schritt rollen, oder es war gar nur so, daß ich die Wolken hinter seinen Scheiben wandern sah und daß ich aus ihrer Bewegung das Rollen des Wagens entnahm; die lange und breite Fläche der Glasverkleidung sah ich in der Mitte waagrecht in zwei Hälften geteilt durch einen Boden von frisch gehobelten pechigen Fichtenbrettern, auf denen gestreckt, die senkrecht aufgestellten Schuhe von den Fersen an auseinandergespreizt, dunkel der Bruder lag. Was ich aber jetzt sah, war nicht mehr außer mir, und es war nicht mehr so, daß ich nicht wissen konnte, ob es wirklich so sei, oder ob ich nur schliefe; es trennte mich davon auch kein örtlicher Unterschied mehr und kein Abstand, den man mit dem Zollstock hätte abmessen können, und den zu überwinden ich von dem Ort, an dem ich war, hätte hingehen müssen zu dem Ort, an dem das war, was ich jetzt sah, damit ich etwa mit den Fingern in das staubige Blech des Wagens die Zeichen eintrüge, die mir bewiesen, daß ich dort war und daß ich mich von meinem Ort zu einem andern bewegt hatte: was ich sah, ersah ich nicht über die Augen, noch beurteilte es dann das Gehirn und gab ihm die gelernten Namen, noch war es den Nerven genehm oder ungenehm, woraus vielleicht ein Gefühl entsteht: was ich sah, sah ich nicht durch das Auge, sondern durch das Zucken der leblosen Dinge selbst, die ich nicht mehr als anders und von mir entfernt spürte, weil sie, allein dadurch, daß ich sie sah, mir die Adern aufrissen, als könnte dieses Leblose, sozusagen indem es nicht mehr augenscheinlich war, für den, der es ohne die

Augen anschaute, vor Schmerzen zucken und diesen fremden Schmerz dem Schauenden mitteilen, und als sei der lächerliche Jammer in meinem Innern, welcher die Nachbarn die Hände gebückt auf die Schenkel trommeln und lautschallend lachen ließ, nur der unausrottbare, unaufhörliche Jammer dieser Dinge: des scharfen schattigen Gummiprofils der Reifen mit den hellen Körnern des eingedrückten Schotters darin, der trockenen grauen Spritzer der an die Scheiben gematschten Insekten, der wie in Wasser langsam schlotternden Plane im Gestänge des Daches, der aufgeklappten eisernen Leiter der jetzt aus dem Nebel farbig quellenden Heckseite, der um die Stoßstangen und um den Auspuff verwickelten, über den Beton der Brücke nachschleifenden Strähnen des Heus. Der unter mir auf dem Bett lag, wurde, weil er sich einst ohne Bedenken in meine Mutter entleert hatte, mein Vater genannt.

Wenn man betrunken ist, geht man herum und erzählt seine Geschichte. Das Geschick eines Mannes ist seine Geschichte, mit der er von Tisch zu Tisch hausiert, wenn er betrunken ist. Er braucht nicht betrunken zu sein von einem Alkohol oder einem anderen Rauschgift; manchmal ist es die Sonne, die ihn verwirrt und betrunken macht, öfter noch ist es die eigene grundlose Müdigkeit. Wenn er unter den Leuten sitzt, redet beredt seine Zunge in ihm, ohne daß er etwa außer diesem schwarzen Kaffee vor sich noch ein andres Getränk zu sich genommen hat, und fordert ihn auf, rundum zu jedermann in dem Lokal zu gehen, den Arm im Stehen

Der
Aufenthalt
im Café

dort auf einen leeren Stuhl zu stützen und dem Sitzenden von oben herab seine Geschichte zu erzählen, wie wenn es ihn schon immer dazu gedrängt hätte. Er legt bei sich seine Geschichte zurecht, damit sie den andern verständlich sei, während unter ihm die Hände das Zellophan zerreißen und aus dem Säckchen den Zucker in den braunen Kaffeeschaum schütten, aus dem durch die Schläge der Kristalle schwarz der Kaffee herausbricht, so daß auch der jetzt vereinzelt aus dem leeren Säckchen geschüttelte Zucker, sooft die Kristalle durch den Schaum den Kaffee aufschlagen, bei jedem Aufschlag dem Zuschauer schwarz scheint. Dann heißt es, das Getränk mit dem kleinen rostfreien Löffel sorgfältig aufzurühren. Die Worte gehen ihm nicht vom Mund. Er erwartet, daß einer zu ihm komme und ihn etwas frage; er wünscht, mit irgendeinem nur etwas zu reden; er möchte über die Farbe der Tapeten reden, über Papier, auf das man Briefe schreiben kann, er möchte die eigene Stimme aus sich kommen und seine eigne Geschichte erzählen hören, er möchte, daß auch alle andern herkämen, an seinen gewohnten Tisch neben den Kleiderständer, und ihm nacheinander ihre stolzen Geschichten erzählten. An die Inhaberin des Lokals hat er ein Anliegen: er will von ihr, daß sie ihm ein Glas Wasser herschaffe; er will, daß sie soll. Er will. Sie soll. Er begründet seinen Willen damit, daß sie ihm verwandt ist und deshalb die Pflicht hat, wie wenn dies eine hinreichende Begründung wäre. Wo ist der Brief? möchte er zu gern fragen. Welcher Brief? Der Brief meines Bruders. Bist du betrunken? Ich möchte den Brief. Du lügst. Mein Bruder Hans hat einen Brief geschrieben, auf Leinenpapier, auf den Fetzen eines Packpapiers. Er hat auf den weichen Deckel eines Hefts geschrieben, mit einem Bleistift, auf Seidenpapier, auf das zarte Papier, in das die Brote gewickelt werden. Wiederum lügst du. Nein. Er ist beim Schreiben in einem Gras gesessen, in einem dichten Gras an einem Sumpf, in einem Sumpfgras; der Wind, während er schrieb, hat von oben die Büschel des Grases zerwühlt. Er hat versucht, die Schatten der Halme auf das Papier zu pausen; es sind jedoch nur verworrene, krumme Striche zu sehen, denn der Wind hat die Halme aus dem Zustand der Ruhe fortwährend herumgetrieben. Du kannst nicht aufhören zu lügen, wie du es immer tust. Er hat das Papier zum Schreiben gefaltet, damit es nicht, da es dünn ist, der Bleistift zerreiße. Er hat zuerst versucht, in die hohle Hand zu schreiben, weil ja kurz war, was er hat schreiben wollen. Dann aber hat er sich aufgesetzt, der Wind hat unter der Faust das Papier zerknittert, er hat auf einem Leder weitergeschrieben, auf einem von einem Regen durchfeuchteten Leder, dessen Raster in die hintere Seite des Briefes gepreßt ist; mit den aufgestellten Handkanten hat er das Papier auf das Leder geklammert; ohne den Stift zu heben, hat er im Sitzen weitergeschrieben, und der Wind hat in das feuchte Papier Blasen geworfen. Ja, er hat auf dem Leder eines Koffers geschrieben, auf dem Leder einer Tasche, auf dem ledernen Saum eines Seesacks; der Bleistift ist abgerutscht und hat das Papier schraffiert, schmierend und blaß hat er sich zu den Worten geschlungen. Darauf hat es schmutzig zu regnen begonnen, oder einer, der durch das morastige Gras lief, hat von den Zehen diese Tropfen auf das Papier geschlickt. Es ist ein Tintenstift gewesen, mit dem der Mann seine Nachricht geschrieben hat; denn in dem Brief sind von den Buchstaben durch diese Tropfen bläuliche Ringe zerflossen. Es war also in einem hohen und dichten Gras, denkt er bei sich, bei nun schon bedecktem Himmel; von der Sonne wäre das Papier bald gelb geworden; der Wind ist von oben herabgestoßen und hat die Halme des Grases und die Blätter der Bäume, indem er sie umschlug, welken gemacht, und das Haar des Mannes ist am Kopf auf und ab gestiegen. Er hat sich rücklings in diese hohen, dichten wogenden Strähnen des Grases gelegt, in dem der Wind die Halme auffraß; die Hände schob er unter die aufgeknickten Kniehöhlen, die nur noch hörbaren Schatten der Halme wirbelten auf dem Gesicht. Aber das ist nicht deine Geschichte; das ist die Geschichte eines anderen. Die eigene Geschichte versiegelt ihm die Gedanken, so daß sie ihm immer noch dunkel bleibt. Er möchte nun nicht mehr den Kopf nach dem Gang seiner Schwester drehen, er möchte sich darüber hinaus ein Herz fassen und beherzt den Mund auftun und laut zu ihr reden. Indessen eilt sie hierhin und dorthin, schlichtet die leeren klickenden Bierflaschen in die Kiste hinter der Theke, rückt, während sie zu den Tischen geht, die verrutschten Etiketten auf den dunstigen vollen Flaschen gerade, prüft, während sie von einem Tisch die Aschenbecher und Gläser aufhebt und mit dem Geschirrtuch oder mit der Schürze die Lachen von der

Platte abwischt, in dem von Regalen verstellten Spiegel die Spiralen, die ihre Hände mit dem geknüllten Tuch von innen her in langsamen Schrauben bis zu den Tischkanten ziehen. Sie bringt ihm eigens das Gewünschte auf dem Tablett und steht neben seinem Stuhl, während sie in dem Spiegel hinten die Schürze festbindet, gewissermaßen zu seinen Diensten. Nun könnte er sie an dem Arm zu sich herab bitten und zu ihr reden; mit einer feurigen Zunge könnte er ihr als seiner Vertrauten seine Geschichte erzählen. Es könnte dadurch, daß er sich anvertraut, die gestockte Zunge sich lösen und Feuer fangen. Jedoch er beschränkt sich, indem er dumpf für das Wasser dankt. Später (wann?), gleich darauf, wünscht er Rauchwaren. Während sie das Paket mit dem Daumen aufreißt und in ihrem flächigen Abbild den Vorgang beurteilt, liegt es an ihm, sich zu entschließen: der Fortgang des Geschäfts ist zur Zeit flau, niemand rührt sich gern von dem Platz oder erhebt die versunkene Stimme zu einer Bestellung; denn auch der Tag bewegt sich nicht; sie hätte zudem von seinem Tisch den Ausgang und die Straße verkleinert im Auge, es würde ihr nichts Bedeutsames draußen entgehen. Sie steckt ihm nun die Zigarette in den schiefen horchenden Kopf und legt mit dem Feuerzeug Feuer an ihn. Jedoch auch das Feuer ist nicht imstand, seine Zunge zu lösen; er erinnert sich nur (oder er wird erinnert), daß einmal ein schnelles blaues Irrlicht aus der Kappe eines Feuerzeugs blakte. Er verredet sich in seinen Gedanken; er wird diesen und jenen Buchstaben oder dieses ganze Wort nicht aussprechen können; es gebricht ihm die Gewohnheit der täglichen Unterhaltung; wenn er nach Tagen irgendwo aus einem nichtigen Anlaß seine Stimme vernimmt, fährt er herum und sucht voller Argwohn den Sprecher; der Zungenschlag seiner Gedanken (denkt er von sich) hemmt seine Aussprache. »Ja den«, sagt er. »Du bildest dir etwas ein«, sagt die Inhaberin, während auch sie mit der Zigarette an dem Feuerzeug nippt, »sie dir einen«, verhaspelt er sich in Gedanken, »einen Geschäftsbrief«, sagt die Inhaberin, »nein nicht wahr nicht und nein«, sagt er. Auch die andern in dem Raum sagen und murmeln für sich ihre Worte; einer sagt an seinem Tisch dies, einer sagt an seinem Tisch das, ein anderer jenes, jeder sagt, was er zu sagen hat und was er hat, das er den andern sagen könnte. Danke, sagt der Blinde endlich nach außen zornig zu der Inhaberin, die schon wieder hinter der Theke in dem schäumenden Becken die Gläser abwäscht. Wer ein Gebrechen hat, verwendet viel Zeit für die Dankbarkeit. Dankbar ist, wer an das, was ihm geschehen ist, immer zurückdenkt. Seine Gedanken, denkt er von sich, weil sie so weit von ihm entfernt sind, weil sie ihn niemals berühren, langweilen ihn in diesem Lokal. Jedoch ist hier immerhin eine Zuflucht, wo er die Zeit bis zum Abend verbringen könnte; zu Hause wäre er jetzt allein; das Fenster könnte man tunlich verschließen. In Kürze andrerseits ist wieder ein Autobus angekündigt; er könnte ihm entgegen nach Übersee gehen. Er geht hinweg und nach Übersee. Er geht zurück und nach Hause. Er bleibt hier, wo es ihm taugt. Neue Gäste entheben ihn des Zwiespalts, indem sie wild ins Lokal hereinstürmen. Er hält sie für Fußballspieler. Während sie trampeln und einander mit großen, übermütigen Gebärden aus den Röcken reißen, während sie mit dem Rist die Stühle aus den freien Tischen fangen und den Blinden, hinter sich die ratzenden Beine der Stühle, von allen Seiten umzingeln, erzählen sie überallhin ihre Geschichten. Zuerst, als sie ihn stumm, mit verstummten Gedanken, dort sitzen sahen, sind sie über ihn verwundert gewesen und haben ihn, ihrerseits stumm, von oben bis unten besichtigt; er hat ihren Blicken jedoch mit Leichtigkeit standgehalten. Nun aber ruft der letzte, den Rock am Daumen über der Schulter, schon von der Straße seine Geschichte herein. Alle rücken auf und bedrängen den Blinden; jeder erzählt ihm nach seiner Gewohnheit seine Geschichte; gröhlend der eine, hustend der zweite, mit schrillem Pfeifen der dritte, der nächste lachend und mit einem kalten Glas seine Wange kühlend, und der letzte, indem er dem Blinden anerkennend die Schulter klopft, so daß dieser nicht stehen und nicht gehen kann, sooft er es auch versuchen mag. Da hilft ihm die Schwester: indem sie herzugeht und in Geduld, wozu auch der Blick in den Spiegel beiträgt, ihrer aller Geschichten auf sich nimmt, schafft sie dem Bruder, ohne ihm freilich noch ein Wort auf den Weg mitzugeben, durch die Umkreisung den Abgang.

In seiner seltsamen Trunkenheit findet er sich so auf der Straße. Er fragt sich, ob ihm recht sei geschehen. Er bejaht dies, indem er sich selber zunickt, ohne Vorbehalt. Er ist aus einem Lokal vertrieben worden. Diese Vertreibung ist eine seiner letzten

Geschichten an diesem Tag. Im November ist es um diese Zeit schon fast dunkel; in einem November, als er seinen Bruder suchte, während der andere Bruder ertrunken unter dem Tuch lag, das sein Gesicht mit dem erdigen Sack vertauscht hatte, war es um diese Zeit schon fast dunkel gewesen; es hatte noch immer geschneit. Es war bis jetzt nichts geschehen.

Der Zwiespalt Es begibt sich nichts Besonderes mit ihm; was mit ihm vor sich geht, ist keine besondere Begebenheit, sondern eine, von der er meint, daß sie allen gemein sei. Deshalb spricht er von dem, was ihm widerfährt, wie von einem, das auch mit andern geschieht: auch in anderen könnten jetzt die Gedanken streiten, wohin sie die Füße befehlen sollten. Besonders an ihm ist nur seine Blindheit, und die ist vielleicht nur erlogen. ›Man‹ wird statt ›ich‹ gebraucht, ›ich‹ wird statt ›man‹ gebraucht, ›er‹ gebraucht er statt ›ich‹. Oder ist dies ein Betrug, mit dem er sich vergebens zu schützen sucht, indem er die Sache, obwohl sie nur ihn selber betrifft, zu einer allen gemeinen macht? Wenn er allen gleichsam eine Aufgabe stellt, indem er listig sagt: Ich (er meint scheinbar ›irgendeiner‹, ›ein beliebiger‹) stehe auf der Straße und bin im Zweifel, wohin ich gehen soll, etwa (er meint scheinbar ein Beispiel) zum Kino, wo an der Haltestelle ein Fahrrad lehnt, das ich nach Haus schieben könnte, oder (scheinbar meint er wieder nur ein Beispiel) in die andere Richtung auf der Landstraße in einen anderen Ort zum Autobus, und meine Gedanken sind im Streit miteinander: wie kann ich den Zwiespalt entscheiden?, so kann es, wenn er sich stellt, als ob einer für alle das fragen könnte, wie schon oft dazu kommen, daß er nach dem scheinbar allgemeinen Anfang der Aufgabe in die Grube des eigenen Bewußtseins fällt; denn es ist kein für alle gültiges Beispiel, das hier genannt wird, sondern etwas, was nur für ihn selber wirklich und wirksam ist und nur ihn selber betrifft; und wenn er in der ›Aufgabe‹ ›ich‹ sagt, so daß dieses ›ich‹ von anderen wie in jeder Aufgabe als ›ein beliebiger‹ verstanden wird, so meint er wirklich sich selber. Er glaubt sich nun vor seiner Geschichte zu bewahren, dadurch, daß er zeitgemäße Vorgänge zeitgemäß mit einer Verallgemeinerung bezeichnet. Indes wird er immer auf sich selber zurückfallen, und zuletzt wird er aus sich selber nicht mehr herauskommen. Er kann sagen und beginnen: Soll ›ich‹ in diese oder jene Richtung gehen, wenn. Er zählt dazu die günstigen und widrigen Gründe für beide Richtungen auf; das wird noch allgemein und wenig verdächtig sein. Jedoch laßt ihn einmal die Gründe gegen das eine aufzählen. Nach der Ortschaft Übersee sind es soundso viele Kilometer, der Weg dahin verbraucht soundso viel Zeit, ›ich‹ habe soundso viel Geld für die Fahrt zurück mit dem Omnibus. Soweit wird man seine Erwägungen noch hinnehmen. Man wartet nun auf nähere Angaben, damit man rechnen kann. Er möchte sichtlich eine gemeingültige wirtschaftliche Aufgabe daraus machen. Wie komme ich besser davon, wenn ich dies und jenes bedenke. Laßt ihn aber weiterrechnen: Mir fällt nun ein, daß ich für die Fahrt zurück keine Mittel besitze; außerdem werde ich durch meine Trunkenheit unter den Passagieren Aufsehen erregen, ja, ich werde sogar, indem ich mich schlecht aufführe, dies mit eigenem Willen beabsichtigen, so daß der Fahrer auf der Strecke anhalten wird, um den Blinden Passagier aus dem Wagen zu weisen. Kann ich nun diesen Schimpf verhindern, dadurch, daß ich sage, ich wollte das Aufsehen nur erregen, damit einer, wenn er vielleicht sich im Wagen befindet, mich sehen und auch erkennen kann? Soll ich überhaupt in die Ortschaft gehen? Wenn er dies sagt, ist er schon mit seiner zusammenhanglosen, unsinnigen Aufgabe durch die morschen Bretter in die eigene Grube gebrochen; denn seine Angaben sind keine allgemeinen mehr, sie bilden nur nach außen hin eine Aufgabe, ohne daß man jedoch mit ihnen zu rechnen vermag, da sie untereinander nicht bezogen werden können und man für sie keine festen Zeichen einsetzen kann: was unter Menschen geschehen wird, die, wie man sagt, ihre Taten nicht nach den Naturgesetzen einrichten, ist nicht berechenbar. So muß man ihm selber die Antwort überlassen, die er auch von niemand anderem erwartet oder erhofft hat. Er wird zum Kino gehen und durch den Ort das Fahrrad des Bruders wieder nach Hause schieben; wenn dieser aussteigt, werden die Augenzeugen ihm davon erzählen. Er wird nicht gehen: er ist schon gegangen und dort; die Erwägungen haben ihn unterdessen von dem Lokal zu dem Kino gezogen. Er wird weitergehen. ›Ich‹ gehe weiter. Es sind aber noch andere Lösungen möglich: etwa hätte ich vor der Mauer des Kinos wieder auf den Omnibus warten können.

Was hat mich davon abgehalten? Diese Frage ist keine Aufgabe mehr, sondern ein Rätsel, das niemand belustigt. Wie kann ein Außenstehender wissen, daß er damals, als seine Brüder vermißt waren, vor dem, was kommen würde, sich behalf, indem er sich mit einem Brot in den Schlaf stopfte, damit sie vielleicht da wären, wenn er erwachte, so, wie er jetzt, indem er weggeht, sein Bewußtsein von dem Orte abschließt, an dem sein Bruder, den er erwartet, ankommen könnte, als ob allein, daß er an der Mauer warten würde, für ihn ein Unglück bedeute und als ob er es oder etwas ändere, dadurch, daß er sich mit dem Fahrrad entfernt?

Wiewohl er auf der rechten Seite geht, auf der rechten Straße, in die richtige Richtung, meint er immerzu, in die Irre zu gehen. Die Stimmen der Grüßenden, die er achtet, zurückzugrüßen, erleichtern ihn: wenn er gegrüßt wird, so wird man ihn erkannt haben, und solange sie ihn erkennen, kann er noch nicht in einem fremden Gebiet sein. Er redet sich laut ein, daß seine Sorge zum Lachen sei, und er lacht über sich selber, sooft er beklommen wird, nachdem ein anderer ihn stumm übergangen hat. Er grüßt von jetzt an jeden als erster. Wenn er die Schritte vernimmt, tastet und greift er in sich nach dem Wort, das für den Gruß hier gebräuchlich ist; dann zieht er es wie einen Hut. Sein Suchen hält ihn manchmal an, so daß er nur ehrerbietend verstummt, wenn er den anderen grüßen möchte; die Zunge zerrt ihm die Buchstaben auseinander und verschließt den Worten den Ausgang. Dann bleibt ihm nichts übrig, als sie durch

Der
Heimgang

den Arm in die Faust und von der Faust in die befremdlich schrillende Klingel zu drücken. Der Boden brennt ihm unter den Füßen. Er redet sich gut zu; er redet sich wieder ein, daß er nicht fremd gehe, und daß, wenn er auch fremd gehe, er aus nichts sich etwas zu machen brauche: weil es ja Stellen gibt, die: denkt er, während er die Worte auf seine Schritte aufteilt.

Er nimmt sich seine Ahnung übel, indem er höhnisch die Spitze des Schuhs an das Pedal stößt; er flucht häßlich und unflätig auf seine Hände, die ihn da in die Wildnis führen, und lästert und schmäht mit greulichen Worten den Namen seiner Familie. Er kommt jedoch nicht um seine Gedanken, was immer er tut; seine Stirn ist umwölkt, während er nachdenkt; unablässig durchforscht er sich scharfsinnig, wo er sich soeben befinde, und verläßt sich auf seine Erfahrung; er nennt sogar die Nummer und voran das staatliche Wappen der Straße, um seines Weges sicher zu sein. Eines anderen freilich ist er ganz ungewiß: es fügt sich nämlich, daß ihm allmählich die Worte und die Begriffe für das ausgehen, was zu ihm gehört; die Teile seines Leibes fahren unbekannt nebeneinander her: unter ihm schleifen Füße über den Schotter, eine Faust führt den Griff eines Fahrrads, eine andere Faust klopft einen Stock an den Randstein; es geschieht ihm wieder wie einem, der sieht, dem aber gerade erst die Augen verbunden sind: er findet sich nicht zurecht und ist besorgt, den Weg zu verlieren; nur das Fahrrad ist es, an das er sich halten kann, während er sich am Rande der Straße voranschlingt; es mutet ihn an, als gehe er in einem

zähen Schlamm oder flußaufwärts in einem Flußbett. Für die Finger der Blinden, fällt ihm ein,
sind, wenn sie lernen, auf den Karten die Flüsse
von dem Papier erhaben; sie werden mit Strängen
eines dicken Leims überzogen, so daß die tastenden
Finger von dem Ursprung der Flüsse mit bis ins
Meer fließen können; auch die Grenzen eines Landes sind durch die gläsernen Stränge gezeichnet;
oft haben einander seine Finger verwirrt, wenn er
die Ströme und Grenzen nicht zu trennen ver-
mochte.

Er verwünscht sein Gedächtnis, das ihn, was um
ihn ist, vergessen macht; denn es schiert ihn jetzt
keine Landkarte, auf der trotz seines mittlerweile
gewachsenen Schattens er nicht einmal der Dreck
einer Fliege wäre, sondern seine Schritte sind es,
die ihn peinigen; die er kennt, ohne sie zu erkennen, und die er seine Schritte nennt: seine Schritte
verstoßen ihn von der Straße mit dem bockenden
vorderen Rad, das sich querstellt, oft und öfter ins
Gras. Dies ärgert ihn daneben ob seines reinlichen
Gewandes, auf das er zu achten gewohnt ist. So
ist er bedacht, sich von dem rostigen Rahmen fern-
zuhalten; das Pedal, sooft er daran mit dem Fuß-
knöchel rührt, verdammt er als tückisch, und das
Schlurfen und Schlurren der Kette am Zahnrad
verflucht er herrlicher und inbrünstiger als sein
Vater.

Wenn er sich niederläßt, wird er sich nicht mehr
erheben können; wenn er den Weg aber fortsetzt,
wird der Weg ihn vertilgen. Er zieht es vor, zu
gehen; denn wenn er hält, wird er vor Schwere in
die Erde versinken.

Ein Satz treibt ihm langsam durch das Bewußtsein, stet und unstet, je nach dem, ob er stet oder
unstet vorangeht: in der Kalkgrube, liegt in der
Kalkgrube, Sand liegt in der Kalkgrube. Er überlegt, was es mit diesem Satz wohl auf sich habe;
dann aber tritt zu den Worten das Zimmer, in dem
er bald sein wird, jedoch nicht wörtlich, vielmehr
als das Bild von dem Raum mit dem Kalender
einer Versicherungsgesellschaft an der Mauer, zu
welcher er hoch die in Rinnen erstarrten Kalk-
tropfen fügt, die dem Bilde noch fehlen. Bald wird
er dort sein. In einer beliebigen Haltung wird er
vor dem gut verschlossenen Fenster sitzen. Wiewohl er mehrere Ziele weiß, kommt nur dieses für
ihn in Frage. Er wird dort sein. Mit einem Mal ist
ihm nicht geheuer davor, mag er sich auch sagen,
daß nichts ihm bevorsteht; ungeheuer ist ihm, weil
es so sein wird, wie er es in seinem Innern sich vorstellt, und weil er nichts ändern kann; auch wenn
er anderswohin ginge, müßte er zuvor sich seines
Zieles gewiß sein und es bestimmen; ginge er
nirgendswohin, würde er sich vorher gewiß sein,
daß er nirgendswohin geht: immer würde er sich
vorher gewiß sein, wo er gehen und wo er sein
würde, und er würde denken müssen: Ich werde
dort sein, und wenn er hinkäme, würde er immer
die vorbedachten Bewegungen tun, das Vorgehörte
hören, das vorher Vorgestellte sich vorstellen.
Anders wäre es nur, ginge er in ein Ausland, in
einen fremden und unwirtlichen Landstrich, dessen
er noch niemals inne geworden und von dem er
noch nie, weder durch eine Erzählung noch durch
eine Beschreibung, etwas erfahren hat. So aber geht

er nur heim und weiß, was ihm bevorsteht. Dort wird an der Wand der Kalender hängen; wenn er die Tür hinter sich schließt, wird er durch den Luftstoß pendeln und über den Mauerkalk schaben; dieses Geräusch einer Feile an einem Karton wird ihm durch sein Mark und Gebein fahren.

Daß er in diesem Zimmer sein *wird,* kann er nicht fassen.

Er versucht, im Gleichmaß zu gehen, so, wie er vor dem Schlaf im Gleichmaß atmet, damit er einschlafen und schlafen könne. Der Ablauf des Gehens, überlegt er, bestimmt auch den Ablauf der Gedanken; wenn er im Gleichmaß geht, wird er mit dem Bewußtsein an dem Ort bleiben, an dem er geht, und damit nicht auf anderes verfallen; wenn er stolpert oder den Schritt beschleunigt, oder wenn das Rad, indem es scheut, ihn mit sich in das Gras zieht, wird er aus dem Gleichmaß seiner Gedanken kommen.

Die Füße überkreuzen einander; welches ist welches Bein; die linke Hand weiß nicht mehr, was die rechte tut. Als ob er verlernt hätte, sich zu bewegen, redet er verworren: als ob diese Dinge (er meint den Sand in der Grube und den Kalender) miteinander etwas zu tun hätten.

Er ruft die Gedanken zusammen und trommelt mit ihnen, die zitternde Hand auf dem Sattel, den Füßen seine Befehle ein. Diese aber versagen sich ihm. Da er nun weder aus noch ein weiß, läßt er das Rad los, damit ihm ein Vorwand entstehe, sich zu bücken und spiegelfechterisch daran zu werken. Das Geräusch des Fahrrads, bevor es umstürzt, wird als Knistern bezeichnet, das Geräusch der sich noch drehenden Speichen darauf als Surren, das Geräusch des Aufpralls auf dem Randstein zuvor als Knall.

Nun hat er den Anlaß zu rasten. Wie er aber immer noch steht, wird er gewahr, daß er sich wohl schleunig werde niederlassen müssen, andernfalls er sich aus dem Stehen nie mehr befreien könne. Er ist ein kräftiger Mann; er hat die Kraft, sich zu raffen und den Leib, die rechte Hand wie ein Abzeichen auf der linken Schulter, zu dem Milchstand zu tragen; das Rad überläßt er derweil dem Gras an der Straße.

Sonst stehen die Kannen auf den Bohlen; jetzt aber ist dieser Milchstand leer. Er ist mit sich uneins, ob er sich auf die Bohlen setzen solle oder darunter in die gekreuzten Verstrebungen unter den Bohlen. Die Schwäche des Leibes kommt ihm, bevor er sich entschieden hat, zuvor, indem sie ihn von den Gelenken entfesselt und ihn, während er den Kopf an die Brust krümmt, in die Verstrebung befördert. Für diese sind die abgefallenen Latten von einem Sägewerk verwendet worden, an denen er unter der Hand noch an den Kanten die Rinde verspürt.

Er sitzt schief unter seinem Obdach, über dem Kopf die Bohlen, die oben, wo sonst die Kannen stehen, kartätscht und gesplittert sind. Er wünscht sehr, den Rücken an eine der Streben lehnen zu können; vielleicht wäre dort ein Ort, wo die Sonne sein Gesicht nicht mehr einholen würde; jedoch fürchtet er, wenn er hinten nach einem Halt suchte, könnten die Kräfte ihn vollends verlassen, derart, daß die Gewalt über seinen Leib ihn verließe und er hintüber in das staubige Gras hinabfiele und sich die saubere Kleidung beschmutzte.

Wer müde ist, wird, wenn er sich gesetzt hat, die Beine von sich strecken, damit das Blut hindurchfließe: so hat er es auch selber bisher an diesem Tage gehalten: in seinem Zimmer, in dem Vorraum eines Kinos, in dem Vorführraum desselben Kinos ist er mit von sich gestreckten Beinen gesessen. Nun aber ist es so gekommen, daß er, als er sich in das Gestänge ließ, entweder es vergaß oder schon außerstand war, noch in der Bewegung, mit der er sich setzte, die Beine von sich zu strecken; zugespitzt und höckrig stehen sie vor ihm, unten in den Schuhen in der Form eines Buchstabens ein wenig geöffnet; sie wegzustoßen, wäre die übliche Geste der Müdigkeit; jedoch er ist schon so müde, daß er die Beine nicht einmal strecken kann; die Sohlen sind ihm klumpig und schwer in die Erde geschraubt.

Er grämt sich nicht über seine Schwäche; vielmehr hofft er einfach und tölpelhaft, dadurch, daß er lache, könne er sie aus sich herauslachen.

Er lacht frei heraus, bis er schwindlig wird.

Aber seine Müdigkeit ist nicht, wie er zuerst gemeint hat, etwas, was er hat und was er also durch eine Tätigkeit wie die des Lachens loswerden könnte, sondern sie ist von etwas gekommen, das ihn verlassen hat; sie ist ein Mangel, denkt er bei sich bedächtig. Indem ihn die Kräfte verlassen haben, hat ihn die Umwelt verlassen.

Schon öfter hat ihn heute der Schwindel gepackt; jetzt, wie sein Kopf mit den gebleckten oberen Zähnen aus dem Nacken nach vorn fällt, denkt er, während er fällt und während er nicht abläßt zu fallen und während er den Fallwind in den aufgerissenen Höhlen der Augen empfindet, auch an alle jene schwindelerregenden Stürze, die den Schädel sausend vom Nacken an die Brust hinabwarfen.

Er nimmt sich die Zeit zu atmen, um sein Gesicht zu wahren, wiewohl er schimpflich unter dem Milchstand hockt; der Atem saugt den Schädel wiederum auf und schleudert ihn über den Hals schräg zurück und schlägt ihn an eine der Streben. Die Rinde an der Latte, die er berührt, ist ihm ungut; doch er vermag sich nicht mehr zu regen: dieser gewaltige Milchstand ist es, der ihn in seiner Ermattung gedrückt hält; er erinnert sich blöde der Stationen in einem Kinderspiel, die mit der Müdigkeit beginnen; er besinnt sich einiger Gebärden, verkrampfter Arme und Beine, die, indem sie sich aus der Senkrechten strecken und waagrecht werden, den Ablauf des Spiels verkörpern; die Regeln hat er vergessen; oder er ist zu träg, sie zusammenzufinden: er weiß, daß er nichts vergessen kann.

Er besinnt sich eines anderen Spiels. Die Kinder stehen in den Abschnitten eines Kreises auf der Erde; die Abschnitte bedeuten die Länder und Staaten, wobei die Kinder, wenn sie die Namen auswählen, den großen Weltreichen den Vorzug geben, wie wenn dies ihnen Spielglück verheiße. Einer erklärt im Wechsel einem andern den Krieg; darauf gebietet sogleich der, dem der Krieg erklärt worden ist, den aus dem Kreise Rennenden Einhalt. Sein Schrei ist das Zeichen, dessen zu harren, was er tun wird. Er legt sich in seinem Gebiet mit dem Bauch auf die Erde, ohne daß er freilich mit den Zehen heraus darf, und versucht, indem er liegend die Arme ausstreckt, einen der anderen zu berühren; von den Berührten beansprucht er dann einen aufgedrängten Frieden, der eine Teilung des feindlichen Landes zugunsten des Siegers vorsieht, widrigenfalls zu schärferen Mitteln gegriffen werde, weil man nicht länger zulassen könne, daß die völkerrechtlich gegebene Hoheit des Staatsgebiets in einer allen natürlichen Einsicht schmählich außer acht gelassen werde; zudem warne man ernstlich davor, sich in die inneren Angelegenheiten des Staates zu mischen.

Er spinnt seine Gedanken nicht weiter; je weiter er sie spinnt, desto tiefer verliert er sich in ihnen, und seine Zwiesprache mit sich oder mit wem auch immer gerät dadurch, daß sie wirr und ohne Ordnung wird, aus den vorgegebenen Fugen.

Was eigentlich mangelt ihm? Er hat genug, sein Auskommen zu finden, sein Leben läuft in sicheren Bahnen. Er sitzt unter diesem Milchstand und verbohrt sich in sein vermeintliches Los. Über was könnte er in Klagen ausbrechen? Über was knirscht er widersetzlich mit den Zähnen? Morgen ist auch noch ein Tag. Auch übermorgen ist noch ein Tag. Warum hockt er unter dem Milchstand mit seiner Leichenbittermiene? Was spornt ihn zu Zorn auf?

Er ruft sich zur Vernunft, indem er mit der Hand über die Stirn streicht. Dann macht es ihm große Freude, daß ihm dies gelungen ist. Er bückt sich nun ein wenig, und auch dies gelingt ihm, und er fährt und wandert mit der Hand über die sichere Erde: er tastet und erobert mit den Fingern einen Schotterhaufen, einen glatten runden Stein in dem Schotter, eine regenzerfressene Schachtel, die aus dem Schotter ragt: er erobert so die Welt zurück; was er tastet und hört, hilft ihm zu seiner Eroberung der Welt, deren er verlustig gegangen ist.

Oft ist ihm, als könnte er wirklich unter die Leute gehen und etwas sagen; oft kommt es, daß ihn ein erbärmlicher Zustand mit vielen lebenden Wesen befällt wie eine Räude; er würde mit Gewalt und Donner unter sie fahren und sie überzeugen; jedoch verschließt der Zustand ihm die Kehle, so daß er nur noch murmeln und blöken kann. Er ist sich dessen bewußt. Zuzeiten, wenn er sich unbeobachtet glaubt, greift er sich an den Kopf und verstopft mit den Fingern die Ohren. Dann hört er sich selber in einer nicht geläufigen Sprache reden, und er vernimmt staunend diese eigene Stimme. Auch darüber kann er sich freuen.

Es leidet ihn und es leidet ihn nicht unter den Brettern. Ohne Schweiß ist er in Schweiß gebadet, als nötigte ihn etwas, nicht auf der Stelle und starr zu bleiben, sondern sich zu bewegen und wegzugehen. Jedoch findet er sich mit seiner Hilflosigkeit ab, dadurch, daß er nachdenkt, oder dadurch, daß er sich selber betrügt, indem er so tut, als denke er nach. Dennoch kann er sich auch mit dieser Täuschung nicht helfen. Es drängt ihn unaufhörlich, sich von hier zu entfernen; dieser ist nicht der einzige Weg, auf dem einer an ihm vorbeigehen könnte.

Er versucht das eine und das andre; der Gedanke

an das Fahrrad, das er auch noch wird schieben müssen, lähmt seinen Willen. Er bemüht sich, die verworrenen Gedanken beisammenzuhalten; er möchte reden und reden; er möchte fragen, ob es etwa einem anderen ähnlich ergehe; dadurch, daß er redet, möchte er etwas aufkratzen, unter das er nicht hinreicht. Oft stößt es ihm zu, daß er verstockt die Gegenstände berührt und ihrer nicht dingfest wird; wenn er sie angreift, gleiten sie von ihm weg und verteidigen und verschanzen sich hinter einer tauben Wand, durch die er nicht horchen noch gehen kann; dann plötzlich sind es diese Gegenstände, die die Wand niederreißen und ihn angreifen und gegen ihn ausfallen: zuvor ist das Wasser, nach dem er getastet hat, kein Wasser gewesen, und das Wort, das er geredet, hat er weder zu sich noch zu den Leuten geredet; jetzt aber ergreifen ihn diese Dinge von selber und ergeben sich ihm, so daß er, wiewohl er sie überwältigt, sich ihrer wie ein neu Geborener noch nicht erwehren kann.

Was nur ihn angeht, denkt er bei sich, während er seine Selbstgespräche verändert, ist ihm gleich; wovon er reden möchte, ist etwas, von dem er dafür hält, daß es für eine Mehrzahl bestimmt ist.

Einmal hat er auf der Straße einen dahinschreiten sehen.

Die Zeiten bringen ihn durcheinander. Die Vergangenheit, gibt er zum Schutz einen Spruch wieder, ist tot.

Einmal, an einem Sonntag, hat er einen auf der Straße gehen sehen. Er ist mit seinem Vater in diese Richtung gefahren, der andere ist ihnen begegnet; zwischen den Beinen dieses andern hat der Knabe die Hose flunschen und flattern sehen. Sie sind mit der Kalesche in den Ort gefahren, Auf der Rückfahrt aber hat er noch immer diesen Mann dort auf der Straße mit seiner flatternden Hose dahingehen sehen, und er hat seinen Vater gefragt, und sein Vater hat ihm geantwortet; ohne Unterlaß und unentwegt ist dieser Mann an diesem Sonntag über das Land gegangen. Jetzt denkt er, daß dies alles es wert wäre, mit einem besprochen zu werden: wie ein Mann unentwegt über das Land geht, mit der flatternden, flunschenden Hose zwischen den Beinen, und er denkt, daß er nicht aufhören könnte zu reden, wie die Leute hausten und abhausten, und wie sie ein wenig umhergingen, und wie es ihnen sehr umeinander zu tun sei, und daß ihm davon entweder der Mund werde überlaufen oder verdorren, und daß einer über alles so reden könnte wie über einen Mann, der mit seiner flatternden Hose beharrlich über das Land geht. Er würde mit den Nägeln seine Worte einkratzen, damit er durch die taube, tonlose Schicht stieße.

Er bezähmt die ausschweifenden Gedanken, indem er sich seine Lage vergegenwärtigt. Wo ist er? Was hat er vor? Er geht mit sich selber ins Gericht. Im November ist es zu dieser Zeit schon so dunkel, daß man die Hand vor den Augen nicht sehen kann; er sieht auch jetzt nicht die Hand vor den Augen; die Haut seiner Hand hat durch die Hitze den Geruch von Maikäfern; von Raupen, widerspricht er sich, von frischen, nassen Engerlingen.

Zu einer anderen Zeit hat ein Sack so gerochen, oder es war der Geruch des geschmolzenen Schnees in dem Sack, an den er erinnert wird, oder der Schlammgeruch des ertrunkenen Bruders; auch der von den Halden gerutschte Sand in der Sandgrube, in dem er seine Brüder geglaubt hat, als er sie damals suchte, hat auf den wühlenden Händen ähnlich gerochen.

Er grübelt tief. Er kann sich nicht an den eigenen Haaren aus der Grube seiner Gedanken ziehen. Einmal, ein anderes Mal, fällt ihm ein, hat er vom Gang des Hauses weit unten auf dem Weg die Mutter gehen und stehenbleiben sehen. Seine Mutter ist den Weg heraufgekommen und stehen geblieben. Nein. Erst später ist sie gestanden und geblieben, wie sie gestanden ist. Nachdem sie, den grasgehäuften Flechtkorb vor dem Leib, für seine spähenden Augen hinter dem geschnitzten Geländer anfangs von weitem mit den stapfenden, zappelnden Schritten gleichsam auf der Stelle getreten ist, dann aber, indem sie die Entfernung verringerte, sich gleichsam von dem klebrigen, saugenden Fliegenpapier des Horizonts gelöst und sichtbar im Näherkommen aus der raumlosen hinteren Fläche mit ihren jetzt erfolgreicher stapfenden Schritten für ihren Körper sichtbar an Raum gewonnen hat, ist sie mit einmal aus dem heiteren Himmel von einem Blitz getroffen, von einem Donner gerührt, von einem Strick zurückgerissen worden, so daß er seinen Augen nicht mehr getraut hat. Mit einem Schlag ist die Luft zu Eis geworden und hat die Mutter eingefroren. Er bedenkt bei sich die Bewegungen des üblichen

Anhaltens und zählt sie auf; keine davon hat indessen damals die Frau betroffen: sie hat nicht das Bein vorgestellt und nicht den Korb zum Ruhen aufs Knie gelassen, der Korb ist vielmehr keinen Zoll von ihrem vorgewölbten Leibe gerutscht. Sie hat vorher gerade den Kopf gezückt und ihn herumgeschüttelt, vielleicht, um aus dem Gesicht eine Fliege zu scheuchen: in dieser verrückten Bewegung ist sie zu Stein geworden. Er hat ihr nicht zugerufen; voll Neugier hat er die Augen dem Stehen und Stehenbleiben der Mutter gewidmet. Es war ihm, als würde immer mehr eine Furcht oder eine Bestürzung die Frau aufblasen und sie schwarz übertünchen. Welche Gefahr kann dort unten seine Mutter bedroht haben? Hat sie etwas Verhängnisvolles vernommen? Kann sie etwas gesehen haben? Die Zeit damals wird im großen und ganzen als eine Friedenszeit beschrieben, wiewohl die Menschen, wie man sagt, einander um ein Stück Brot beneidet haben, da sie oft ohne Arbeit waren; trotzdem, so wird berichtet, lebten sie fast ohne Gesetze und Richter so halbwegs gut miteinander; manche nährten sich von dem Honig, der aus der Steineiche träufte; die Flüsse flossen von der Milch der ertrunkenen Frauen.

Wie oftmal haben seine Lider die Augen befeuchtet, bevor seine Mutter endlich den Korb wieder lüpfte und mit dem Gesicht nach etwas im Kreis ging, das er nicht wahrnehmen konnte? Damals, erinnert er sich, hat sie unter ihrem Herzen seinen Bruder getragen. Was hat die Mutter auf diesem friedlichen Weg so beunruhigt? Wessen ist sie damals Zeuge gewesen?

Er ruckt an einer Schachtel im Schotter; mit ihr kann er seine Kurzweil haben, bis die Kräfte ihm wiederkehren. Manche schlendern und gehen auf der Straße vorüber; einige grüßen ihn herzlich, wie er dort unter dem Milchstand hockt, andre übersehen ihn geflissentlich; keiner jedoch tritt an ihn heran und beugt sich etwa launig zu ihm und tut mit einer Frage den Mund auf. Viele benutzen den nahenden Abend, wenn die Luft wieder rein wird, sich von den Plagen des Tages zu erholen. Alle heißen es gut, daß er unter den Bohlen sitzt: das scheint ihnen sein gesetzmäßiger Ort zu sein. An den schwellenden Geräuschen merkt er den Schwall der rasenden Wagen; in einem hört er einen Hund heulen. Er ist es gewohnt. Das ist das Geräusch des Bremsens; das ist das Geräusch der Kurbel, mit der eine Hand die Scheibe herabdreht. Kann sein, kann nicht sein, denkt er verbissen im Hinterhalt; er drückt sich in das Gestänge und schiebt die Hände tief zwischen die Knie, damit man ihn nicht entdecke. Es ist jedoch nur die beschriebene Frau des Besitzers, die mit der einen Stimme feurig den Hund schilt und mit der andern leutselig ihre Fragen nach dem Ergehen und Befinden der Eltern herredet. Er erweist sich nützlich, indem er aus seinem Obdach den Bescheid herausgibt, daß seine Eltern wahrscheinlich sich in der Abendluft ein wenig umtun. Gemeinsam mit ihrem Mann bedauert sie die Abwesenheit; der Abschied ist kühl; vorzeiten hat auch diese Frau mit ihrer Gunst nicht an sich gehalten.

Er kennt sie indessen nicht; es fällt ihm ein, daß er auch den Mann nicht gekannt hat. Wie hat er

sich ihnen zu einer Antwort verstehen können? Er
ist hier in einem unerforschten Landstrich. Er ist
in der Fremde. Die Scham über seinen Mangel an
Hochmut und die Fliehkraft zu seiner Verkramp-
fung in das Gestänge heben ihn auf und lassen ihn
auf den Füßen stehen, die nicht mehr die eigenen
sind. Im Handumdrehen hat er das Fahrrad gefunden.

Während er vor sich die Grundsätze aufzählt, die
ihm voranhelfen könnten, stachelt er sich von
neuem zur Eile an. Es ist ihm nur eine kurze
Strecke des Weges noch übrig. Unterdessen eilen
die Gedanken wieder und wieder den Schritten
voraus. Er sieht seinen Leib wie abgestorben auf
das Bett ausgestreckt. Man kann abends nicht wissen, ob man am Morgen noch aufwacht. Er besinnt
sich einer Unterweisung in der Religion und der
Ausmalung der Unterweisung durch den Unter-
weisenden selber: ahnungslos sei einst ein Vater
von vier Kindern gerade in dieser Gegend noch
guter Dinge wohlauf beim Nachtmahl gesessen;
am Morgen jedoch hätten ihn die Kinder nicht
mehr unter den Lebenden aufgefunden; jedem (!)
könne es wie diesem ergehen. Er ist am Abend
nach der Unterweisung auf seinem Bett in den
Flammen gelegen und hat vor Angst die filzigen
Federn aus der Decke gefressen; die Haare sind
ihm hoch zu Berge gestanden und haben ihm einzeln die Kopfhaut gestochen.

Trotzdem könnte er jetzt aufatmen; die fremden
Füße sind ihm dienlich. Er könnte, wenn. Er
kommt in der fremden Sprache nicht mehr zurecht. Wie seinen Schatten verfolgt er die Worte,

die durch ihn gehen, ohne eins zu begreifen; er sucht sie zu bändigen, indem er sie harmlos vor sich hinspricht und die Laute auf ihre Vertrautheit überprüft; sie tönen ihm jedoch so sinnlos im Kopf, daß er es aufgibt; er verwendet bei sich für die Flucht der Worte den Vergleich mit der Flucht der Ratten.

Nach einer Regennacht liegen die toten Frösche auf der Straße. Er hämmert sich diesen Satz ein und dämmt mit ihm die anderen Worte. Manchmal zweifelt er, ob dies unter seinen Schuhen ein Frosch oder nur zerfahrener Mist sei. Am Festtag hält der Wegmacher mit seiner Schaufel Rast; am nächsten Tag schon wird es beschwerlich sein, die getrockneten Frösche vom Asphalt abzukratzen und in den Karren zu schaufeln. Nachts sind sie zu sehen, wie sie in dem Scheinwerferlicht mit den plumpen Sprüngen, die ihnen die Natur auf den Weg mitgegeben, über die Straße hinschnellen, welche für eine Unzahl von Fröschen kein Ufer hat. Ihre Haltung, wenn sie zersprenkelt und zerdärmt hierhin und dorthin verstreut sind, ähnelt jener des Bergsteigers in einer senkrechten Wand. Der rechte Arm des Mannes ist auf vielen Bildern über den Kopf in eine Felsrinne geklammert, der linke Arm, schief zum rechten, sucht einen Halt für den in die Füße sickernden Körper; ein Bein ist angeknickt und zum Bauch aufgehoben; das andere Bein stampft frei in die Luft über dem Asphalt, den der Scheinwerfer des nahenden Autos nach dem Regen spiegelnd und abgründig macht. Die Felswand ist senkrecht; die Straße ist waagrecht. Noch hängt der Mann in der Felswand; der Atem pumpt und entpumpt den lappigen Hals; in seiner Not harkt er mit der Spitze des Schuhs einen morschen Stein aus dem Felsen, der die schlafenden Vögel erschreckt, so daß sie quäkend und krähend aus ihren Felslöchern flattern. Wenn das nächste Licht dann ihn einfängt, reckt er sich auf und brüllt den lautlosen Schrei aus dem knotigen Maul als das Zeichen, was mit ihm getan wird.

Der Gehende mit seinem Fahrrad ertappt sich hinter diesen Gedanken bei andern, die ihm nicht anstehen. Es ist nicht seine Aufgabe, solcherart den natürlichen Lauf der Dinge zu beschimpfen, daß ihm das Fahrrad entläuft.

Er paßt die Schritte den Sprüngen und der Hast der fliehenden Worte an.

Des öfteren, denkt er bei sich, schwärmen an den heißen Tagen die geflügelten Heuschrecken über die Straße. Obwohl das holzige Knistern und Schaben ihrer Flügel für ihn keinen Schrecken mehr hat, kann er sich gleichwohl nicht aus dem Sinn schlagen, zu ergründen, weshalb sie diese Gesetze befolgten; die Erinnerung an ein matschiges grünes Trümmerfeld von Heuschrecken überfällt ihn jählings; die in die Straße genagelten zerquetschten Köpfe und die davon aufragenden unversehrten hinteren Leiber geißeln und stacheln ihn zu einer heiligen gerechten Wut, die ihm in die Seite sticht und das Zwerchfell schmerzhaft höhlt wie nach einem langen befreienden Lachen. Der Windstoß eines Autos belebt die aufgekrümmten Leiber der Tiere, die Heuschrecken und die hingeblätterten Frösche, und klappt ihre Leiber auf und fächelt ihnen die Luft zu; die nicht mit ihrem Saft und Fleisch an die Straße geklebt sind, rennen, kegeln, kugeln und jagen einander schockweise raschelnd in dem Sog, den das Auto hinter sich her schluckt.

Von den Geräuschen der Autos, überlegt er, kann er der Gegend, durch die er geht, mit den Ohren wohl habhaft werden. An dem Geländer einer kleinen Brücke über einen kleinen Bach wird zwischen den dicken Sprossen des Geländers das Geräusch des Fahrtwinds und der durch das Auto verdrängten Luft wie zu dem Tuckern eines Traktors gebrochen, der einen Hügel hinanfährt. Durch Häuser neben der Straße werden die Geräusche verengt, geschliffen und wieder entlassen; ebenso, denkt er fort, ist das Geräusch des Wassers zwischen zwei Felsen verschieden von dem Geräusch in dem erweiterten Bett dieses Wassers nach dieser Felsschlucht.

Er wehrt sich gegen die Sprünge seiner Überlegung. An den Geräuschen der Autos könnte also einer erkennen, sagt er sich, ob er durch eine Ortschaft zwischen Hausmauern oder ob er auf dem unbebauten Land geht. Er könnte auch die hölzernen Gebäude wie Scheunen und Milchstände von den gemauerten Wohnstätten durch das Gehör allein trennen; in der Stadt hallen die Straßen anders wider als in einem Dorf. Sieht er von der Hilfe durch die Wagengeräusche ab, so ist auch daran zu denken, daß es den Autos durch einen Ausnahmezustand oder durch ein für einen Sonderfall erlassenes Recht untersagt oder ansonsten nicht möglich ist, sich auf den öffentlichen Fahrtsträngen fortzubewegen: in diesem Fall wären für den Gehenden die Geräusche der eigenen Schritte zuständig. Dies geht an und wird seinen Zweck erfüllen, wenn die Luft kalt ist und die Geräusche gut weiterleitet, so daß er an dem Echo und an der Begrenzung der Geräusche durch das Gehör seine Umgebung wird festsetzen können. Anders ist es an einem Tag wie diesem, an welchem das Hörbare ihm infolge der Schwüle wie in einem Schlaf zu Gehör kommt; keines der Geräusche kann er mit Bestimmtheit benennen; da er unter den fremden Füßen zudem noch den Weg verloren hat, ist er nicht imstande zu sagen, wo er sich fortbewegt. Er geht auf einer Straße oder auf einem Feldweg, durch eine Stadt oder durch ein Dorf, er geht im Freien oder in einer geschlossenen Siedlung, mit bloßen Füßen oder mit den bestäubten Schuhen, er geht, wo er glaubt, daß er gehe; seinetwegen geht er über Stock und Stein.

Die Überlegung verwickelt ihm das Gesicht und verschlingt die selbständig erklärten Beine, so daß er allein auf dieses Fahrrad gestellt ist, das ihm nun lieb wird. Die ganze Zeit schon auf dem Weg hat er versteckt und geheim in sich herauf den Bruder beschworen und verdrossen vor ihn dessen üble Taten geworfen. Es hat nicht lange gedauert, und er hat mein und dein nicht mehr unterscheiden können: Füße sind unter ihm fortgeschritten, Finger haben einen Seesack geschultert, Lippen haben fremde Worte geflüstert; er hat sich vorgemacht, sein Gesicht sei künftighin nicht mehr mit Blindheit geschlagen, er hat sich sehend gestellt. Er ist hochfahrend gewesen und hat sich in seiner Anmaßung verstiegen und vermessen, so daß er jetzt nicht vor noch zurück weiß; er stellt sogar sich selber allen Ernstes zur Rede, während er mürrisch den lockeren Griff des Fahrrads ankurbelt; dann wieder spottet er verschlagen dessen, was über ihn verhängt ist, indem er offen von dem redet, das er sich vorgenommen hat.

Er sagt also.

Sein Bruder hat gesagt.

Dann hört er keinen mehr vorbeigehen und sagen. An verschiedenen Anzeichen merkt er, daß er auf dem Weg zu seinem Haus ist; unwissentlich ist er, dadurch, daß das Fahrrad seitlich gebockt hat, auf den Weg zu dem Haus geraten. Von dem Gang könnte ein spähender Blick leicht durch das geschnitzte Geländer auf ihn hinabtreffen. Zu welchem Haus geht er? Zu was für einem Haus geht er? Er geht zu dem Haus seines Vaters, dem das Grundbuch in der betreffenden Einlagezahl als dem Eigentümer der Liegenschaft den öffentlichen Glauben für sein Recht besiegelt; der Sohn hinwiederum hat durch die Geburt das Recht, auf diesem Privatweg durch das Grundstück zu gehen. Über das Fahrrad gebückt, treibt er sich durch die Ländereien des Vaters. Der Schlüssel für das Haustor wird in der Tasche sein. Jedoch hält er die Finger zurück, in die Tasche zu fahren; der Schlüssel, den im Auto die Frau ihm gereicht hat, wird darinnen sein, wenn er hineingreift. Er behält für sich, was er befürchtet; er läßt die voreiligen Finger nicht gewähren. Als er noch immer nichts hört, beginnt er seinem Gehör zu mißtrauen. Er schüttelt den Kopf, ohne daß freilich die Geräusche sich ändern. Er könnte sich fürs erste hinter das Rad ducken.

Wenn es aufhört zu schneien, vergegenwärtigt er sich die Geschichte, erfrieren die Rufe dem, der ruft, auf der Zunge. Er ist damals über den Tag bis zum Abend in einer Wildnis durch den Schnee geirrt und hat rufend und schauend nach dem vermißten Bruder geforscht.

Er zählt die Stätten auf, an denen er gewesen ist: es sind so viele, daß die Namen in seinem Gedächtnis verschmelzen.

Er beschleunigt die Schritte.

Es ist nichts zu hören.

Er fängt mit dem Fahrrad zu laufen an.

An demselben Abend, an dem er damals erblindet ist, sei der Bruder nach der Beschreibung wieder nach Hause gekommen. Es war dies ein Samstag. In dem Volk, erinnert er sich, hat sich die Sitte erhalten, an diesem Tage vor den Gehöften den Hof zu kehren. Nun aber hat es damals geschneit. Ein solches Hindernis setzt eine Sitte außer Kraft. Zudem kann sich einer ein Vorkommnis denken, das den Bewohnern eines Hauses mehr zu besorgen aufgibt als das Kehren eines Hofs. Sein Bruder sei nun in der Finsternis zurückgekommen und habe draußen den Schnee aus dem Hof gekehrt. Da in allen bewohnten Räumen laut über den Tod des anderen, des ertrunkenen Bruders geklagt ist worden, hat keiner der Klagenden seine Rückkehr bemerkt. Es war der Vater, der schon vom Weg her, auf dem er hinanstieg, das schwere Schlappen des Besens gehört hat. Der Mann ist aus dem Ort oder von anderswo zu seinem Haus gegangen; später, als er durch einen Rausch außer sich war, erzählte er, er habe auf der Stelle den vermißten Sohn erkannt. Jetzt überlegt der Blinde und zerbricht sich den Kopf, wie der Mann in dieser Finsternis den kehrenden Bruder erkennen hat können. Nichts als der Schnee kann in dem Hofe geleuchtet haben. Die Lichter des Großen Zimmers, in welchem die Weiber sich scharten, gehen zu dem Mast der Überlandleitung; das Licht aus der Kammer der Schwester geht zwar zu der Richtung des Wegs, auf dem sich der Vater vorwärtsbewegt, jedoch wird durch diese Helligkeit das Dunkel unter der Helligkeit wohl nur noch dunkler: der Hof, den der Bruder kehrt, ist beträchtlich unter dem erleuchteten Fenster der Schwester, so daß dieser Lichtuntergrund, in den wie in Wasser der Schnee fällt, den Augen undurchdringlich und schwarz ist. Sein Bruder steht an der Stallwand. In dem frisch gefallenen Schnee, in dem die Stapfen der Weiber schon wieder vernarbt sind, knarren die Schritte des Vaters. Zuerst verhält der Sohn in seiner Bewegung. Er denkt sich ihn mit der Hand tief unten am Rutenbüschel des Besens. Sein Gesicht ist starr von dem Schmutz der zwei Tage, in denen er unterstandlos in Gebüschen und Mooren versteckt lag. Der Gedanke, wer von den beiden den andern als erster gesehen, beschäftigt den Blinden. Zu dieser Zeit, nach der Schilderung des Vaters und der Schwester, nimmt, indem es abbiegt, das Militärfahrzeug von der Straße den Weg zu dem Hause hinauf, in welchem, wie wiederum aus den verworrenen eigenen Angaben und dem Zeugnis eines Ortskundigen glaubhaft hervorgeht, der schon mit Blindheit Geschlagene seinen Wohnsitz hat. Die Scheinwerfer müssen schwenken und über den Hof und dahinter über die Mauern und Fenster streichen. So wird der Knabe mit dem Besen geblendet und vermag den weitab stehenden Vater nicht zu erkennen; hingegen wird dem Mann schon auf den ersten Blick die Rückkunft des Sohnes bestätigt. In der Tat hat sein Vater auch so den Hergang und Ablauf geschildert. Von weitem ist der Scheinwerfer so schwach, daß er die Schatten des Baumgeästs zwischen sich und den bestrahlten Mauern noch ohne Gestalt und Umriß gleichsam wie ein Wind an die Mauern weht; dieses blasse, unscheinbare Gewölk auf der Mauer ist erst der Schatten von dem Schatten, der noch kommen wird; dann nämlich, während die Räder sich durch den Schnee heranmahlen, werden mit der wachsenden Stärke des Lichts auf der Mauer auch die Hindernisse dieses Lichts schärfer und scharf und immerzu wachsend in den Kalk eingezeichnet; die Schatten der Hindernisse wachsen endlich über die Hindernisse selber hinaus. Von der Straße aus sind die Bäume noch in der Bahn des Strahls gestanden; je näher aber der Wagen nun stößt, desto höher fliehen die Zweige der Bäume aus der Lichtbahn; ihr Abbild auf der Mauer wird auseinandergedehnt und über den Gang hinauf zurück in das Dunkel gezogen, während der Wagen unter den Zweigen hindurchfährt. Nur was dem Lichtstrahl im Weg ist, wird auf die Mauer geworfen: das Abbild des Mannes, der sich noch immer nicht von der Stelle gerührt hat, wird aufgetrieben und über den Bildschirm gebläht; das Abbild des Knaben jedoch schrumpft und zittert, weil er dicht an der Mauer steht, ja sogar vielleicht unter der Stalltür, in dem Zittern des Lichtes, derart, daß der Abgebildete von dem sich zunehmend ballenden Lichtschein mit seinem Schatten an die Wand geheftet und letzthin, als das Licht sein Abbild verschluckt hat, schattenlos plattgedrückt wird.

Durch den Anblick seines Sohnes soll den Mann eine Regung überkommen haben, die seine Hände unter den Rock und in die Taschen gebohrt hat. Er hält es nicht aus, hier zu stehen, mit seinem nichtssagenden Mund und den nichtstuenden Fingern: also steckt er breit die Fäuste in die Taschen, dreht den Schädel unruhig hin und her und rüttelt an der Hose, als hätte er den Gürtel verloren; er bewegt sich fahrig und sinnlos, um sich aus seiner unerreichbaren Abgelegenheit und Entfernung von dem anderen zu befreien; denn, so sagt er später im Rausch mit anderen Worten, es bekümmert ihn, seinen Sohn dort stehen zu sehen. Entweder ist es so, daß zwar keiner die Blicke abwendet, daß sie aber gleichwohl einander nicht anschauen, oder es ist so, daß der Vater den Blicken des anderen ausweicht und gar zu eifrig seine Taschen zerwühlt, als daß er, während er das unterste darin nach oben kehrt, die Geschehnisse, die um ihn vorgehn, wahrnehmen könnte. Keiner tut etwas dergleichen.

Wem die Gewohnheit die Hände leitet, denkt der Blinde, dem stößt es zu, daß ein Zwischenfall den Lauf der Gewohnheit verhindert und ihn, indem er ihn aufschreckt, seiner suchenden Finger bewußt macht; diese, wenn sie in der Tasche nicht finden, auf was sie ohne sein Wissen schon aus sind, werden durch den Zwischenfall wie durch einen Stromschlag zusammengeschockt; darauf werden die Bewegungen der Hände gierig und übereilt; die Finger geraten wild aneinander; das beherrschte Gesicht bricht entzwei. Er drängt jedoch seine Ahnung noch einmal zurück. Überdies ist das Fenster zu seinem Zimmer geöffnet, so daß es ihm ein leichtes sein wird, um das Haus zu laufen und von hinten über den Holzstoß hineinzusteigen; das Rad wird er im Lauf an den Schuppen anlehnen; dann braucht er nur noch auf die Kalkgrube unter dem Fenster zu achten: die Bretter könnten verrutscht sein. Wenn er die Läden der Fenster verschlossen hat, wird ihm nichts mehr geschehen. Aber so weit ist es mit ihm gekommen, daß er sich seiner Finger nicht mehr erwehren kann.

Er hat indessen den Wagen nicht beachtet, der nun schon so nahe sein muß, daß der Mann wird wohl oder übel ihm ausweichen müssen. Die Räder zermalmen das Blickfeld zwischen Vater und Sohn. Wiewohl der Mann dafür bekannt ist, daß er durch seine allgemein gültigen Flüche und Gebärden sich ausspricht, nennt er in der Trunkenheit die Gegenstände bei ihren Namen: als das Fahrzeug ihm vorfährt, so erzählt er, krallt und beißt ihn, indem es ihn übermannt, ein fürchterlicher Jammer in die Kehle und erzeugt einen großen Hunger in seinem Magen, dem er nur beikommt dadurch, daß er von dem Pflock neben sich die Kuppe des Schnees in die Faust gräbt und die

Zähne wütend dareinhaut; mit Gesten, verteidigt der betrunkene Vater seine Geschichte, kann man nicht alles erklären.

Der aus dem Ort oder von sonstwo zurückgekehrte Mann steht also dort, dort steht der Bruder mit dem Besen, er selber, der dies bedenkt, steht hier; hier steht der Wagen, in dem er damals gelegen ist; es ist ihm belassen, wie er sich die näheren Umstände vorstellt. Er ist, während er auf der Bahre gestreckt liegt, wieder besinnungslos. Die Gebärden angesichts eines Unglücks sind überliefert: die Frauen schlagen die Hände über dem Kopfe zusammen, die Männer, wenn sie gerade sitzen, stützen die Ellbogen auf die Knie und verbergen das Gesicht in den Händen. Wenn sie aber stehen, ist es an ihnen, schweigend beiseite zu gehen, wo sie niemand beobachten kann, oder angewurzelt an ihrem Standort zu bleiben. Günstig ist die Dunkelheit, die der Mann benutzen kann, sich die Fäuste hart an die Stirn anzuschmieden; der fallende Schnee fördert noch seinen Jammer; die Förmlichkeiten der Überbringer vor der Unförmigkeit des Unglücks lassen dem Mann inzwischen die Zeit, sich zu fassen; dahingegen beschweren manche Geräusche und Gerüche seinen seltsamen Zustand und machen ihn dem Elenden sonderbar: das Krachen des Futters zwischen den Zähnen der Kühe, das Winseln und Bibbern aus den Mündern der betenden Weiber, der Schneegeschmack in dem Gaumen, vermengt mit dem Weindunst aus den Gedärmen, das Geräusch des Pferdes im Stall, das während der Meldung der Soldaten sprühend, zischend und klatschend zu seichen beginnt: all dies trägt einstweilen die Mienen und Gebärden des Elends von ihm. Dann aber hält der Mann seine ungebührliche, fast heitere Ruhe nicht länger aus und gebietet plötzlich dem Pferd in seiner langdauernden Notdurft zum Stall hin schreiend Einhalt; kaum hat er dies freilich getan, so sagt er dann selber, hätte er sich auf das Maul schlagen können. Stattdessen schickt er die Soldaten, die mit der Bahre in den Händen von einem Bein auf das andere treten und über seinen Wutschrei verlegen umherschaun, mit einigen tonlosen Worten durch das offene Haustor ins Haus und weist ihnen, während er endlos die Schuhe abklopft, den Weg durch den Flur in das Zimmer, ohne jedoch an die Söhne, weder an den an der Stallwand noch an den Geblendeten auf seiner Tragstatt, auch nur ein Wort zu richten, so daß dieser Kreis mit dem Einzug aller ins Haus sich jetzt schließen kann.

Der andere Kreis ist noch nicht geschlossen. Er hat noch nicht einmal begonnen, ihn Schritt für Schritt um das Gebäude zu ziehen. Es will ihm noch immer nicht aus dem Kopf, warum ihm der Schlüssel entfallen sei. Ihm ist, als sei nach dieser langen Drehung, die damals den Karren und die zwei ortsfremden Männer mit dem Leichnam des Bruders über den Hof zu ihm heranrollte, die Erde auf ihrem toten Punkt angekommen und habe ihn aus seiner ahnungslosen Bewegung augenblicklich zum Stehen gebracht; während er aber von selber die Bewegung nun fortsetzt, indem er sich heftig aus dem Stillstand losreißt und das Fahrrad vorantreibt, wird es ihm wieder, als gehe er nach dieser langen Zeit zum ersten Mal auf den eigenen Füßen und müsse zum ersten Mal, um diese Bewegung zu schaffen, bewußt zum Gehen den Willen gebrauchen: er hat sich mit dem Rad einen Hügel hinablaufen lassen, in der Ebene unten muß er nun selbst die Pedale treten.

Das Gebäude liegt im tiefsten Frieden. Auch die Hühner stören nicht seinen Kreis. Er rennt mit dem scheppernden Rad in die Richtung, in der er den Schuppen vermutet. Das Rad an die Latten lehnen und weiterrennen, ist eins; ein anderes ist es, sich mit Händen und Füßen vor dem Verirren zu wehren. Das ist der Brunnen an der Stallwand. Das nennt er das Hauseck. Im rechten Winkel folgt die zweite Mauer, an der er mit seinen Gliedmaßen entlangkriecht. Spinnend und knüpfend bewegt er sich an der Mauer und an den Planken der Tenne. Das ist die Kreide auf seinen Händen. Das auf der Erde sind Schweineborsten und Büschel von abgeschnittenem Frauenhaar. Er läßt sich auf alle viere fallen. Er darf die Grube nicht vergessen. Sein Vater und die Frau des Vaters erschöpfen sich irgendwo in dem weitläufigen Gelände. Er wünscht, den Rücken an die Mauer zu stützen und sich ihnen zu offenbaren; er möchte zeigen, daß er da ist; zudem kann ihm, wenn er sich an die Mauer stützt, keiner und nichts in den Rücken fallen.

Er horcht mit den Ohren um sich. Nichts ist zu sehen. Es drängt ihn, sich zu verbergen. Das Feld ist abschüssig, denkt er. Der Horizont ist still. Nach dem schwülen Tag verspricht der Abend kühler zu werden. Morgen um diese Zeit, denkt

er, wird er woanders sein. Das ist die Kalkgrube.
Er kann sie umgehen, indem er den Holzstoß besteigt. Dieser ist so geschichtet, daß er den Fuß in
die Lücken zwischen die Scheite setzen kann. Er
klammert die Hände obenauf zum Schwung auf
die Pappe. Es ist nun beileibe nichts daran, das
andre Bein nachzuschwingen, ein Knie auf die
Pappe zu heben und an der Hand, die schon nach
der Kante des Fensterbretts tastet, auch den übrigen Körper heraufzuziehen. Er hat einmal nach
dem verschollenen Bruder gesucht. Jetzt liegt er
vor dem offenen Fenster erschöpft auf dem Holzstoß. Der Ort ist für eine Ansprache schlecht ge-
wählt; zudem liegt er plump auf dem Bauch. Er
verübelt sich die Müdigkeit, die hier durch die ge-
weichte Pappe sein reines Gewand bedroht. Er
krümmt sich auf. Er setzt sich. Er sinnt nach.
»Nichts deutet auf etwas hin.« Er sitzt mit schiefem
Kopf auf dem Holzstoß, die rechte Hand auf der
linken Schulter. Gegen Abend, denkt er, kommt
der Wind auf und ruft in der Luft hunderterlei
Geräusche hervor, die nach den Gegenständen des
Windes verschieden sind. Wenn es in der Nacht zuvor geregnet hat, verkrusten durch die Trockenheit
später die Stapfen der Gegangenen auf den Wegen.
Der Staub, nach dem Regen getrocknet, ist braun
und verbrannt; er bröselt zwischen den nackten
Zehen dessen, der in ihm dahingeht.
Ein anderes Mal ist er in der Morgendämmerung
in einem weißen dichten Staub gegangen. Die
Farbe des Staubes, fällt ihm ein, paßt sich wie die
Farbe des Wassers zeitweise der Farbe des Him-
mels an; manchmal sieht der Himmel bestaubt und

staubig aus. Die einzelnen Tropfen eines noch nicht gefallenen Regens schlagen Narben von Pocken in den Wegstaub. Sind jedoch viele Tropfen gefallen, daß du von einem Regen schon sprechen kannst, so platzen die runden buckligen Steine aus dem Weg und schimmern hell, während der Wegstaub noch trocken erscheint. Hier zu gehen, ist dir angenehm. Er fährt in sich zusammen. Das Fenster ist zum Glück offen. Spitz und stechend entzündet der Schmerz seine Ohren. Nichts ist zu sehen. Er fletscht die Zähne und horcht lange um sich. Das Blut pulst die Zeit durch seinen Körper. Er beweist seine Tapferkeit, indem er ausharrt. Dann stößt der Schrecken ihm auf, so daß er laut mit den Zähnen schnackt. Es ist auch noch nichts zu hören. Das Atmen macht ihm Beschwerden. Er behilft sich, indem er wittert und hechelt gleich einem Hund. Er wird gesprungen sein, denkt er. Die Sätze, die er denkt, leiden an der Not seines Atems. Er springt. Er ist in das Zimmer gesprungen. Das ist der sichere Boden. Das ist der Ausguß. Das ist das Fenster, das jetzt geschlossen ist. Das fest verschlossene Fenster.

Vorzeiten ist er mit bloßen Zehen durch einen Staub gegangen. Er ging einmal. Er ist gegangen. Er geht. Sein Vater war durch das Schilf gefahren. Sein Bruder lief durch den Schnee über das Feld hinauf und schlüpfte zurück durch den Weidedraht. Sein Bruder ist in dem Karren gefahren. Er stürzt kopfüber aufs Bett. Er krümmt sich zusammen. Er wälzt sich herum. Er zittert. Er hebt die Arme, als wollte er fliegen. Er kreiselt. Er jammert. Er streckt sich.

Die Sinne vergehen ihm.

Er hat einen Tagtraum. Er läuft auf einem Weg, der von einem Regen noch schlammig ist. Die Füße tragen ihn gut. Er läuft, so schnell er kann, sein Kopf ist gesenkt, die Hände schlenkern tief an den Beinen. Der Schlamm, bevor er seine Fährte wieder mit Wasser auffüllt, gähnt und seufzt hinter seinen Schritten. Er ist auf der Flucht. Er weiß nicht, warum er flieht, und er befragt sich, während er läuft, nach dem Zwang, der ihn davontreibt. Er ist sich nicht bewußt, etwas Strafbares getan zu haben. Jedoch, während er läuft, kommt ihm zu, daß hinter einer Lichtung ihn sein Bruder erwarte; er sei schon vorausgeflüchtet, in der Absicht, ihn dort zu treffen. Er nimmt die Nachricht hin, ohne im Laufen zu stutzen; er treibt sich sogar zu einer größeren Eile an; er hört und verhört die Stimmen, die sein Verhalten besprechen und ihre Besorgnis bezeugen. Wieder kommt ihm zu Ohren, daß es nachlässig sei, seine Spuren vor den Verfolgern nicht zu verstecken; immer noch laufend, schaut er darauf über diese und jene Schulter und erblickt verzerrt in dem moorigen Schlamm die Schritte, die er mit seinen Füßen deutlich hinter sich her flößt. Da erkennt er, daß er das Versteck seines Bruders verraten wird müssen, und dies, während er läuft, bringt ihn vor Kummer fast um den Verstand. Noch einmal auf seinem Weg kommt ihm zu Gehör, daß das Land ob seiner Flucht in Aufruhr sei; das Heer werde schon beweglich gemacht, es würden Notverordnungen erlassen, das Ultimatum, wie man sagte, sei bereits übergeben worden; um des Friedens willen möge er sich ergeben. Dies verwundert den Flüchtenden sehr. Bis jetzt sind Zeit und Witterung ihm fremd geblieben; auf diese Nachricht aber wird beides ihm wichtig, und atemlos fragt er danach, während er verbissen dahinläuft. Es kommt ihm zu, daß auf dem Boden das Wetter zwar trüb sei; die Sicht über den Wolken jedoch sei vortrefflich. Bald ist die Lichtung angekündigt. Aus den Lautsprechern wird eine besondere Meldung verlautbart, die ihm jedoch durch das Knacken, er weiß nicht, in den Ohren oder in den Apparaten, nicht völlig verständlich wird; er versteht nur die vielen Fragezeichen in den Sätzen und das Rufzeichen am Schluß, das die Fragezeichen mit einem Aufschrei geradeschlägt. Das ist die Lichtung: hohe Farnwedel und geplatzte Gräser mit Kuckucksspeichel, immer kleiner und spärlicher herauslaufende Föhren und Fichten; von links, erhält er die Nachricht, wird, mit den Fingern die Grashalme köpfend, durch die Farne sein Bruder kommen. Er stellt sich und schaut in die gedeutete Richtung. Zeitlebens denkt er, daß sein Blick leer war. Das harte Gras in der Hand zerschneidet die Finger. Es wird ihm befohlen, den Kopf zu heben; daß *er* es ist, der den Kopf hebt, findet er wunderbar. Er schaut geradeaus in einen weiten Landstrich: ohne den Kopf noch höher zu heben, sieht er den Horizont, und der Himmel ist so niedrig, daß er den Schauenden flach in das Gras stößt. Dann sieht er aus der Grenze des Himmels kleine Wolken stoßen, Scharen, Schöcke, Geschwader und Schwaden von Wolken, und es wird ihm gesagt, daß der Himmel fahl sei; die Farbe der Wolken hingegen sei falb;

das Gras in dem Landstrich sei von der fahlen Farbe des Himmels. Was dieses Dröhnen bedeute, will er noch fragen; mitten aber in seine Worte fällt durch die Lautsprecher die Kriegserklärung. Er duckt sich und schaut diesen Himmel an, den er zu riechen, zu schmecken und zu fühlen vermeint: er riecht nach verpufftem Benzin, er schmeckt nach fauliger Milch, er fühlt sich heiß an wie das Wasser, in das er arglos die Hand streckt. Die kleinen Wolken, die über den ganzen Himmel heranstürmen, sind Bomber.

Hier in diesem Raum könnten ihm die Worte nun ausgehen und unsinnig werden; er braucht nur Silben und Laute oder die Stimmen von Tieren zu reden; er braucht mit Gleichmut nur von einer Nebensache zu reden: trotzdem würde seine Stimme, wenn sie ihm nur aus dem Mund kommt, in diesen lange mit Sorgfalt ausgegrabenen Schacht stürzen, der sie tönend und bedeutsam macht, was immer er jetzt redet; er braucht sogar nur davon zu reden, daß die Drähte der Überlandleitung, etwa nach einer Reparatur im Kraftwerk, plötzlich wieder zu schwirren begonnen haben, obwohl von seinen Zuhörern dies keinen betreffen kann; er braucht nur den Mund aufzutun und zu reden. Der Raum, in den er spricht, ist hohl.

Einmal hat ihm nichts als ein Vergleich geträumt. Sein Bruder lache, wie wenn aus einer gefüllten Faust Maiskörner hart auf den Beton geworfen würden; dann hauten durcheinander die Hühner den Schnabel nach diesen Körnern.

Daß Du auf einem staubigen Weg gehst, brauchst
Du nicht zu zeigen. Die Zuschauer brauchen die
Beschaffenheit des Weges nicht zu erkennen. Es
genügt, daß sie Dich gehen sehen. Auch daß es
heiß ist, ist nicht nötig zu zeigen. Du mußt nur
darauf achten, derart hereinzukommen, daß die
Schauenden meinen, Du habest Dich nicht soeben
erst in die Bewegung versetzt, sondern Du seiest
schon seit langem gegangen, wie Du hereingehst.
Du kommst herein, so als kämest Du nicht an
diesen bestimmten besonderen Ort, sondern an
einen, der allen anderen Orten gleich ist, durch die
Du schon gegangen bist. Der Ort, an den Du ge-
langst und an dem Du den Schauenden sichtbar
wirst, ist nicht anders als die anderen Orte. Du
kommst nicht herein, Du betrittst keinen Schauplatz, Du gehst vielmehr durch die Blicke hindurch. Es ist niemand vorhanden. Die Bewegungen
Deiner Beine sind so, daß in den Schauenden der
Gedanke entsteht, sie seien schon auf sich selber
gestellt, ohne daß Du zu ihrem Fortschritt noch
etwas dazutust. Wenn Du um Dich schaust, muß
dieses Schauen den Schauenden erscheinen, als
hättest Du es Dir jeweils nach einer bestimmten
Schrittanzahl zugeteilt. Während des Gehens hast
Du mit den Augen Deine gehenden Füße niemals
verlassen. Du schaust Dich um, gleich einem, der
in einem weiten Gebiet nach einem Schatten sucht.
Dein Aufzug ist schlicht. Er soll die Blicke der
Schauenden nicht auf sich ziehen. Du trägst ein
Hemd ohne Kragen wie ein Sträfling oder ein
Bauer. Es ist wenig her, daß Du gekommen bist.
Daß Du seit langem unterwegs bist, wird den

Schauenden schon eingegangen sein. Mehr brauchen sie nicht zu wissen. Du hast nun die Aufgabe, aus dieser kurzen Spanne der Zeit, in der Du ihnen sichtbar bist und die Du mit gespreiztem Daumen und Zeigefinger nach Deinen Schritten abmessen kannst, vor ihnen eine maßlos lange zu bilden, welche von Deiner ersten ihnen ersichtlichen Bewegung bis zu Deinem Stillstand, aus dem Du um Dich schaust, verstrichen ist. Es genügt nicht, den Ahnungslosen mit einmal Deine Ermattung zu zeigen, indem Du etwa so tust, als hocktest Du Dich hin und spucktest nach einem volkstümlichen Mittel gegen das Seitenstechen sozusagen auf einen Stein, den Du Dir aus dem Weg gräbst. Du verfügst über nichts als über Dein Gesicht und über Deine Gesten. Deine Stimme, mit der Du es ihnen sagen könntest, ist stumm. In der Minute, in der Du gegangen bist, ist die Hälfte eines Tages vergangen. Das ist es, was die andern begreifen müssen. In einem halben Tag verändert sich das Licht und der Wind. Der Weg verändert sich. Es ändern sich die Schatten dessen, was von der Erde erhaben ist. Nur die eigene Änderung kannst Du den Schauenden zeigen. In der Minute dagegen, in der Du ihnen sichtbar bist, ist mit Dir nichts vonstatten gegangen als das, was Du ihnen vorgeführt hast. Es ist zu wenig, wenn Du die Hand über die Augen legst und auf die zwölf Schritte zurückschaust, die Du vor ihnen getan hast. Es genügt nicht, Dich zu stellen, als kämest Du mit den Blicken zu keinem Ende. Sie werden zwar verstehen, was Du meinst, und sie werden sich durch Deine Gesten einreden lassen, daß sie die Schritte vervielfachen sollen, jedoch sie werden nicht begreifen, wieviel von der Zeit schon vorüber ist. Es wird ihnen nicht zu Herzen gehen. Um es ihnen zu zeigen, würdest Du einen Zauber brauchen, oder eine große Beredsamkeit, oder eine Formel, mit der Du ihre Ohren beschwören könntest. Jedoch wird verlangt, daß Du stumm bist. Es genügt nicht die Änderung des Gangs Deiner Füße, es genügt nicht, das Gesicht zu verändern und mit den Augen zu flirren, es genügt nicht, die Arme schlaff aus dem Halt der Schultern zu lassen. Du verfügst über keine Beleuchtung, die Deinen Schatten bewegen könnte. Es schlägt Dir fehl, zum Schein vor Müdigkeit in die Erde zu schrumpfen. Du könntest mit keiner Geste und Miene die aufgegebene Zeit zusammenraffen. Was auch immer Du tätest, es wäre ein Puppenspiel. Wenn Du ein solches Spiel aber selber treibst, wirst Du verlacht werden, gerade so, wie wenn Du den Ablauf der Zeit zeigen wolltest dadurch, daß Du als Zeitmesser vor Dir Deinen Handteller trägst, auf dem Du den Finger der anderen Hand als Zeiger verwendest, während die Schauenden die unsichtbaren Punkte, welche die Ziffern bedeuten, und Deinen unter jedem Schritt vorrückenden Finger vor ihren Augen haben. Du hast zwölf Schritte, die zwölf Stunden zu zeigen. Jetzt ist der Finger an den Punkt, von dem er gekommen ist, wieder zurückgekehrt. Zugleich bist Du stillgestanden und hast Dich angeschickt, am Wegrand zu lagern. Der Zauber aber, den Du brauchst, um den Schauenden die Zeit begreiflich zu machen, der Zauber, der die Schauenden schaudern macht, ist Dir im Mund verschlossen. Deine Stimme ist stumm. Auch für das Spätere wird Deine Stimme stumm sein. Das Geräusch, das Dich inmitten der Bewegung, mit der Du Dich lagerst, aufhorchen läßt, zeigst Du an, indem Du schief wie ein Blinder den Kopf hebst.

Der Weg ist sandig und ausgeschwemmt. Nur die Schlaglöcher der Fuhrwerke sind mit Schotter gefüllt. Das Geräusch, das Du hörst, braucht den Schauenden nicht näher bestimmt zu werden. Auch was Du siehst, bleibt ihnen unbekannt. Sie sollen allein an Deiner Miene erkennen, daß sich etwas geändert hat. Du bist zu einem andern veränderten Ort gekommen. Du siehst vor Dir eine Sandgrube mit Büscheln von Gras an den Wänden, aus denen sich dunkel Sandschleier lösen und wolkig auf die hellgrau gebrannten Halden stäuben. Was Du gehört hast, war vielleicht das Rieseln dieser Sandschleier, das Kollern des Schotters oder das Rattern und Poltern dieser Rohstoffe in dem Sieb, das unten auf dem Boden der Grube von einem Mann mit entblößtem Oberkörper gerüttelt wird. Du vergleichst bei Dir dieses Geräusch mit dem Geräusch, das entsteht, wenn sich das Volk aus den Bänken der Kirche erhebt. Soeben tut der Mann den letzten Handgriff, indem er die Arbeitsgeräte in der hölzernen Hütte versperrt. Er wirft das Hemd über die Schulter und stapft zu Dir herauf. Als der Mann plötzlich in einen Lauf verfällt, siehst Du zwischen den schweißverflochtenen Haaren des Schädels und den stapfenden Füßen verkürzt den Rumpf und darunter links und rechts die aufwärts preschenden Böcke der Knie.

Du brauchst niemandem zu bedeuten, daß Du an einer Sandgrube sitzt und den Lauf des Mannes betrachtest. Du brauchst nur an Dir einen Zustand wie das Entsetzen zu zeigen, das Dich aufspringen und dem Mann aus dem Weg gehen heißt. Dein Gesicht soll der Spiegel des Mannes sein, der für die Schauenden außer Betracht bleibt. Du stellst jedoch nicht den Mann dar, sondern den Schrecken des Mannes. Du begreifst am besten diesen Schrecken, indem Du am anderen Grubenrand einen Baum ausdenkst, der unter dem Knorren des ersten Astes kopfgroß gehöhlt ist. Der Baum gähnt schläfrig aus der Höhlung. Du bleibst, wo Du jetzt bist. Die Gebärden und Fortbewegungen des Mannes brauchst Du nicht nachzuahmen. Auch die Schauenden bleiben auf ihren Plätzen. Es ist nur Deine Aufgabe, ihnen Deinen Schrecken zu übermitteln, oder den Schrecken des Mannes, oder überhaupt einen Schrecken. Auch Dein Gesicht gebrauchst Du nur anfangs. Die einzelnen Mienen aufzuzählen, hieße die Zeit verschwenden. Die Antwort des Gesichts auf das, was Du siehst und hörst, ist Dir angeboren. Du schaust noch mit eigenen Augen zu dem Baum hin, so als wäre darunter der Schatten, den Du für Deine Ruhe suchst. Noch hast Du Dein Gesicht nicht spielen lassen. Die Schauenden sollen in Sicherheit gewiegt werden, damit Du sie später überraschen kannst. Offensichtlich ist Deine Aussicht noch friedlich, obwohl Dir etwas bevorsteht. Dann aber schaust Du auf den Baum mit anderen Augen. Die Mienen in Deinem Gesicht gehen ineinander über. Du hast nun begriffen, um was es sich handelt. Auch denen, die zuschaun, bietest Du durch die Reihe Deinen überaus entsetzlichen Anblick. Du springst auf. Du bist aufgesprungen. Du stehst. Du zeigst, daß Du Dir für die Flucht keinen Rat weißt. Daß der Mann abseits über die Halde zurückrutscht, während er die Arme und Füße stumm und viehisch wie Krampen in das Geröll klampft, brauchst Du nicht zu zeigen. Die andern brauchen nicht zu wissen, was sich ereignet. Du mußt dabei nicht denken. Es ist Dir belassen, ihnen nur etwas vorzuspiegeln. Durchwegs aber mußt Du in Deiner Rolle bleiben. Wie Du jetzt kniest, so bleibst Du. Auch die Mienen derer, die zuschaun, werden so gleich bleiben, wie sie eben gewesen sind. Du stellst das Warten des knienden Mannes dar, der aus der Halde nicht mehr herauskommt. Etwas ist nah an ihm dran und dann auf ihm drauf. Keine Bewegung erschüttert ihn mehr. Er ist einer der Böcke des Sands, auf den die anderen schauen und starren, daß er jetzt und jetzt aus der Wand gesprengt werde, während er jedoch noch ohne Bewegung ist. Du bist der Zeiger der elektrischen Uhr, auf dessen Rucken die Schauenden starren, bis ihnen die Augen verbrennen. Du erforschst und untersuchst den Moment von einem Ende Deines reglosen Körpers zum andern. Du hast nicht einmal die Stille des Windes für Dich. Würdest Du sprechen und dabei Dich bewegen, so würde es geschehen. Würdest Du schweigen, so könntest Du davonkommen. Wenn Du aber schweigst, wird keiner der Schauenden wissen, was Du ihm mitteilst. Wenn Du aber sprichst und Dich regst, wird das Sprechen Dich verderben.

Heiß macht ihn nur, was er nicht weiß. Was er weiß, läßt ihn kalt. Wenn er zwar von etwas weiß, aber nicht erfahren kann, was es ist und wie es ist, so verlockt es ihn, zu wissen. Das Unerreichbare lockt. Das scheinbar Vergessene lockt. Bisweilen lockt ihn nur der unwegsame Weg, der in dem Buch beschrieben ist. In den abgelegenen Gebieten, wo dieses Spiel sich ereignet hat, gleicht mancher Weg einem Schleichweg, mag auch nach der Überlieferung dort früher eine Streitmacht gezogen sein. Neu ist seinen Ohren das Knirschen der Schritte in einem feuchten Sand gewesen. Wenn ihn die Erinnerung nicht trügt, wird in dem Buch beschrieben, in der Nacht zuvor sei ein Regen gefallen. Jedoch weiß er nicht mehr, wie er zu dem Buch gekommen ist. Was ihm davon jetzt gewärtig ist, scheint durch die Gegenwart verworfen und abgeändert; die Protokolle in seinem Gedächtnis sind beschlagnahmt, das Urteil über jenes Buch, ob es zu lesen sei oder nicht, ist kassiert und getilgt worden, dadurch, daß er den Urteilsspruch vergessen hat. Indessen zweifelt er nicht, daß er das Buch vorzeiten gelesen hat; da er es also gelesen hat, kann er damals das Augenlicht noch nicht verloren haben; ein Zweifel plagt ihn nur über die Begebenheiten, die in dem Buch vor sich gegangen sind. Es beginnt, indem ein Weg beschrieben wird, auf dem ein Mann mit seinem Sohn auf der Suche nach einem vermißten Bruder ist. Die Schuhe, wie gesagt, knirschen in dem feuchten oder noch nassen Sand nach dem Regen. Es ist Abend. Er kann sich in der Zeit nicht irren, denn er entsinnt sich eines Satzes, in dem zwischen den beiden, während sie

Die
Entstehung
der
Geschichte

271

gehen, die Rede von der Farbe der Häuser ist. Die kalkigen Wände leuchten wie vor dem Gewitter, während das umliegende Land schon gelöscht ist. Andrerseits fällt ihm ein, daß der Weg, auf dem die beiden gingen, nur ein Saumpfad oder ein Trippelweg war, von Haselnußbüschen kreuzweise verwachsen; von den Blättern der Büsche, wenn sie die Arme spreizten, regnete es. Die beiden haben vor, auf diesem Steg den Weg zu verkürzen. Es kann jedoch nicht sein, daß sie auf ihrer Suche irgendwo ein Haus gesehen haben; die Büsche selber sind undurchsichtig; der Landstrich gilt allgemein als siedlungsarm, auf einen Quadratkilometer kommen im Durchschnitt nicht mehr als vierzig Personen, in diesem gehen vielleicht nur diese zwei. An der erwähnten Stelle des Buches kann daher von der Farbe der Häuser nicht geredet worden sein. Wenn die beiden nicht von der leuchtenden Farbe der Häuser reden, muß es auch nicht Abend sein; es ist ihm nur sicher, daß ihre Sohlen in dem nassen Sand geknirscht haben, das andere ist ihm entfallen.

Das Buch erzählt von zwei Brüdern, von denen später der eine, als er allein nach dem abgängigen zweiten sucht, erblindet; es wird aus der Erzählung nicht ganz klar, durch welches Ereignis der Knabe erblindet; es wird nur mehrmals gesagt, daß ein Kriegszustand herrsche; die näheren Angaben über das Unglück jedoch fehlen, oder er hat sie vergessen. Es wird davon ausgegangen, daß der Blinde, als er schon erwachsen ist, eines Sonntags erwacht und durch etwas, dem er mit seinen Gedanken nicht mehr beikommen kann, an seinen

abwesenden Bruder gemahnt wird. Fortan wechseln in seinem Gehirn die Stellen, an die er sich zu
erinnern glaubt, ohne Ordnung durcheinander.
Von Bedeutung für den Blinden ist jedenfalls die
Ankunft des jeweiligen Omnibusses in dem Ort,
außerhalb dessen er mit seinem noch lebenden
Vater und der zweiten Frau seines Vaters, welche
›es‹ nach dem vorläufigen Abbruch des Krieges in
die Gegend verschlagen hat, in einer engen Ge-
meinschaft wohnt. Die Vorgänge an diesem Sonntag nun entsprechen den Vorgängen an jenem
Kriegstag, als ihn die Blindheit befiel, jedoch nicht
in dem äußeren Gebaren und in den Gebärden,
sondern nur in einer unheilbaren Übereinkunft und
Übereinstimmung dessen, auf das der Blinde stößt,
mit dem, auf das er einmal gestoßen ist, ohne daß
sie nach außen hin einander ähnlich sind. Es fügt
sich, daß noch einiges in dem Blinden den Verdacht
bestärkt, es werde etwas vor ihm geheimgehalten;
wenn er sich nicht wiederum irrt, wird an einer
Stelle ein Brief beschrieben, der der Frau des Vaters
aus den Gewändern fällt; als er fragt, und sein
Fragen wird mit deutlichen Lügen erwidert oder
gar mit Schweigen übergangen, nimmt er die Lügen
als Anerkenntnis; das Schweigen der Befragten
vielerorts nimmt er als Zustimmung.
Einzelheiten der Handlung sind seinem Gedächtnis entsprungen. Er baut vor sich dieses karge Ge-
rüst auf, das ihm noch glaubhaft ist. Nur das Ende
hat er von ungefähr in sich behalten. Der Blinde
liegt brest in einem Raum auf dem Bett und unter-
hält sich mit sich selber, indem er sich etwas vor-
macht oder sich etwas einbildet. Wer blind ist, ist

auch unsichtbar. In der fremden Mundart wird sowohl für einen, der blind ist, als auch für einen, der den andern nicht sichtbar ist, dasselbe Wort verwendet. Niemand kann ihn von draußen sehen, weil er blind ist. Niemand sieht das Gesicht des Blinden im Spiegel; wenn ein Geblendeter vor dem Spiegel steht, so steht niemand vor dem Spiegel. Das Fenster seines Zimmers spiegelt von außen, was außen ist; wer hineinschaun will, muß, indem er nah an die Scheibe tritt, durch sein eigenes Gesicht hindurchschaun, damit er den Blinden drin sehen kann. Er darf dabei nicht die Kalkgrube unter dem Fenster vergessen. Der Unsichtbare kann an den Orten sein, an denen es ihm zu sein beliebt, ohne sich sehen lassen zu müssen. Zum andern ist der Unsichtbare nicht blind; was er will, daß er sehe, das sieht er; wenn er will, hat er ein zweites Gesicht, aus dem ihm auch das fernab Liegende ersichtlich wird. Auch der Blinde kann sehen, was er will; weil er unsichtbar ist, wird ihn an seinem Schauen niemand behindern. Jedoch kann er nicht anschaun, was künftighin sein wird; er kann nicht voraussehn und im voraus sagen, was werden und was sein wird. Es liegt ihm auch nichts daran. Er hält sich an das, was er bis jetzt und bis jetzt und so weiter erfährt und erfahren hat. In vielen Sagen ist gerade der Blinde ein Seher. Der Seher ist blind. Jedoch begnügt sich der, welcher hier in dem Raum auf der Liegestatt ruht, damit, daß ihm in bezug auf das, was erst auf ihn zukommt, nichts im voraus verkündet wird und daß er auf nichts verwiesen ist, es sei denn auf das eigene Denken; von dem er denkt, daß es eintrete, das trifft ein oder auch nicht wie bei den anderen Leuten; er erteilt ihm dann seinen Sichtvermerk. Er begnügt sich mit dem, was er ausdenkt, wenn es auch durch das Spätere entkräftet wird; dadurch, daß er sich etwas ausdenkt, vermag er sich zu behaupten.

An dieser Stelle verläßt ihn die Erinnerung. Jedenfalls ist mittlerweile nichts dazugekommen; der Blinde liegt in seinem Raum und überlegt. Er macht sich sich selber bemerkbar, indem er sich räuspert und mit den Zehen einen Kalender oder ein Bild hin und her über die Wand schabt; eine gefangene Schmeißfliege bumst und tost an die fest verschlossene Fensterscheibe. Sogar der Ort und die Jahreszeit, zu welcher die Handlung spielt, sind aus seinem Gehirn gegangen. Weil er zwar dies alles nicht mehr weiß, oder doch nur zerbrochene Stücke davon innezuhaben glaubt, weil er aber gewiß ist, daß er das Buch einmal gelesen hat, deshalb und von daher setzt es ihm zu und macht es ihn begierig zu wissen. Dies hat seine Gedanken auf den langen Gang gebracht. Jedoch hat seine Erinnerung keine Beweiskraft; was er ausgedacht hat, braucht nicht wahr zu sein, in dem Sinn, daß es mit den Vorgängen im Buch glaubwürdig übereinstimmt; es braucht nur möglich und vorstellbar zu sein, dadurch, daß es an sich glaubwürdig ist; eine falsche unnatürliche Aussage würde von der Erfahrung ab- und zurückgewiesen. Daß er sich nicht bestimmt erinnern kann, das hat ihn heiß gemacht. Auf einer der letzten Seiten, so kommt ihm vor, werde gesagt, der Blinde gehe ans Fenster und befreie sich auf irgendeine Art von dem Getöse der Fliege; jedoch hat dieser Gedanke wenig für sich, da er von seiner Müdigkeit arg an das Bett gefesselt ist, so daß man ihm eine Bewegung von diesem Ort zum andern rechtens nicht mehr zumuten kann. Nur noch von wenigem ist der Blinde belangbar. Ob mit dem letzten Autobus der Bruder kommt oder ob er nicht kommt, ist ihm nicht mehr erinnerlich. Unversehens schließt das Buch mit der Beschreibung des Nachtmahls. »Die Nacht spottet der Beschreibung.«

Das Aussetzen der Erinnerung Wieder ein anderes Mal sah ich meinen Bruder über ein vereistes Schneefeld gehen. Die obere Fläche des Schnees wird tagsüber von einer starken Sonne oft geschmolzen; der Frost in der folgenden Nacht verharscht das Schneefeld mit Eis; die folgende Sonne weicht mancherorts die Schicht mit dem Rauhreif zu einem Glast. Der über das Schneefeld geht, wird achten, unbeschwert mit leichten Füßen zu gehen; unter dem Glast ist die Eisschicht noch hart. Er wird darauf sehen, nicht aus dem geordneten Ablauf der Bewegungen zu fallen, in den er mit dem Anfang seines Gehens gestiegen ist. Wenn er aus dem Schritt kommt, zeitigt dies sein Einbrechen; wie er angefangen hat zu gehen, so ist er gefangen, fortzugehen. Hält er ein, so wird sein plötzliches Gewicht ihn durch die Decke stoßen; fällt er in einen Lauf, so wird auch dann die Wucht des Schritts ihn durch die Eisschicht treten lassen. Damit die Schwerkraft des Körpers an allen Stellen die gleiche sei, wird er vor dem Gang all seine Lasten von sich tun. Die ersten Schritte hinterlassen nur den platten Abdruck seines Schuhs im Reif. Er hat die Ordnung der Bewegungen gefunden, die ihn herausführt. Wenn er gerufen wird, darf er nicht halten oder Antwort geben. Als ich ihn anrief, brach er ein. Als er den linken Fuß herauszog, brach der rechte ein. Als er den rechten Fuß herauszog, brach zusehends auch der linke ein. Als er in Lauf fiel, brach er beidseits ein. Unter der Eisschicht ist der Schnee aus dichtem Staub.

Peter Handke
im Suhrkamp und im Insel Verlag

NF 431/1/10.19

Tage und Werke. Begleitschreiben. Gebunden. 287 Seiten.

Die Theaterstücke. Gebunden. 576 Seiten

Über die Dörfer. Dramatisches Gedicht. Englische Broschur. 106 Seiten

Die Unschuldigen, ich und die Unbekannte am Rand der Landstraße. Ein Schauspiel in vier Jahreszeiten. Klappenbroschur. 177 Seiten

Unter Tränen fragend. Nachträgliche Aufzeichnungen von zwei Jugoslawien-Durchquerungen im Krieg, März und April 1999. Gebunden. 158 Seiten

Die Unvernünftigen sterben aus. st 168. 100 Seiten

Versuch über den geglückten Tag. Ein Wintertagtraum. Gebunden. 91 Seiten

Versuch über die Jukebox. Erzählung. Gebunden. 139 Seiten

Versuch über die Müdigkeit. Gebunden. 80 Seiten

Versuch über den Pilznarren. Eine Geschichte für sich. Gebunden. 217 Seiten

Versuch über den Stillen Ort. Klappenbroschur. 108 Seiten

Vor der Baumschattenwand nachts. Zeichen und Anflüge von der Peripherie 2007-2015. st 4883. 427 Seiten

Die Wiederholung. Gebunden und BS 1001. 334 Seiten. st 3010. 335 Seiten

NF 431/5/10.19

Wunschloses Unglück. Erzählung. st 3287. 96 Seiten

Wunschloses Unglück. Text und Kommentar. SBB 38. 132 Seiten

Zurüstungen für die Unsterblichkeit. Ein Königsdrama. Klappenbroschur. 134 Seiten

Briefwechsel

Peter Handke, Siegfried Unseld. Der Briefwechsel. Herausgegeben von Raimund Fellinger und Katharina Pektor. Gebunden. 798 Seiten

Über Peter Handke

Aber ich lebe nur von den Zwischenräumen. Ein Gespräch, geführt von Herbert Gamper. st 1717. 272 Seiten

Peter Handke, Thomas Oberender. Nebeneingang oder Haupteingang? Gespräche über 50 Jahre Schreiben fürs Theater. Broschur. 199 Seiten